JN019412

小学館文庫

城下町事件記者

熊本・文楽の里

井川香四郎

小学館

城下町事件記者　熊本・文楽の里

プロローグ

夜の虹

　濃い霧が垂れ込めている密林の中を、紺色のスーツ姿の中年男が歩いていた。

　雨でびっしょり濡れている前髪を、何度も手櫛で掻き上げながら、突然、現れる樹木の太い枝や鬱蒼とした葉を押し退けていた。それでも次々と笞のように打ちつけてくる枝に、頬は傷つき、瞼は腫れ上がっていた。

　男は一心不乱に前しか見ていなかった。足首には湿った下草が絡み付いてきて、ぬかるんだ泥で革靴は滑ってばかりだ。幾度も同じ坂道を登っているような気がする。

「――もういい……もう疲れた……俺は充分やった……これでいい……いいんだ」

　自分に言い聞かせるように、荒い息とともに吐き捨てた。何回も繰り返しているせいか、他の言葉を忘れたかのようだった。濃い眉毛に凜とした目つきは、意志の強さを物語っている。にも拘わらず、呟く言葉は情けなく、弱々しかった。

「もういい……疲れた……女房と子供のためだ……これでいいんだ……」

甲高い野鳥の鳴き声が時折、頭上で起き、羽音が近づいたり、遠ざかったりしている。猛獣や猿が叫んでいるのも聞こえるが、錯覚であろうことを、男は承知していた。

大昔、一度だけ登った山道である。遥か昔、三十年程前の学生時代のことだ。山登り仲間と歩いたことがある。その時は、身も心も軽やかだった。晴れやかな笑い声に包まれていた。だが、今はひとりで、体は鉛のように重い。それでも、懸命に踏ん張った。

聳える峰の西側は雨が降っていても、東側は晴れていることが多い地形だ。雨が降れば、峰を覆うように霧が広がる。強い谷風によって吹き上がると霧が晴れて、夜空に月が映える。

その月明かりによって、峰の上に、虹が浮かび上がるという。

夜の虹だ。雨上がりに、わずか数分しか見えないが、珍しい夜の虹を見るために、わざわざ雨の日を狙ってくる登山客もいる。

登山靴でも難儀な山道を、男は革靴で滑りながら、時に四つんばいになっても、死に物狂いで登ってきた。

やがて、ごつごつした岩場となり、渓流の音が聞こえてきた。ゴウゴウという瀑布の音が近づいてくる。目的地はもうすぐに違いない。

今日は良い日だ。行く手の霧の向こうにぼんやりと丸い月が見える。少し欠けているが、それが丁度、自分のようで嬉しい。

誰かが話していた。

――自分は欠けた月に過ぎない。その欠けたところを埋めてくれる友達、妻、子供らが現れる。それで、満月になる。

もうすぐ満月のはずだった。だが、少し欠けているどころか、今、ぜんぶ割れようとしている。粉々になって、欠片も残らないであろうことを、男は承知していた。いや、自ら望んでいた。そうしなければ、女房子供を守れないからだ。

「もう疲れた……充分、頑張った……一生懸命、生きた……誇れるのは、人に後ろ指さされるようなことを何ひとつ……本当になにひとつ、しなかったことだ」

霧で見えなかった岩肌に、ガッと額を打ちつけた。深く傷ついたようだが、不思議と痛みはなかった。酒も薬も飲んでいない。至って正常だが、怖くもなかった。

突然、視界が広がった。目の前に、月がある。

足下には、滔々と滝が落ちていて、吸い込まれそうだった。滝壺の方は霧と水飛沫が入り混じって、よく見えない。

峰を振り返って仰ぐと、月光が照らす暗い空に、微かだが虹が架かっていた。

すぐ手に届きそうに見えるし、絶対に届かない宇宙の果てにも感じる。星が一緒に燦めいているせいかもしれない。

男はネクタイの結び目を直すと、両手を虹に向かって掲げた。

「――美しい……こんな綺麗な夜の虹は、あの時には、見ることができなかった……ああ、良かった……素晴らしい絶景だ……」

掌で虹を摑むような格好をしたまま、男は仰向けに滝壺に向かって落ちた。

一瞬にして、瀑布に飲み込まれ、消えた。

何事もなかったように、滝の轟音は響きつづけ、空には夜の虹がくっきりと鮮やかな七色となって、輝いていた。

みだれ髪

ビル開発が波のように押し寄せ、ここ深川も、江戸情緒がしだいに消えつつある。風物であった物売りの声や、路地裏で遊ぶ子供の声が聞こえなくなって久しい。

そんな運河沿いの一角に、一色家の屋敷はあった。関東大震災直後に建てた、しもた家風の屋敷である。黒塀に囲まれており、綺麗に剪定された松の木が見える。まるで芸者の置屋のようだ。

ここが、一色駿作の生家である。東京にいるときには、母親の晶子とともに、暮らしている。

晶子は、若い頃、文学少女で、明治から昭和にかけての女流歌人・与謝野晶子に心の底から、傾倒していた。だから、与謝野という姓の男性を選んで結婚した。名前が「与謝野晶子」になりたいがためだけであった。

さほど愛のない暮らしの上に、姑が意地悪で厳しい家庭だったので、三年も経たないうちに離婚してしまった。離婚してすぐ、妊娠していることが分かった。それが、駿作なのだが、実の父に報せることはなかった。

女手ひとつで立派に育てる。この子のために命をかけるという信念だったから、後に元夫が出産を知ってからも、援助は一切、断ってきた。これは晶子曰く、

——徳川家譜代の三千石の旗本で、〝御城奉行〟を拝命した一色家のお家柄。

という誇りを抱いていた。だから、明治以降の成り上がり家系の元夫に、手を差し伸べられても握り返すことはなかったのだ。駿作の名前も、〝御城奉行〟であったという先祖、一色駿之介から戴いたという。

それならば、そもそも与謝野という姓だけに憧れていることを、矛盾に感じなかったのであろうか。しかも、旗本のお家柄を誇りに思うとは、時代錯誤もいいところだ。

そんなふうに母親のことを思っていたが、駿作は特に指摘したことがない。

もし一言でも否定するようなことを話そうものなら、マシンガンのように十倍返しを食らうからだ。

だが、母親は自分では「女手ひとつ」と言いながら、何人もの男に貢がせていた節がある。若い頃の写真を見ると、たしかに女優にでもなれそうな美貌であり、与謝野晶子のような熱き心の自由恋愛の塊だった。

もっとも幼かった駿作には、〝みだれ髪〟という艶やかな印象ではなく、髪振り乱して一生懸命働いている母の姿が心に焼きついていた。それなりのお嬢様育ちだから、体力のある仕事はできなかったが、資格を取って不動産を扱う会社に就職した。そこで、トップセールスとなり、それなりの収入を得ていた。

「周りの高層マンションを沢山売ったお陰で、私たちは、昔ながらのこの一軒家に住み続けることができるんですよ。やっぱり下町の風情が一番よねえ」

これまた矛盾したことを自慢しながら、東京スカイツリーを仰ぎ見る軒下に、夏になると風鈴をぶら下げていた。

そんな母親と恋愛はあまり結びつかなかったが、きちんと育ててくれて、大学まで出してくれたことに深く感謝している。ビールを飲みながら、台所で仕事をしている後ろ姿を見ていると、母親はふいに振り返って、

「なに、人の尻をじろじろ見てるのです」

と言われた。

「はあ？　見てないし」

「いいえ、いやらしい目で見てました。早く嫁を貰わないから、そんなふしだらな考えが起こるのですよ、駿作」

晶子は思い込みの強い女で、言い出したら聞かないから、やはり反論はしなかった。

その代わりに、

――その子二十櫛にながるる黒髪の　おごりの春のうつくしきかな

――やは肌のあつき血汐にふれも見で　さびしからずや道を説く君

――八つ口をむらさき緒もて我れとめじ　ひかばあたへむ三尺の袖

と立て続けに、駿作は詠んだ。

もちろん、与謝野晶子の有名な歌である。

「二十歳の私の櫛に流れる黒髪は、春のように美しいわ。私の熱い柔肌に触れなくても寂しくないの。着物の袖の八つ口は紫の紐で留めてないから、お好きにどうぞ……てなところかな。俺もおふくろのお陰で、女心は分かってるつもりだがね」

「気色悪い」

晶子は一言で話をピシャリと止めた。

そんな母親の血を引いてか、駿作もいつしか、短歌や俳句に親しむようになり、高校時代から、奔放な感覚の自由律短歌や川柳にも親しんでいた。晶子が、息子の〝駄作〟を読んで感動し、文芸雑誌に投稿していたが一度も入選したことはない。作品を読む才能もその程度のもので、母親の欲目というやつだ。

「ほんと気色悪いから、早く嫁を貰いなさい。あなたも三十過ぎたでしょうが」

「そうだな。もしかしたら、今度の赴任先で思いがけない出会いがあるかもだしな」

「えっ――また赴任するの」

「辞令が出たって、もう大分、前に言ってるだろ」

「聞いてないわよ。今度は何処？」

「火の国・熊本です」

「熊本……ああ、それはよかこつたいねえ」

「なんだよ、急に……」

「ご先祖様の一色駿之介様は、『肥後随喜』という書物を残しておられる。たしか、書庫にあったはずですが」

晶子が探しに行こうとするのを、駿作は不必要だと止めた。

「肥後随喜は熊本藩が参勤交代の際に、いつも徳川将軍家へ献上した品ですよ。大奥でも大喜びだったとか――いもの葉に置く白露のたまらぬはこれや随喜の涙なるらん――夢窓疎石のこの歌に由来する逸品なんですからね」

女が口にする歌ではあるまい。

「意味を分かって言ってますか。夢窓疎石の時代にそれがあったかどうか……ま、それも熊本で調べてきます。ともかく、明日から、お母さんを、また一人暮らしにさせるけれど、お元気で」

「寂しゅうなるばってん、頑張りなっせ」

陽気に熊本弁もどきで言う晶子に、駿作は調子を狂わされた。が、

「親父が検事総長になったんだって。大したもんだな」

と言うと、俄に真顔になった。

「――親父……？」

「ああ、与謝野哲郎さん。東京高等検察庁検事長から格上げ。まあ順当だな。もっとも、政権寄りの人で、不都合な事件は不起訴にしてる人だからなあ」

「駿作、おまえ……いつ、知ったんだい」

「そりゃ、新聞記者だから取材くらい行かされるさ」

「そうじゃなくて……与謝野哲郎さんが父親だってことをですよ」

「小学生の高学年頃から知ってるよ」

「そ、そうだったの……」

晶子はショックだったようで、深い溜息をついたが、駿作は気にもせず、

「親戚の人だって、ぽろりと口に出すこともあったし、中学三年の時には会いに行ったよ。親父と同じ高校に通うことになったと報告しに、検察庁まで」

「で……？」

「迷惑そうな顔をしてた。向こうには向こうの家庭があるしな。でも、こっちもこういう仕事をしてるから、たまには顔を合わせてたよ。言葉はほとんど交わさないけどね」

どんよりと曇った表情になって、晶子は椅子に深く座り込んだ。

「大丈夫だよ。おふくろは今でも綺麗だよと伝えておいたよ」

「ばかじゃないの、おまえは……」

別れ際にこの話はするのではなかったと駿作は悔やんだが、お互い知らないことの方がおかしいであろう。そんなことよりも、

——明日は真っ先に熊本城だな。

と駿作は子供のようにわくわくしていた。

先祖が先祖だけに、無類の城好きなのである。熊本城には二度訪ねているが、震災後は訪れていない。その復興の様子も自分の筆で書くつもりだ。

両肩を落として項垂（うなだ）れる母親の前で、息子の方は遠足前夜の高揚感に溢（あふ）れていた。

第一章　火の国の城

1

俄に広がった霧のせいか、空はどんより曇り、熊本上空まで来ながら飛行機が着陸する気配はない。

本来なら、緑豊かな景色が見下ろせるはずだが、ずっと雨雲の中だった。熊本空港は阿蘇山（あそさん）中腹に位置しているため、離着陸できない時が多い。飛行機は大きく旋回しながら上昇した。

「また博多（はかた）に迂回（うかい）でしょうか……」

通路を隔てた隣席の若い女が心配そうに、小さな窓の外を見ていた一色駿作にぽつりと言った。その声に振り返った駿作は、女の日本人形のような整った目鼻だちに吸い込まれるように見入った。

「…………」

どこか儚げだが、美しいとしか言いようのない顔だった。

隣席はおらず、通路を挟んでいるとはいえ、東京から一時間半も側にいながら、着陸する寸前まで、女の美しさに気づかなかったとは惜しいことをした、と駿作は思った。

——だめだめ……この一目惚れしやすい癖は母親譲りだな。

実は、小うるさい母親には内緒にしてたが、失恋したばかりである。しかも、駿作の方が惚れて尽くしぬき、散々、振り廻された挙げ句、ふられたのだ。歌の文句ではないが、もう恋などしないと決めていた。

新聞記者の駿作は、男性女性関係なく、仕事がら色々と多彩な人間と接する機会が多い。日に何人も初対面の人と会っていると、一見して相手の本質が分かることがある。経験上の直感であって、説明できる理由があるわけではない。そのせいか余計に、女の狡さや弱さも知って、なかなか恋愛の対象は身近にいない。

しかし、取材などで知り合う女性は、口うるさい母親やちょっと怖い女性記者や無能な新入りとは違って、素晴らしい人間に見えるから不思議だ。隣の女性もきっと、性格も素晴らしいに違いないと、さっそく勘違いをしていた。もっとも、行きずりの人である。どうにかできる人でもない。

「いや、大丈夫でしょう。ＩＬＳという着陸誘導装置が、いち早く導入された空港ですから。しかも、カテゴリーⅢＢという最も精度の高いものですから、機長が目をつむっていても着陸できますよ」

駿作が言うと女性は、まさに人形のように無表情のまま、

「よくご存じですのね」

と呟くように言った。その鈴の音のような声も駿作の好みであった。

「熊本に赴任するので、事前に仕入れていた情報です。この辺りは高遊原台地(たかゆうばるだいち)というらしいですね。こんな山の中の空港って珍しいでしょうね……熊本には帰省ですか」

さりげなく訊(き)いたが、その質問に女性は答えなかった。ただ無事の着陸だけを祈っているような顔であった。まったく駿作には興味がなさそうだったが、まだ若いのに人生に疲れたような、切なげな姿が印象的だった。

新聞記者になった当初は、将来は社会派と呼ばれるノンフィクションを書くことを目指していた。しかし、配属された文化部でやらされた仕事は、映画や文学ならまだしも、女性ファッションやグルメ関係、若い主婦向けの育児関係がほとんどだった。

だが、この記事は新聞社が出している女性月刊誌に、転載されることもあったため、データマンという女性取材記者とも接触が多かった。つい先日、別れた恋人もこのデータマンで、時折、一緒に取材に出かけていたことから深い仲になった。

しかし、飛行機に同乗した隣席の女性が、この美女だなんて幸先がいいと駿作は勝手に舞い上がっていた。

「やはり迂回しないのかしら……」

よほど気になるのか、女性はまた呟いた。誘導装置は地上五十メートルまでらしいので、まったく見えなくなると着陸はしないと女性は小さな声で言った。

「ですから、今はゼロメートルまで性能が高くなって……」

と駿作は言いかけたが、女性の方が制止するように言った。

「深い霧……この辺りはよくなるんです……雨が降った後とか、阿蘇外輪山によって雲が動かないときとか……宮崎には霧島(きりしま)っていう所もあるくらいですからね、九州自体が霧の島なんです……大事なことを何もかも隠してしまうような」

意味ありげな女性の囁(ささや)きに、駿作は思わず見つめたが、視線が合うとすぐに逸(そ)らし、

「や、やはり地元の方なのですね。もし、良かったら、訪ねた方がよい名所とか、教えていただけますか」

「熊本は何処も見所満載ですよ。国宝の城のある大きな城下町、阿蘇の大自然、異国情緒の天草(あまくさ)……これほど豊かな国は、他にないのではないでしょうか」

「豊かな国……」

その言い方が地元愛の強さを物語っていると、駿作は感じた。

キャビンアテンダントのアナウンスが機内に流れ、着陸態勢に入った。何の衝撃もなく、なめらかに着陸した。

窓の外は大雨である。

ターミナルに向かう低速の機内では、慌ただしく降りる準備をして、すぐに出口に向かう人たちが多かった。駿作は最後まで残っているタイプだが、隣の彼女は手荷物は十字架の飾りをぶら下げたトートバッグとジャケットだけで、すぐに席を立って行列に並ぼうとした。その前に、駿作は声をかけた。

「あの。僕は、こういう者でして……」

名刺を渡そうとしたが、女性は気付かなかったのか、無視したのか、行列の流れに乗って前方へ歩き出した。立ち姿もまた美しい。初春にしては薄めのワンピースだと思ったが、スカートの裾から覗(のぞ)いている足もすらりとしていた。

「――ま、こんなもんだよな……」

駿作はひとり呟いた。

2

毎朝新報社(まいちょうしんぼうしゃ)熊本支局は、通町筋(とおりちょうすじ)に面した十五階建てのビルにあった。すぐ近くに市役所や大型ホテル、百貨店などがあり、上通(かみとおり)や下通(しもとおり)という熊本一の繁華街のど真ん中にある。

　市民の足である路面電車の通りからは、熊本城が目の前に聳(そび)えているのが見える。支局のあるビルに入る前に、駿作は思わず、

「ブラボー！」

と両手を掲げ、まだ雨が煙る中で絶叫を上げた。

　熊本城を見るのは三度目だが、麗(うるわ)しき恋人に再会した気分である。先祖の〝御城奉行〟もこの黒塗り外観三層で内部六階地下一階の、大きな天守閣を見上げたときには、歎息(たんそく)したに違いない。

　だが、城内には何本かの空を突くような大きなクレーンが聳え立っており、六年前の熊本地震の復興のシンボルである熊本城はいまだ復旧は道半ばに見えた。城全体が再建できるのは二十年後とのことだから、逆に加藤清正(かとうきよまさ)の時代に築城したのは、偉大な事業だったのだと改めて感じた。

　支局はビルの三階のワンフロアをすべて占めている。だが、支局長を入れて記者は七人に雑用係のバイトの女の子ひとり、という従業員数に比べて広い感じがする。しかも、記者が取材などで出払っていると、雑然とした室内が無機質に感じる。

　支局長の阿部誠一(あべせいいち)が窓を背にした席で、パソコンを叩(たた)いていたが、駿作に気付いて、

おうっと手を挙げた。

「よう〝駄作〟……おまえには来て欲しくもあり、欲しくもなし……」

「随分じゃないですか」

「おまえが現れると、事件を吸い寄せるからな。ほどほどに頼むぜ、〝駄作〟」

駿作と〝駄作〟が字面が似ているので、上司からはよくそう呼ばれる。一度、記名記事を書いたとき、「一色駄作」となっていて、校正者すら気付かなかった。それ以来、綽名となったのだ。

「支局長もお元気そうでなにより、もう一年ぶりですかね。相変わらず、牛みたいに肥ってますなあ」

「うるさい。牛じゃねえよ」

「あ、熊本は馬刺しか。美味いもの食い過ぎ、酒の飲み過ぎでしょ。勤務は明日からですが、よろしくお願いします」

それだけ言って、適当な机の上に荷物を置くと、一眼レフカメラだけを持って、すぐに出かけようとした。

「おいおい。来た早々、仕事か」

「はい。お城までちょっと」

「この雨の中をかよ」

「雨に煙る城もまた乙なものですよ。人が少ないでしょうから、じっくり拝めます。少し陽も射してきたようだし」

「今日の夜は歓迎会だから、大丈夫なんだろうな」

「いえ、そういうのは結構です。どうせ、はぐれ者ですから」

「みんなは、おまえの特命記者時代の話を聞きたがっているんだよ。本社の社会部の連中も、おまえの武勇譚には惚れ惚れするって評判だからよ」

新聞社にはどの部署にも所属せず、遊軍記者と呼ばれる者がいる。記者クラブに属さない立場で、自由な取材をしている。普段は本社の社会部にいて、連載記事や特集企画を担当しているが、突発的な事件や災害が起きたときには、現場に急行して精力的な取材活動を行う。野球ならばピンチヒッターというところであろう。

だが、駿作が所属していた特命部は、「特別報道チーム」として、政治部や社会部から独立し、いわゆる〝調査報道〟に徹していた所だ。一面を飾るような大事故や大災害、不可解で残虐な殺人事件、企業犯罪や政治家の収賄事件などでも、日にちが経つにつれ、すぐに過去の出来事になってしまう。事件の真相や本質を炙り出すことができないまま、忘れ去られることが多い。

しかし、事件は続いているケースが多い。たとえば福島の原発事故は未だに終息していない。その実態がどうなのかを、丹念に根気よく、引き続き取材し続けるのが調査報道である。発表することよりも、文字通り地味なリサーチをすることが主な役目だ。

毎朝新報社の場合は、特命部所属の記者が、社会部や政治部、経済部などを横断し継続取材するのだ。違法取材にならぬよう気をつけているが、時に犯罪組織などのターゲットには、公安警察顔負けに潜入を行い、危険も冒す。

日本三名城に数えられる熊本城の現状を調査することも、記者としての使命である。という名目のもとに出かけたが、城を間近で眺めたいというのが本音であった。

予(あらかじ)め熊本市の文化財保護委員の大学教授に頼んでおり、約束どおり待ち合わせて、三の丸駐車場に車を止めて、二の丸御門跡から入ることにした。

案内役を買って出てくれたのは、大学教授の助手という愛想の良い若い女性だった。飛行機の中で見かけたスレンダー美女には及ばないが、大学院を終えたばかりで、健康的な笑い顔が印象的だった。やはり幸先が良いと、駿作の気分は最高だった。

「あの……名前は……」

「二(に)の丸(まる)です」

「いえ、ここではなく、あなたのです」

「はい。二の丸清花(さやか)と申します。嘘(うそ)か本当か知りませんが、先祖は二の丸の門番だったらしいです」

「ああ、そうですか。僕の先祖は、幕府の〝御城奉行〟で、ここ熊本城にも縄張り……つまり設計図ですけどね、その調査に来たことがあり、『肥後随喜』という書物を書き残してるんですよ」

「まあ、そうでしたか。『肥後随喜』、私も大好きです」

「え……」

「写しですけど、学芸員から借りまして、何度、読んでも、なんというか、ユーモラスで面白いですね。その当時の細川家や熊本城下の様子もよく分かって、学術研究の一次史料としても大切なものです」

「そうなんですか？　そこまでは知りませんでした」

若い女性が案内してくれるだけでも嬉しいが、駿作はまだ崩壊したままの石垣を目の当たりにして、言葉を失った。間近で見ると、当然のことながら写真よりも悲劇の度合いが強く、重苦しい。

これでも片付けられた方だという。地震直後は雪崩のように崩れており、女の足では跨いでいくことはできなかったらしい。

とにかく震度七の地震は物凄かった。家財道具がすべて吹っ飛ぶ凄さで、地域によっては家自体が沢山倒壊した。

だが、これは〝前震〟に過ぎず、翌日の深夜に起こった〝本震〟の方が激しく、前日の地震に追い打ちをかけるような被害をもたらした。前夜の地震を受けて、応援取材に来ていた公共放送局のキャスターが、真夜中にラーメンを食べていたら、体ごと空中に浮かんだと話していたのを思い出した。

県内の各地で、大規模な土砂崩れや地割れが発生し、阿蘇大橋が崩落して犠牲者を出し、新興住宅地は土砂に埋もれ、傾いた大型マンションもある。新幹線や高速自動車道路、空港にも被害が出た。歴史的な阿蘇神社の楼門が倒壊し、観光名所の水前寺公園の水は、池の底が割れて干上がった。

甚大な被害としか言いようがない。熊本ではその昔、この城が完成してから十八年後の寛永二年（一六二五）の七月に大地震が起きて、城内の建物はほとんど枯れ木のようになったという。火薬庫が爆発したという二次被害もあった。それからも幾度か地震の被害にあっている。明治二十一年（一八八九）七月の金峰山地震によっても、四十数ヶ所の石垣が崩壊したという記録がある。

今回も、西大手門、西出丸、奉行丸長塀、南大手門、北大手門跡から加藤神社など、どこもかしこも石垣はごっそり崩れている。長塀は、桟瓦に白漆喰壁で、長さ二百四十メートル余りもある名所。大園遊会なども行われる所だが、三分の一の石垣が倒壊していた。

戌亥櫓もそうだが、報道映像でよく見た飯田丸五階櫓は、大きな砲弾でも食らったかのように、ぽっかりと上部の石垣が崩れ、裏込めの小石まで散乱している。だが、この倒壊のお陰で、「石垣の中に石垣があった」ことが判明し、貴重な歴史史料となった。

櫓といっても、ちょっとした城の天守くらいある。これを、わずか数個の隅石だけで、傾きもせず支えていた。

――奇跡だ……。

駿作はその映像を見て驚愕した。修復されてきているとはいえ、現実に間近で接すると逆に、城造りの凄さを感じた。先祖が築城したわけではないが、〝御城奉行〟として見上げた先祖の気持ちにも、思いを馳せた。

坪井川と井芹川という自然の濠に囲まれた茶臼山に、熊本城はある。戦国武将・加藤清正が七年の歳月をかけて、慶長十二年（一六〇七）に完成させた。徳川家康が、秀忠に将軍職を譲って、安定政権を目指していた頃のことだ。総面積九十八ヘクタール、周囲五キロ半近くある広大な城郭である。それでも江戸城の内郭はその倍近くあるから、如何に巨大だったかが分かる。

「縄張りは、この茶臼山を上手く活かして造られてますよねえ。東側に本丸、西に二の丸と三の丸、白川水系の二本の川を濠の役目にして、京町側にも空堀を造って防御してますからねえ、守りは完璧でしょう」

駿作が言うと、清花はニコリ微笑んで、

「お許しいですね。でも、この空堀について、ちょっとした伝説が残ってるんですよ」

「伝説……」

「やんぼし塚――って、ご存知ですか」

「は？　やんぼし……」

「白装束で荒修行などをする、あの山伏のことです。加藤清正公が城を造ったときのことです。大坂から、龍蔵院法印という山伏を呼び寄せて、城が無事完成するよう祈禱させたのですが……」

あまりにも大きな城なので、天守や本丸、櫓、門、塀や濠などすべてのお祓いをするのに半年もかかってしまった。恙なく無事に終えた後、城下を去る山伏を見送るために出町という所の先まできたときのこと。加藤家の家臣たちが感謝と慰労を込めて、別れの酒宴を行った。

「機嫌良くお酒を飲んでいたのですが、加藤家の家臣が何気なく、城の様子というか、欠陥を尋ねたんですね……そしたら、山伏は『空堀のある西出丸の北辺りは不安で、あそこから攻められたら、ひとたまりもないかもしれませんな』……と答えたらしいんです」

「ほう。この熊本城をして弱点があるということですか」

「はい。それで、城の弱点をペラペラと酒の勢いで話した山伏は……なんと、その場で、加藤家の家臣に斬り殺されたのです。他国で話されたら困るという、警固上の理由からです」

「そんなことが……秘密を守るためとはいえ、酷いことを……ま、今の世も、そういうことは、よくありますがね」

「よくあるのですか？」

「余計なことを知ったために葬られる……そういうことで、取材が止まってしまったことも……いずれも真相は闇の中ですがね」

駿作は暗澹たる思いになったが、その山伏のことは、その家臣たちがすぐに供養して、山伏塚を作って祀ったという。

その話を何処で聞いていたのか、よれよれの帽子を被った作業衣姿の中年男が、

「ほんなこつ、可哀想なことをしたばい」

と言いながら近づいてきた。

頬まで広がっている無精髭が妙に青いが、顔は日焼けしており、熊のようなガタイで、節くれ立った指やドッシリとした腰廻りは、復旧工事に従事している作業員にしか見えなかった。

「私もねえ、こん城を愛してやまない人間ばい。地震は自然災害ばってんが、情けのうてしょんなかとよ」

感慨深げに天守を見上げた。大天守、小天守とふたつ並んだ光景は、他にない珍しいものである。さらに宇土櫓も入れれば、まるで天守が三つあるように見える。

「こん城は、熊本市民いや県民のシンボルだけんね、なんとしても復旧し、復興せねばならんとたい」

「——そうですね」

「少しずつ復興の兆しはあるが、どぎゃんかせんといかんという県民の強か心と、自衛隊をはじめ多くのボランティアの方々、県外からの沢山の義援金などによってねえ、まこと復活に力を注いでいるところたい」

力強く話す中年男は、ここから先は工事中だし、危険な所も多いので入れないと言った。駿作は取材だと記者証も見せたが、市民を巻き込むわけにはいかないと制した。しかし、どうしても、というならば自分が案内してやってもよいと言う。

清花は相手が誰だか分かっているのか、

「では、後は、よろしくお願い致します。私は、これで……」

とアッサリと踵を返して帰ってしまった。

——ちょっと変な熊本弁だし、こんなむさ苦しいおっさん、嫌だなあ……彼女と一緒に帰ろうかなあ。

駿作はそう思ったが、工事現場の進捗状況も見られるかもしれないと思い、せっかくだから厚意に甘えることにした。

3

中年男は〝親方〟とか〝棟梁〟という雰囲気で、熊本城内で大型のクレーンやトレーラーなどの重機を動かして作業している人たちにヨッと手を挙げながら、見学させてくれた。

途中で、危険だからとヘルメットを被せられたが、趣味と実益を兼ねた取材に、駿作は感謝していた。当然、地元の新聞社は細かな取材を重ね、熊本城復興関係の詳しい本も出しているが、駿作なりの切り口を見つけたかった。

だが、案内を進めてくれるにつれ、物見遊山的な思いは薄れていった。

これほどの立派な城が倒壊するということは、庶民の暮らしはもっと深刻なダメージを受けたという証明でもある。まだ町中をゆっくり歩いていないが、駿作は楽しみよりも不安が増してきた。

「震災前に来たことがあるのですが、その時も熊本城を隈無く見て廻ったんです」

「ほう。城が趣味かね」

「趣味というより、生き甲斐(がい)です。今日もカメラ持参ですが、できれば隅々まで撮って、読者に伝えたいと思ってます」

「ならば絶景ポイントを教えてやるばい」

「絶景ポイント……」

「美しか城ば、誰でん撮るでしょっが。ばってん、なんちゅうか……廃墟(はいきょ)ば沢山、撮っとらす写真家がおるが、それに近かね。それから、どう復興していくかを重ねていけば、有意義というもんたい。まさに復興のシンボルたいねえ」

最優先で工事が進められたのは天守閣であり、大天守の石垣は積み直しが終わり、外観工事も大詰めで、塗り直した白い漆喰や軽量瓦は美しく、鯱(しゃちほこ)も天を仰いでいた。途中、八百個の石垣が積み直されたのは写真で見たことがあるが、実に見事だった。

内部の工事も耐震化をはかり、揺れを軽減して、建物自体を補強し、エレベーターも設置して、令和三年、二〇二一年には大天守の内部に入れるようになった。とはいえ、文化財的な価値を守るため、伝統的工法に拘(こだわ)っている。そのため、城全体の復旧が完了するのは、二〇三八年だという。石垣だけでも十万個も元に戻すのだから、物凄い労力だ。

本丸御殿は明治十年（一八七七）の西南(せいなん)戦争で焼失していたが、平成十五年（二〇〇三）の復元工事によって、大広間や数寄屋、大台所、さらに〝昭君之間〟などが創建当時の絢爛豪華な姿で再建されていた。

　そこから眺められる大天守と小天守には、建築現場用の足場が組まれ、クレーンによって作業が進んでいる。大天守の工事はほとんど完了したが、城全体を元通りにするには、まだ気の遠くなる作業が残っている。崩れる前のとおりに戻すからだ。令和元年の秋からは、一部、特別公開が始まっている。

　平左衛門丸、数寄屋丸、数寄屋丸御門、頬当御門、西竹之丸、源之進櫓、十四間櫓、七間櫓、田子櫓、北十八間櫓、東十八間櫓……など慶長年間に造られた重要文化財は激しく全壊したのもある。

　さすがに、大天守の武者返しの石垣が崩れていないのは凄い。だが、城全体では、特別史跡の石垣が五十数ヶ所、八万平方メートルほどの面積の一割が崩れたという。

　宇土櫓は、築城当初からの建造物として唯一、残っている多重櫓である。にも拘わらず、ほとんど無傷で被害がなかった。続櫓は倒壊して、以前に見たときとは、まったく風景が違っているのは、壁の漆喰が破損しているからであろう。凜然と持ち堪えている櫓は立派で、地下一階、地上三重五階の規模で、〝第三の天守〟と呼ばれている。

「さすがは、西南戦争でも焼けなかった奇跡の櫓ですよね。この櫓は、宇土から移築されたものなのでしょう？」

駿作が訊くと、親方は違うと言った。熊本城にはその昔、天守とは別に、六基の五階櫓があったという。そのうち、唯一現存しているのが宇土櫓だけなのだ。

「以前は、移築説もあったが、もう昭和二年の解体修理のときには、その痕跡はなく、ただの俗説だったとよ。今は、まったく否定されとるばい」

「でも、仲が悪かった小西行長が支配する宇土から、奪ったとか」

「だけん、俗説たい。加藤清正が最初に造った天守じゃなかかと俺は思うとる。こん城の石垣は、近江から連れてきた〝穴太衆〟ちう石工の集団が造ったから、下は勾配が緩くて、上に行くに従って勾配がきつうなる〝扇の勾配〟は、こん〝穴太衆〟しかでけん匠の技だけんね」

「いやあ、勉強になります」

素直に駿作は頷いたが、親方は少し小馬鹿にした顔になって、

「新聞記者のくせに、それも知らんかったとか」

「え……」

「城が好きと言うたばってんが、城郭検定は何級ね」

「いえ、特に受けてませんが」

「はあ？　それで城好きとは聞いて呆れるたい。へえ、そんな奴が城の取材とは、ア

ハハ、臍が茶を沸かすと」

急に大人げない言い草になった親方に、駿作は少々、戸惑いながらも、

「別に検定なんて、どうでもいいことでしょう。人にはそれぞれ楽しみ方がある。熊本城は何処から見ても美しい。遠くから眺めるのが好きな人もいれば、望楼型天守がいいだの層塔型がシンプルで格好いいだの、屋根だって寄棟だの切妻、入母屋のどれが相応しいとか、櫓の配置だの土塀がどうだ、石垣の構造がなんだなど、どうでもいい人もいるんです」

「なんば言うか。細かなことは大事なこつたい。木を腐らさない和釘、精巧な木組み……目に見えないところの、ひとつひとつが、この大きな天守を支えとっとじゃ」

「でしょうけど、そもそも城だけではなく、城下町を含めて楽しむものだと私は思いますよ。城だけを見て蘊蓄を語る者に限って、情緒がない。城を単に物体としてしか思っていない。城下町には歴史や文化が息づいている。それらも含めての城じゃないですか」

「偉そうに。誰にモノば言うとる。あんたは天守と櫓の区別を分かって話しとっとか。初対面のくせに無礼な奴たい。案内してやっとるとに、なんの感謝もなかか。だから、新聞記者はいっちゃん、嫌いばい。帰りなっせ」

突きはなすように言うと、親方はさっさとひとりで先へ歩いて行った。

「――なんだ……肥後もっこす、というのは、こんなにすぐ切れる奴のことなのか。しかも、ひとりで勝手に……」

訳が分からないとばかりに、駿作が溜息をついたときである。

キャーと女の悲鳴が聞こえた。声のしたのは今し方歩いてきた、石門の方だ。ここは東竹之丸と本丸と小天守の北側を繋ぐ、石のトンネルである。

駆け戻った駿作が見たのは、気を失って倒れている羽織姿の白髪の老人だった。その側には、先程、別れたばかりの清花が心配そうに寄り添っている。

「どうしたんだ。何があったんです」

駿作が声をかけると、

「駐車場に戻ったら、百舌目さんが城の方へ行く姿が見えたので、追いかけてきたんですが……」

と狼狽するように言った。

百舌目とは倒れている老人のようだが、ガリガリに痩せていて、着物の袖から出ている腕は男にしては細く、閉じている目も窪んでいた。

「もずめ……この人が……？」

「人形浄瑠璃師の百舌目寿郎さんです。そしたら、この石門のところで……誰かに突き飛ばされたみたいなのです」

「え……？」

「この石門の向こうに逃げていきました」

駿作が覗くと、石のトンネルの向こうで、チラッとだが黒っぽい服が過ぎった気がした。ほんの一瞬のことだから、男か女かも分からなかった。

「とにかく、救急車を……」

と駿作が携帯を取り出していると、親方も声を聞いたのか駆け戻ってきながら、

「そのまま、そのまま。下手に動かしたら、でけんばい。救急車と警察にはもう報せた。大丈夫かね、百舌目さん！」

親方も顔見知りなのか、日焼けした顔が真っ青になるくらい驚愕していた。

「おおい、誰か来てくれ！」

作業をしている人たちに、親方が手を振って声をかけた。

4

熊本の城下町は、政令指定都市の大都会になっても、白川沿いの新屋敷町など、武家屋敷の情緒を残す町並みは多い。古町、新町、京町、坪井町は江戸の昔から、商工業者が住む町屋として広がった繁華な所で、今もその名残が色濃くある。

百舌目家は、古京町(ふるきょうまち)の一角にある大きなお屋敷で、旧細川刑部(ぎょうぶ)邸と見紛うような庭園に囲まれたお屋敷だった。ここからは城の二の丸まですぐであり、県立美術館本館や熊本博物館、護国神社、監物台(けんもつだい)樹木園にも散歩がてらに行ける。かつては城内だった所だ。

加藤清正公の時代から、百舌目家は本来は、城の警固を担う家柄だった。それが細川家に移り、泰平の世になってからは、藩主の茶道や能楽、連歌、書画などを指南する芸術担当のひとりとして、人形浄瑠璃を披露する任を負った。

もっとも、人形浄瑠璃師といっても、単なる人形遣いではない。職人を抱えて、『豊国(とよくに)』という銘柄の工房を持っている。少し大きめの人間と等身大に近い人形を作ることで、迫力を増したのである。

先刻、城内で倒れていたのは、その伝統ある人形師の当主・寿郎であった。

年はもう米寿を超えているから、転倒した弾みで、打ち所が悪ければ死んでいたかもしれない。もし何者かが、わざと突き倒したとしたら、傷害罪に該当する。

だが、目が覚めた寿郎は恐縮して、

「自分で転んだだけだ……散歩のつもりだったが、とんだ迷惑をかけた」

と救急隊や駆けつけてきた警官らに、逆に労(ねぎら)いの言葉をかけた。とても人間国宝とは思えぬほどの物腰だった。

倒れた現場に居合わせたということで、駿作は、清花と一緒について来たのだ。清花は文化財保護委員の教授のもと、熊本伝統工芸協会のメンバーとして、『豊国』の人形の保存などにも尽力していた。

「ああ、『豊国』なら聞いたことがあります。これでも、女性誌の記事を扱っていたことがあるので……たしか〝生きている人形〟とかで話題になってましたよね」

百舌目寿郎は『人形の豊国』の社長で、自ら人形作家であり、なおかつ伝統芸能の人形浄瑠璃の人形遣いでもある。

浄瑠璃人形は、三人の人形遣いが一体となって操る、世界でも珍しいものだ。主遣（おもづか）い、左遣い、足遣いがそれぞれ息の合った動きで、自然な動きに見せる。そのとき初めて、「人形が生きた」と言われるが、『豊国』は立てて置くだけでも、まるで血の通っている人形に見えるから不思議だというのだ。

この三人遣いは、享保（きょうほう）年間の、大坂の竹本座（たけもとざ）における『蘆屋道満大内鑑（あしやどうまんおおうちかがみ）』という浄瑠璃が最初だという。三人遣いによって、より人間らしい動きとなり、義太夫の独特の節廻しによって感情が高まり、人形浄瑠璃は歌舞伎を凌（しの）ぐほどの人気となった。

いかにも旧家らしい屋敷には、伝統芸能の人形浄瑠璃ゆかりの家系らしく、広い和室の続き部屋があり、廊下や床の間には不気味なほど人形が立ち並んでいた。まさに、人と見紛うほどだった。

初代『豊国』が創業したのは、享保十八年（一七三三）のこと、寿郎は九代目当主である。

その昔は、幕府や諸大名、豪商などを相手に、節句やお祝い事の人形を商っていた。大きな人形の工房と店舗があり、由緒正しい家柄で、寿郎自身、重要無形文化財保持者である。

寿郎には、三人の息子がいる。

長男が専務、三男が営業部長をしている。俗に言う次男は臍曲がりというやつで、人形とは関係なく、東京の私立大学で教授をしている。よって、熊本に帰ってくることはめったにない。だが、百舌目家の三人兄弟は幼い頃から、仲の良い三兄弟だと近所では評判だった。

長男・恭一郎は、まもなく還暦だが『人形の豊国』の実質経営者であった。肩書は専務だったが、社長の父親は人形製作に専念しているため、商売は恭一郎の手に委ねられていた。

その妻・節子が、舅の寿郎の身の周りの面倒を、甲斐甲斐しく見ていた。

次男・周次郎は、西北大学文学部の教授で、テレビ番組にも登場するくらいの有名学者である。専攻は環境考古学という一般には馴染みのないもので、人形と関わりがないというより、生活感のない頭でっかちの男だとの噂である。

だが、妻の鈴代を『豊国』の会社役員にしていることでぬかりはない。売れないロックシンガーの輝幸と由奈という子供がふたりいる。娘の由奈の方は、京都の美大を出て、人形作家を目指しているという。

三男の勲は、『豊国』の営業部長として、人形そのものに価値をつけて、創業時がそうであったように、伝統的な節句人形などに力を注ぐべきだとの意見を常々言っている。

その妻・陽子との間に、一人息子の正樹がいるが、まだ高校生である。陽子はいわゆる教育ママで、正樹に対して小さい時から、英才教育を施してきた。地元の名門高校に入れて、東大に向かってまっしぐらである。

だが、正樹は人に挨拶もできない、魂の抜けたような暗い少年だとのことだ。

百舌目寿郎の散歩には、いつも弟子の中江基志が同行しているという。弟子といっても、もう四十近い。工房には他に数人の弟子がいるが、中江はそのリーダー的な存在である。浮世絵に描かれたようないい男で、女なら誰でも胸をときめかせそうだ。芸術的才能と人間的優しさを具えた人でもあるとの評判だ。

中江も隣の座敷で、心配そうに見守っていた。その姿が、駿作や清花にはいじらしいように見えたが、恭一郎たちは別の感情があるようだった。

「なぜ親父にひとりで、散歩なんかさせたのだ、中江……もう年で、足が弱いことくらい分かってるだろう」

恭一郎が責めるように言うと、勲も腹立ち混じりに、

「兄貴の言うとおりだ。人形作りに専念するのは結構だが、俺ら息子たちよりも、おまえが一番可愛(かわい)がられてるのだから、きちんと面倒見てくれなきゃ困る」

と棘(とげ)のある言い草で続けた。

「――申し訳ありません……私が悪うございました……」

「おまえはいつもそうだ。申し訳ない、ごめんなさい。謝れば事が済むと思ってる。あの時だって、おまえは……」

そう言いかけた恭一郎に、妻の節子が止めた。

「よして下さいな。お客様もいらっしゃるのですよ、あなた。私が付いていながら……私がいけないのです。でも、大した怪我(けが)ではなかったし、不幸中の幸いです。これからは私も注意します」

長男の嫁の威厳があるのか、ふたりとも黙った。恭一郎は見るからにお坊ちゃんタイプだし、三男の勲は風見鶏(かざみどり)タイプに見える。これは記者生活が長い駿作の〝初対面〟の印象だが、勲の嫁の方は無関心を装っているのか、無言を貫いていた。

「ちょっといいですか……」

駿作が声をかけると、一同が一斉に振り向いた。その共鳴したような動きは、威圧

的ですらあった。

「当主の寿郎さんは、自分で転んだとおっしゃいましたが、二の丸清花さんは誰かが押し倒したのを見てますし、私も石門の向こうに逃げるように消えた人影を見ました」

「それで……？」

恭一郎がすぐに訊き返した。

「――それでって……あの場所は今、関係者以外は入れない所なんです。いえ、寿郎さんは誰もが知っている人だから通れたのかもしれませんが、おかしいとは思いませんか」

「何がおかしいのですか。親父はぶらぶら、いつものように散歩に出て、つい城内に入って、まだ足場が悪いから転んだ。それだけのことでしょう。それとも何か」

「気にならないのですか」

「あなた方、新聞社の人はいつもそうだ。何でも事件にしたがる。火のない所に煙を立たせるのが、お仕事だとか」

嫌味たっぷりな顔で恭一郎は言ったが、こういう手合いは駿作も慣れている。特に反論もしないで、

「工房の跡目を継ぐのは、中江さんらしいですね」

と訊いた。

唐突な質問に、恭一郎のみならず、誰もが訝しげに見ていた。

「道々、清花さんから聞いたんです。息子さんたちは誰も人形作りの技術も、人形遣いとしての修業もしていない。だから、人形遣いはともかく、人形作りの職人として、大成させたいと、寿郎さんは思っていると」

「——あんたも余計なことを言いますな。学芸員や大学の助手らしくない」

恭一郎は清花を睨みつけ、

「他人の家のことをペラペラ喋るのなら、こっちだってバラしますよ」

まるで秘密を握っていて脅すかのように言った。

清花も困ったように俯いた。そんなふたりの表情を見ていて、余計なことを言ったのは自分だなと駿作は思った。だが、余計なお世話をするのが記者の職業病でもある。野次馬根性がなければ務まらぬ仕事だ。

「清花さんのせいではありません……私も新聞記者ですからね。熊本に来る前に、支局長や仲間から、地元に関する色々な情報は得てます。熊本には意外と言っては失礼だが、大きな企業が多い。工場も沢山ある」

駿作は図々しくも続けた。

「そんな中で、『人形の豊国』といえば、優良企業ですよね。この屋敷内にある浄瑠璃人形の工房は、芸術作品を生み出し、県下の町にある工場は、立派なオートメーションがあって、様々な人形を量産している」

「だから、なんですか」

勲の方が苛(いら)ついた声で訊いた。

「大量生産がいけませんか。硝子(ガラス)ケースに入れた飾り物だけではない。子供たちが手にとって喜ぶ人形を作っているのが」

「いいえ、大変、良いことだと思います」

駿作はニコリと微笑み返した。

「ですが、寿郎さんには拘りがあって、工房は、一番弟子の中江さんに譲りたいと考えている……そのことで、弁護士にも相談をしたので、何かと内輪揉め(うちわも)があったとか」

「誰から、そんなことを聞いたのです。そこの二の丸さんですか」

呆れ顔になった恭一郎は、また清花を睨みつけたが、すぐに駿作は否定した。

「社の仲間から聞いただけです。前に熊本支局にいた記者と私は、入れ替わりに来たわけですから、東京で〝噂話〟もある程度は、引き継いでるのです」

「悪趣味だな。さすが毎朝新報……スキャンダルが好きなんですな」

そういう皮肉も聞き慣れている。駿作は構わず続けようとすると、節子が声を挟んだ。

「義父(ちち)の愛人の子なんですよ、中江さんは。認知もしてます。だから、戸籍上はともかく、自分の子ですから、工房を継ぐのは当然なんです。いや、むしろ義父は、自分を継いでくれるのは、彼だけだと喜んでおいでです」

「──そうなのですか……？」

「どうです。少しは、面白い記事になりそうですか」

「別に記事にするために訊いているわけではありません。私が気になるのは、誰が寿郎さんを突き倒したか、ということです」

駿作が声を強めると、恭一郎が食らいつくように、

「まるで、この中に〝犯人〟がいるような口振りだな。不愉快極まりない。その時間なら、私は市内だが、商工会の会議に出てたし、弟の勲は博多の店舗にいた。急遽(きゅうきょ)、さっき帰って来たばかりだ」

「そうでしたか」

「まさか、嫁たちまで疑ってるのではあるまいな。そもそも、新聞記者如(ごと)きに警察の真似(まね)事をされて、ああ、実に不愉快だ」

恭一郎が怒鳴るように言ったとき、寝床から、寿郎が掠(かす)れた声を上げた。

「もうよか……もう争い事はしまいばい……」

寂しそうな目になる寿郎は、自分を納得させるように頷きながら、

「三人も息子がおるとじゃが、その嫁や孫らも含めて皆、『人形の豊国』の財産をあてにしておっとじゃ……その為に、家族がぎくしゃくしているのは、本当のこつたい……だけん、生活に必要な財産は残してやるが、それ以上のものは、地域の為に使いたい……そんためめに、工房だけは、基志に委ねたいのじゃ……頼むから、納得してくれ」

切々と訴える寿郎の目には、涙すら浮かんでいた。

財産分与のことで揉めていることも耳にしていた。が、これ以上、他家のことに首を突っ込んではまずいなと思ったが、駿作が最も気になっていたのは、

——寿郎がひとりで、何処へ行こうとしていたか。

ということだった。ただの散歩とは、どうしても思えなかったからである。

5

この夜、駿作の歓迎会は、上通商店街にある馬刺しの名店で行われた。

通町筋を挟んで反対側の下通商店街は、その倍の広さも長さもある大繁華街だ。商店街の両側にも飲食街が広がっている。だが、上通の方が落ち着いた雰囲気で、シッ

クな雰囲気のバーや歴史ある店舗なども残っていた。

夏目漱石や小泉八雲が通った店とか、河童の像を飾ったレトロな本屋もある。いずれも明治時代や大正時代から続いている店であり、町中のシンボル的な存在だ。郊外型の大型書店やネット販売が増えても、地元の人々に愛されているということは、熊本の人々の民度が高いということであろう。

「早速、やってくれたな、〝駄作〟」

支局長の阿部はバクバクと馬刺しを食らいながら、焼酎を呷るように飲んでいた。天草や阿蘇などに出かけている記者を除いて、バイトの女の子を含めて五名の宴会である。

つい先日まで、新型コロナウィルスの騒動のせいで、〝三密〟を避けろとか、ソーシャルディスタンスを保てとかで、宴会なども自粛ムードが激しかった。だが、政府はＧｏＴｏキャンペーンを推進し、演劇やコンサートなどの開催も入場制限をしつつ〝容認〟し、オリンピックも強行開催したことから、徐々にだが町に活気が戻っていた。

「ばってん、自粛を〝要請〟しといて、今度は〝容認〟とは、どこまで上から目線たつか。それどころか、緊急事態宣言ば、打ち出の小槌みたい出しくさって、自粛という名の〝強制〟たい」

「そうばい、そうばい。もう自粛せんでよかちゅうて、素直に言えばよかとたい」

「そもそも、酒も飲めんちゅう自粛は必要だったとね。その間に潰れた会社や店はいっぱいあっとたい。これも、前の総理が掲げた〝自助〟というものかいね。自分でなんとかせえと」

「あぎゃん大層に指定感染症にしたばってんが、ふつうの風邪やインフルと同じ扱いになったちゅうこつね」

「ワクチンや治療薬はできたつかい。こん熊本には、昔っから凄かワクチン作る製薬会社があっとに。外国の人類初ちゅう核酸ワクチンとかより、早うこっちば打ちたか」

「とにかく、罹(かか)らんようにせんちゃいかんね」

などと、コロナ騒動が一段落ついたことを話題にする者も多かった。だが、感染者が減ったわけではない。社会が変わってしまうほど、感染防止対策は日常生活にすっかり食い込んでいた。

集まった支局のメンバーは、いずれも駿作よりも若手の平成生まれだ。記者は中村(なかむら)令一(れいいち)、佐藤純(さとうじゅん)という見るからに賢そうな東大出のエリートで、バイトの女の子は、地元新聞社から紹介された未来(みく)という、アイドル歌手みたいな可憐(かれん)な娘である。

「来た早々、熊本で屈指の名家、百舌目家に失礼なことを言ったそうじゃないか」

阿部が嫌味な顔になったが、駿作は飄然としている。

「地獄耳ですね」

「俺を誰だと思ってるんだ」

「支局長です……いやあ。こりゃ、柔らかくて甘い馬刺しですね……こんなの東京では食べたことがない。銀座あたりで、熊本から直送とか看板が出てても、この店には絶対に負けてる」

駿作が誉めると阿部も相好を崩して、

「だろ？　馬刺しと辛子蓮根は他では絶対に食べられんちゃ」

「んちゃって、なんですか。まじ、めちゃ美味いですよ」

「馬刺しは、加藤清正公が、文禄・慶長の役で朝鮮出兵した時、兵糧攻めにあったらしくてな、家来たちの飢餓を凌ぐために食べたことが始まりらしい。だが、牛肉よりも栄養が何倍もあるから、先鋒だった加藤清正軍は、虎退治するほど強かったんだろうなあ」

「へえ。そうなんですか……ああ、ほんと美味いな、これ」

馬刺しは「桜」とも呼ばれる美しい色合いの肉である。ロースと呼ばれる脂身の少ないサッパリとした味わい。ネックは煮込みにも使うが、ユッケにすると歯応えがあって美味い。

「このブリスケってでの、前足の付け根なんだが、コリコリ感のある霜降りがたまらん。でもって、こっち……ふたえごってのは、腹廻りのバラ肉みたいなもんだが、綺麗に脂身と赤身が分かれてるだろ。これが美味い……ほら、この白いの……たてがみ、知ってるか。馬の鬣のある首筋の脂身だ。ぷりぷりでとろーりというやつだ。ふはは」

「本当に阿部さんは、食べ物の話をするときだけは幸せそうな顔をしますね」

「人間、生まれて死ぬまでに一番やることは、食うことだ。一日三回もやることって、他にあるか？　食事を楽しめない奴は、人生を楽しんでないということだ」

「何度も聞きました」

阿部の蘊蓄はまだまだ続く。

「清正公は、誰よりも馬を愛している方だったらしいので、断腸の思いで食べたとのことだ……あ、このモツも美味いし、まったく癖がないぞ。意外かも知れないが、これ馬肉は溶岩焼きのように熱い石で、ゆっくり焼いたのも甘く香ばしくて、たまらんぞ。ふほほ」

他の者たちは話を聞かないで、黙々と食べている。

「ほらほら、通夜じゃないんだ。歓迎会だから、おまえらも何か話せ……辛子蓮根も地元のは全然、違うぞ。蓮根はな、馬刺しの栄養を補うように、増血剤として優れてるそうな。熊本藩主・細川忠利公は生まれつき病弱だったらしくてな、豊前国から来た水前寺の玄宅（げんたく）という禅僧が、蓮根を勧めたのが始まりだとか」

　そこで、加藤清正が非常食用に栽培していた蓮根の穴に、和辛子粉を混ぜた麦味噌（むぎみそ）を詰め、小麦粉や空豆粉、卵黄をつけて揚げたものが始まりだと説明した。平五郎（へいごろう）という時の賄い方の発明らしいが、今もほとんど同じ製法で、けっこう手間がかかるのだ。

「蓮根は輪切りにしたら、丁度、細川家の九曜紋になるから、門外不出の料理でな、庶民の口には入らなかった。民百姓が見たら、恐れ多くて食べられなかっただろうなあ。俺たち庶民がありつけるようになるのは、明治になってからだ。西南戦争の後だ」

「へえ、そうなんですね」

「朝鮮飴（あめ）って知ってるか。この上通商店街に店があるがな、まあもち米や水飴などで作った求肥（ぎゅうひ）の一種だが、加藤清正公が朝鮮から持って帰ってきた……なんて出鱈目（でたらめ）を信じてる奴がいるがな、本当の理由、おい中村君、知ってるか」

「こいつには君づけですか、阿部さん」

「そりゃ、こいつらは東大だからな。おまえは俺の大学の後輩だから呼び捨てでよかろう、一色〝駄作〟」

「その〝駄作〟はいい加減、やめてくれませんかねえ。俺には先祖から一字受け継いだ、駿作という立派な名前が……」

「中村君、知ってるか」

　駿作を受け流して、質問された中村はすぐに答えた。

「加藤清正公が関わっていたのは嘘ではありません。清正公が慶長の役で蔚山城に籠城した時、宇土に住む相良家家臣が天正十年（一五八二）に明国の僧から伝授された〝長生飴〟で、兵士たちの腹を満たしたのです。保存食として貴重だったのです。よって〝長生飴〟転じて、〝朝鮮飴〟となりました」

「はい、よく出来ました。花丸。それから、どした？」

　阿部は誉めてから、佐藤に振った。

「江戸時代になってからは、熊本藩の特産として、朝廷や幕府への献上品として重宝されたため、作られた朝鮮飴はすべて藩が買い上げたのです。よって、庶民が食べられるようになったのは、やはり明治時代になってからです」

「これまた、よく出来ました。かの大久保利通も絶賛の銘菓なのだ」

「――馬刺しも蓮根も、朝鮮飴も、江戸時代の庶民には無縁だったって話ですね」

　駿作はそれでも県民性の伝わる食べ物だと、バクバク食べ続けた。

　その時、ヒーローもののアニメの主題歌が聞こえた。阿部の携帯電話の着メロなのだ。発信者を見るなり直立し、

「あ、これは県警本部長直々に、畏れ入ります。何事でしょうか」

と聞いていた顔が、みるみるうちに青ざめてきた。

「はあ……はい……ええ……えっ……まさか……はい。そうなのですか……ええ、いえ……とんでもない……はい承知しました」

何の話をしているか分からない人の電話ほど不愉快なものはない。長くなるなら、店外でどうぞと、駿作が小声で言うと、電話を切った阿部が一同を見廻して、

「食事中だがな、近くで殺しがあった」

「えっ――?!」

「〝駄作〟……いや、一色、中村君、おまえたちはすぐに現場に向かってくれ。佐藤君と未来ちゃんは、俺と一緒にコース料理を食べ終えてから、社に戻っている」

反論する余地はない、という阿部の顔を横目で見ながら、聞いた事件現場に急いだ。

場所は、先刻、訪ねた百舌目家からは目と鼻の先にある「百間石垣」であった。

いわば城の外壁の一部であり、飯田丸五階櫓を造った、加藤家の重臣・飯田覚兵衛が、城北の警固のために築いたものだ。長さ百間、高さ五間と言われている。実際は、百三十一メートルの長さで、高さは九メートルだが、隣接する車道からの眺めは威圧的ですらあった。

復旧が進んでいるとはいえ、昔風の辻灯籠みたいな街灯や並木も被害を受けており、

崩れていない石垣面も鉄網で覆われている。歩道は一時期、通行止めになっていた。

この一帯も、地震直後から、石垣崩壊防止のための発掘調査が行われ、明治時代の地震による崩壊や十数年前の膨らみ修復なども合わせて、亀裂の位置や遺構に関する調査を終えたばかりであった。

その「百間石垣」の真下の一区画は、通行止めにされ、警察による現場保存テープが張られていた。

捜査官が記録を取りながら、慣れた手つきで計測したり、証拠保存したりしている。立ち入り禁止だから、記者でも中に入ることはできない。すでに被害者は救急車で搬送され、石垣の上から転落したであろう場所には、白墨で人形が倒れた姿をかたどるように記されていた。

微かだが、血の痕跡も見え、刀のような立派な刃物が、鑑識写真用の番号札とともにまだ残されていた。

ふと石垣の上を見上げると、人影がサッと過ぎったような気がした。捜査員なのか、目の錯覚なのか。駿作はもう一度目を凝らしたが、街灯にも月明かりにも二度と浮かばなかった。

担当刑事の話では、被害者は、『人形の豊国』当主・百舌目寿郎だとのことだ。

「ええ……!?」

それを聞いた駿作には、衝撃が走った。

すでに、所轄の熊本城南警察署の刑事、鑑識係員が駆けつけてはいる。さらに県警の機動捜査隊、捜査一課の刑事らが急行してきて、初動捜査が開始されていたが、詳細は後で、県警本部の記者クラブにて発表するとのことだった。

熊本県警本部は、県庁所在地にありがちな城下丸の内ではなく、繁華街からは東方へ数キロ離れた所にある。近くには水前寺公園や競輪場があり、熊本高森線、戸島熊本線、熊本東バイパスという幹線道路に囲まれる地点にあり、県庁とも隣接している。

大手新聞社と地方新聞社からなる記者会見には、人間国宝という特別な人物だからか、県警本部長が自ら出向いてきて、事件の概要を説明するという。

警視長の階級章を付けている制服を着た、堂々たる体軀の県警本部長が、

「本部長の大岡忠祐です。本日は……」

と話し出したのを聞いて、最前列の駿作は顔を上げた。時代劇でお馴染みの名奉行と同じ名前だからである。

同時に、その顔を見て、駿作は思わず「うっそー」と声を上げた。青髭は綺麗に剃っているが、たしかに途中まで城案内してくれた、大人げない親方だった。

「なんで、あの時、言ってくれなかったんですか、親方。こっちのことは分かってたでしょ。百舌目さんを助けたときだって」

県警本部長に対する、まるでタメ口のような言い草に、周りの者たちが驚いた。

幹部警官らと並んでいる大岡は、一瞬、駿作に目を向けたが、特に表情を変えることもなく、淡々と「百間石垣」で起こった事件について話した。

「……被害者は、『人形の豊国』代表取締役・百舌目寿郎さん、八十九歳。ご存じのとおり重要無形文化財保持者、いわゆる人間国宝として県の伝統文化の保存や教育に、大変なご尽力を賜りました。山都町(やまとちょう)の清和文楽(せいわぶんらく)をはじめ、県下での人形浄瑠璃普及にも、精力的に援助して下さいました」

演劇や音楽、工芸技術など、無形の文化的所産で、歴史的にも芸術的にも高度な価値を持つもののことを〝無形文化財〟という。国は無形文化財のうち、重要なものを重要無形文化財に指定している。その個人認定の保持者を人間国宝という。

「ええ……詳細な検視はまだですが、死因は刃物によって心臓付近を刺されたことによる出血性ショック死と見られます。当初、頭蓋骨陥没も一部あったので、百間石垣からの転落も疑いましたが、今、あの場所には入ることができず……現場には、凶器となった刃物が残っていたことから、殺人と断定されました」

駿作が見たあの刃物だろう。だが、その凶器については、特に話さなかった。まだ、捜査中なのかもしれない。

「――一色先輩……百間石垣といえば、山東弥源太(さんとうやげんた)の『百間石垣うしろ飛び』を思い出しますね」

　唐突に、中村が囁き始めた。

「俺は知らないが」

「この山東弥源太というのは兵法家で、細川家第十代・斉護公の剣術指南役も務めておりました。偉い人なのに、下馬橋の欄干から、下を通る船に向かって小便をするような悪戯好きでしてね……この人が五、六歳の頃の話ですが、長岡監物という人の屋敷から、今の監物台樹木園ですけど、そこから、正月の大きな注連飾りを盗んだところ、門番に見つかって逃げ出したんです」

「…………」

「門番は脅かすつもりで、吹き矢で山東弥源太の尻を狙ったのですが、逃げに逃げて、しまいには大勢の槍を持った兵に追いかけられて、百間石垣の隅っこまで追い詰められたんですよ……もう後ろはない。絶体絶命！」

　中村は何が楽しいのか、小声でペラペラと話を続けた。

「その時、山東弥源太は、『えーもいさいさい百間石垣、うしろ飛び！』と叫びながら、背中から飛び降りたらしいですよ」

「…………」

「でも、両手には、三メートルもある大きな注連縄を持っていたので、それがパラシュートか羽根みたいな役目となって、ふわりと着地できたとか……それから熊本では、命がけで思い切ってすることを、『百間石垣うしろ飛び』っていうんです」

と蘊蓄を垂れて、中村は微笑んだ。

「――それ、今しなきゃいけない話か……本部長のを聞き逃したじゃないか」

駿作は挙手をして質問した。

「凶器の特定はできたのでしょうか。現場には……遠くてよく見えませんでしたが、刀のような物が残ってました。鍔があって、ちょっと転がるように揺れてました」

それを聞いた大岡は、しばらく話すかどうか迷っていたようだが、

「実は……凶器とおぼしきものは、今、県立美術館の刀剣展で展示されていた〝ニッカリ青江〟という名脇差しだったらしい」

「展示していた脇差し……!?」

「そうです」

「盗まれたということですか。そんなことができるのですか」

「鋭意、捜査中です」

あまりにも突飛な状況に、会場はざわめいたが、駿作は違和感とともに苦々しいものが込み上げてきていた。百舌目家の人々に会ったばかりだからである。

――昼間、怪我をして、その夜、また出かけて死ぬなんてことがあるはずない。

先刻見た現場を、駿作は思い出していた。石垣の上の人影が犯人なのではないか。錯覚ではなかったような気がしてきた。現場を見に戻ってくるのは、よくあることだ。

「百間石垣うしろ飛び、ねえ……犯人はムササビのように、闇夜に飛んで逃げたのかもしれないなあ」

駿作は着任早々、記者魂にポッと小さな火が点いたのであった。

第二章　文楽の里

1

熊本県立美術館は本館と分館があり、レトロな雰囲気の煉瓦作りの大きな建物でありながら、内装は近代的で、壁一面の窓硝子からは明かりが射し込み、広々として落ち着ける空間だった。

県の美術コレクションや細川コレクションなどをはじめ、貸会場では毎月のように日本画や洋画、書道展や写真展、陶器展などが行われていた。

今月の特別展は、『刀剣の美、女性の美』というテーマの企画で、一月程行われることになっていた。太刀、大太刀、打刀、脇差し、短刀など様々な大きさや形の〝名刀〟と呼ばれるものを集め、全国の美術館や博物館、刀剣商などの協力のもと、武術が盛んな熊本ならではの良質な展示会になるはずだった。

主催は、全国刀剣保存協会だが、後援として県や市や地元企業などが補助し、今回の特別サポーターとして、刀剣鑑定士の上条綸藤（かみじょうりんどう）が講演や美術品としての解説などを行う予定だった。だが、今回の事件のため、中止となってしまうという。

駿作は、大学助手で学芸員の資格もある二の丸清花に案内を頼んで、美術館の館長と会い、展示していた脇差しについて取材をしようとした。だが、館長は、まだ捜査中ということで、気持ちよくは応じてくれなかった。

「展示会初日だったそうですが、その夜に、こんな痛ましい事件が起き、凶器が展示されていた脇差しというのは、管理責任も問われるのではありませんか」

「いえ、それがですね……」

館長は誤解されては困るということで、駿作の取材に答えた。

「警察では、展示物が盗まれたと話しておりますが、展示する予定の〝ニッカリ青江〟は、まだ届いていないのです。ふだんは、四国の丸亀（まるがめ）城の資料館に保存されているものです」

「届いてない……つまり、初日は展示できなかったということですか」

「はい。ですから、展示場所にある解説パネルも外して、空の硝子ケースも倉庫の方に撤去しております」

〝ニッカリ青江〟という脇差しは、刃渡り六十・三センチ。反りが一・二センチのもので、南北朝時代の刀工・青江貞次の手になるものだ。〝鯰肌〟という黒ずんだ斑点の刃が特徴で、見るからに怪しい鈍い輝きがあるという。

この〝ニッカリ青江〟には、ちょっとした伝説がある。

滋賀の近江八幡でのこと。夜な夜な妖しい幽霊が出るというので、勇気ある領主が退治しようと闇夜に出かけると、子供を抱いた女が現れたという。ニッカリと不気味に笑って近づいてくる女を、領主は叩き斬って退治した。だが、それは、苔むした灯籠で、まっぷたつに割れて倒れていたという。

それほどの切れ味ということであろうか。日本刀は焼きの入っていない地金の弾力性と、刃の部分の物凄い硬さによって、切れ味が鋭い。他国の刀剣にはない強靭さである。

展示会の刀がすべて掲載された、立派な分厚い写真集がロビーで売られている。館長はそれを見せてくれた。その一刀一刀について、上条綸藤という刀剣鑑定士の解説が添えられている。

〝ニッカリ青江〟は、天正年間、賤ヶ岳の戦いで勝利した丹羽長秀が、柴田勝家から奪い取った名刀で、豊臣秀吉の手を経て、最後は京極家に移って庇護されたという。

「たしかに丸亀藩の藩主は、生駒家から山崎家を経て、京極家がなっているなあ……この上条綸藤という人は……？」

「業界では知られた人で、京都の吉田神社近くの神楽町と、東京の神楽坂に『咲花堂』という刀剣店を営んでおります。本阿弥家の流れを汲むらしいですよ」

「神楽町に、神楽坂……」

「その昔は、本阿弥光悦との関係で、京都の松原通東洞院通にあったとか」

本阿弥家は、元々は足利将軍家の同朋衆だったが、刀剣の鑑定や研磨、浄拭を家業とする一族で、家紋は〝梅紋〟である。「ほんあみ」ではなく、「ほんなみ」と発音するのが正しい。上条家は庶子の分家ということで、〝藤紋〟が与えられ、代々、当主は綸藤と名乗っている。

本阿弥家・九代光徳のとき、豊臣秀吉から〝折紙〟という刀剣鑑定書の発行を許され、以降、徳川幕府の刀剣目利き所を担っている。八代将軍・徳川吉宗が、十三代当主・光忠に選ばせた二百四十八振りの『享保名物帳』はあまりに有名である。

このように、本阿弥家には『留帳』という発行した〝折紙〟の記録が沢山残っていたが、残念ながら関東大震災で焼失したという。折り紙付きという言葉は、刀剣鑑定書から派生したものだ。

「それにしても、『刀剣の美、女性の美』とは大胆なテーマだなあ」

駿作が興味深げに訊くと、清花の方が答えた。

「最近は、歴女とか城ガール、そして刀剣女子が増えましたからね。かくいう私も、文化財保護の研究をしているとはいえ、元々は刀剣好きから始まりました」

「へえ。俺は刀の方はちと苦手で……」

「あら、どうしてですか。お城と刀は一体じゃないですか。色んなお城には、大抵、甲冑（かっちゅう）など武具と一緒に槍や刀が展示されてますけどね。それは、ご覧にならないの？」

「たしかに美しいけれど、なんというか……所詮は人殺しの道具にしか見えないんだよね。事実、今回も脇差しで殺された」

清花は何か反論しようとしたが、唇を閉ざした。城内で、百舌目寿郎が倒れた所を見つけたのは彼女だし、これまでも研究を通して接していた仲なので、その死を身内のように悼んでいた。

館長の言うとおり、〝ニッカリ青江〟がまだ届いていないというのであれば、凶器となった脇差しの真偽も含めて、警察は捜査しているであろう。

駿作は館長に礼を述べてから、百舌目家をもう一度、訪ねてみようとした。

同じ城内といってもいい場所で、坂道もあるが老人の足でも散歩できる近さである。

だが、百舌目家の表門は閉まったままで、人の気配もなさそうだった。いつもなら、北側の路面電車道沿いにある工房から、創作している物音が聞こえるらしいが、ブラインドも下ろされたままのようだ。

「――なぜ、寿郎さんは夜になってまた、屋敷から出たのかなあ」

疑念を抱く駿作に、清花が答えた。

「私も詳しいわけではないのですが、奥様……長男さんの奥様、節子さんの話では、少し認知症が出ているらしく、徘徊が多くなったらしいんです」

「徘徊……」

「気をつけているのですが、いつの間にかいなくなって……でも、城内でしたら車もありませんし、不思議と道はすべて分かってますからね。それに、寿郎さんは有名人だし、この辺りの人は顔も知ってますから」

徘徊しているのが見つかれば、誰がしらが連絡してくれるし、城周辺にある交番の警察も気をつけていたという。

「交番の警官が気をつけてても、これか……夜になると人気は途絶えるとはいっても、あの百間石垣の所は人通りは多そうだ。犯人は大胆なことをしたな」

「ええ、大胆ですね」

「百間石垣うしろ飛び……思い切ったことをしたものだ」

「それ、ご存じでしたか。飛んだ飯田覚兵衛とうちも親戚筋に当たるらしいです。城の警固を受け持った二の丸家と飯田の先祖は、兄弟狐だと伝わっているんです」

「兄弟狐……」

駿作はまた伝説でもあるのかと訊くと、清花は愛想良く微笑んだ。

「今や城の守り狐になってますけどね、秀吉公がまだ近江の長浜城主だった頃――町の中で刀を振り廻して喧嘩する侍ふたりがいて、それを兄弟狐ふたりが見ていたんです。さて、どっちが勝つかと興味津々で」

「真剣勝負……」

「はい。そしたら、喧嘩を止めに入った若侍がいて、『城下での果たし合いは御法度。どうしてもやるなら、俺を倒してからにせい』というので、喧嘩していたふたりが一緒になって、若侍に斬りかかった。ところが、そのふたりは、あっという間に吹っ飛ばされたんです」

「おお。それは豪気な奴」

「でしょ。その若侍がまだ十七の加藤清正公でしてね。喧嘩を見ていた兄弟狐は、家来になって付いていくと決めたんです。だから、飯田家とうちは、その兄弟狐の出で、城の警固を受け持っていたとか。だから、百間石垣を飛んだのは狐でしょう」

　清花は屈託のない笑みで話した。

　その兄弟狐は、今も花岡山と茶臼山で、それぞれ清藤大明神、緋衣大明神として祀られている。加藤清正が肥後入りして築城する際には、石垣に相応しい丈夫な金峰山の石が良いと教えたという。加藤清正が最初に入った、元々の〝隈本城〟は、今の熊本県立第一高等学校の所にあった。

「これは古城と呼ばれてますが、新城のお城も、私たちの先祖のお陰で、立派な石垣ができたんですよ」

「狐が先祖とは、これは縁起がいい」

「でしょ。加藤清正公の家臣の子孫の会もあるんですよ。〝せいしょ虎会〟と言って、年に一度は、城内の加藤神社に参って、大虎になるまで飲む会です」

「大虎……」

「はい。清正公のことを、熊本では〝せいしょこさん〟といい、虎之助が通称でしたから、それで洒落て、〝せいしょ虎会〟」

「なるほど。熊本といえば焼酎。酒豪も多いと聞いてます」

「たしかに、飲むとみんな大騒ぎ。あまり辛気臭くなる人はいません」

「今は〝コロナ自粛〟でできないけど、そういう飲み方がいい。全国の城下町に行って、美味いものと地酒を飲む。これに尽きる……うちの支局長なんか、飲み食いするのはいいけど、豪気でも何でもなく、けっこうイジケ虫でね、酒が入ると愚痴が出る」

「………」

「でも、なぜか女には好かれて、地方に行く先々で、愛人を作るんだよな。アハハ」

清花はどう応じてよいのか困ったような顔になって、愛想の良い笑顔が消えている。

それを見た駿作は、頭を掻いて、慌てた口調で、

「あ、いや、上司の悪口のつもりでは……内緒ですよ、内緒」

「――ええ……」

戸惑ったままの清花の態度が、駿作は少し気になって、

「そういえば……長男の恭一郎さん、あなたのことを、脅しているように見えたけど」

「そうでしたっけ……」

「昨日。こっちだって、バラしますよ、みたいなことを言ってたから」

「分かりません……あの人は、いつも、あんな言い方をなさるんです。寿郎さんと違って、嫌味な感じの人なんです」

沈鬱な表情のままの清花に、駿作はこれ以上は言わぬ方がよいのかと気遣った。人に知られたくないことの、ひとつやふたつ、誰にでもあるであろう。

「ごめんね……変なことを言ったかな」

駿作が素直に謝ると、清花は気にしないでと微笑み返した。

2

県下の山都町に来たのは、その日の昼下がりであった。悪口を言った上司が、急遽、阿蘇の外輪山の南側に位置する清和村にある、『文楽の里』に向かえというのだ。

清和村は熊本市内から東方に五十キロ程の所にある。バスはあるが、日に何本かなので、九十九折りの山道を車でいくしかなかった。

平成の合併で山都町となっているから、行政上の清和村はないが、この一帯は、昔どおり清和と呼ばれている。かつての矢部町、清和村、蘇陽町が、二〇〇五年にひとつになり、全国公募の中から町名を「山都町」に決めたのだった。

――山の都として栄えるように。山を三と読み替え、三町村が栄える。

という意味も含むという。

途中、かつての矢部町の中心地・浜町商店街の一角にある『おちか』というラーメン屋に立ち寄って、濃厚なとんこつラーメンを食べた。客が車で遥々遠くから来る名店で、清花のお勧めなのだ。

「――いやあ、こんなにこってりしているのに、なんか独特の香ばしさで、焼き豚もとろんと美味いし、汁までぜんぶ飲んでしまった。いやあ、美味かった」

駿作が初めて体験した味わいだった。

清花が同行したのには、これまたちょっとした経緯(いきさつ)がある。

百舌目家で誰にも会えなかった後、ふたりは一旦、別れて、駿作は白川沿いにある社員寮として使っているマンションに帰った。天気が良い日には、遥か遠くに阿蘇の山々を眺めることができる。繁華街の下通からも近いし、贅沢(ぜいたく)な地方記者暮らしができるであろう。

シャワーを浴び終えたら、携帯に着信があった。支局長の阿部からである。

「俺だ。阿部だ。急いで支局まで来い」

とだけ伝言に残っていた。

すぐさま駆けつけると、なぜかそこに清花もいて、阿部は苛々と腕組みしながら、デスクの間を歩き廻っている。駿作の顔を見るなり、険しい顔になって、

「おい。おまえ、何か余計なことを言ったんじゃないだろうな」

「――何を……です」

「彼女にだよ」

阿部は清花の方をチラリと見て、

「色々と厄介なことを喋ったんじゃないだろうな」

「言っている意味が分かりませんが……何かあったんですか」

「ま、言ってないならいいが、さっき県警本部長の大岡様から電話があってな、おまえに会いたいとさ」

「大岡様……様ですか」

「何かしでかしたんじゃあるまいな」

「別に……心当たりと言えば、工事中の城を案内して貰ったときに、ちょっと……」

「ちょっととは何だ」

「城見物の見解の相違というか……何かあったのですか」

阿部は納得し切れないようだったが、チラッと清花を見てから、

「実はな、容疑者……百舌目寿郎殺害の容疑者が浮かんだらしいのだが、宿泊先のホテルにはおらず、逃走した可能性があるのだ。行き先はハッキリしていないが、もしかしたら……と彼女が教えてくれた」

「心当たりが？」

駿作も見やると、清花は自信なげではあったが説明をした。

先刻、一緒に百舌目家に行ったときは、人の気配はなく、留守だった。いつもの工房も稼働している様子はなかった。ということは、山都町にある『豊国』の工場に行ったのではないか、というのだ。

その工場は、元々、百舌目家の山間（やまあい）の田畑があった所に、農地法や土地利用法など

の制限を解決して建てたのだ。先祖から伝わる本家もまだその村にある。江戸時代は、六十数ヶ所に及ぶ村の惣庄屋で、段々畑の山間でありながら、八千石近い収穫を上げていた。

いつから、百舌目家と名乗っていたのかは定かではないが、山中の墓石には加藤清正公が入った頃の元号があるので、百姓としても由緒あるといってよいであろう。百姓に苗字がなかったというのは俗説に過ぎず、武士に遠慮して名乗らなかっただけで、山下とか川上とか、概ね住んでいる場所を苗字にしていた。

百舌目は珍しいが、清花が調べたところによると、田畑が広がる里山には、古来、百舌が沢山、棲息していた。それで、百舌目と名乗ったのではないかという。

百舌は体長二十センチほどはあるので、雀などの小鳥よりは大きい。嘴も鷹のように鉤形で鋭く、目も良い。模様のせいで、目の位置が、他の鳥よりも分かりにくいのが特徴である。その鋭い嘴で、小鳥すら捕らえ、樹木の枝や生け垣などの尖った所、有刺鉄線などにも蜥蜴や蛙、小魚、昆虫などを串刺しにする習性がある。

——百舌の速贄。

と呼ばれているものだ。同様な意味合いで、欧米でも「絞め殺す天使」などと呼ばれているほど不気味な鳥だ。日本でも、江戸時代には、百舌が鳴く夜は死人が出ると言われていた。

「ですが……そういう変な意味ではなく、蓄えておくことに長けていた、という意味で、その苗字というか、屋号になったのかと思います……蓄えて国を豊かにする。それで、『豊国』にしたとも聞いたことがあります」

清花はそう説明した。また、百舌はテリトリー意識が強く排他的で、昆虫などを捕る争奪戦も激しいらしい。速贄をサッと素早くできるほど、人の手よりも器用なのは、目が良いからだとも言われている。

鷹の目は、上空から一キロ以上先の鼠を探せるという。百舌の目にもそれほどの能力があるから、百舌目とは先見の明があるとも言われるが、これはこじつけであろう。

とまれ——。

その百舌目家の当主を殺した犯人と思われる人物が、わざわざ『豊国』の工房のある清和村まで行ったのではないか、と清花は言うのだ。目的は分からないが、もしかしたら、百舌目家に恨みでも抱いていて、次の獲物を探しているのかもしれないという。

「で……その人物とは誰だい」

駿作が訊くと、清花はやはり自信なさそうではあるが、

「上条綸藤……県立美術館の刀剣展示会で話が出た、刀剣鑑定士の……」

と言った。

「どうして、その人が百舌目家の人たちを狙っていると？」

「後で思ったのですが、寿郎さんは、もしかしたら、この上条綸藤さんに会いに行こうとしてたんじゃないか……と思いまして」

何故出かけたのかとの疑問は、駿作も持っていた。だが、何故清花がそう考えるのか、根拠は曖昧だった。

「前に一度……刀剣鑑定士の名前を、寿郎さんから聞いたことがあって……どういう関係かまでは、分かりませんでしたが、娘さんの子供……つまり孫だって話を……」

「えっ？　男兄弟三人じゃないの。他に娘がいたの」

「ですから、私もよく分からないので確かめたくて」

それこそ、孫のように接してくれていた寿郎の死の真相を、清花は知りたかったのかもしれない。阿部はなぜかムキになって、

「二の丸さんまで巻き込むことはない。おまえひとりで行け、〝駄作〟」

と声を荒らげたが、清花の方から案内すると言い出したのだ。

清和村に着いた頃、小雨が降ってきた。なんとなく雨に祟られるのは、生来、雨男だからであろうか。

駿作はその足で、清花の知り合いである観光協会理事長の赤星二郎という人の事務

所に向かった。地元のスーパーマーケット店舗の二階に、事務所はあった。ここは赤星の店である。

ゴルフ焼けをした丸顔の男が、ふたりを出迎えた。額は大分禿げ上がっているが、まだ四十半ばであろう。

「文楽人形師は、何といっても淡路の大江巳之助さんが第一人者だよ。その人と並び称される……といや大袈裟だが、うちの百舌目寿郎さんも一応、人間国宝だからねえ」

赤星はまるで身内であるかのように、自慢げに話を切り出しはじめた。熊本訛りが薄い喋り方である。

「百舌目の大旦那はちょっと偏屈でしてなあ、初対面の人には、なかなか口をきかんのですわ」

赤星が同行すれば、なんとか質問に答えてくれていたと言う。実は、この赤星は、素人に毛が生えたくらいではあるが、人形浄瑠璃の義太夫をしているのだ。しょっちゅう、取材の取り持ちをしていたのであろうか。駿作たちが訪ねてきた意味を分かっていない。百舌目寿郎の死んだことをまだ知らないようだ。

その時、事務所の扉が慌ただしく開いて、一人の中年男が飛び込んで来た。耳がやたら大きな、時代遅れのパンチパーマの男である。

「赤星！　えらいこつになった！」

息せき切っている男は、赤星とは昵懇の甲斐睦雄という。熊本伝統工芸協会の会長を務めている男だ。

元々は製材所を営んでいたが、今は手広く商売をしており、『甲斐バイオテクノ』という会社も作って、新しいエコノロジー関係の起業もしている。人を寄せつけない見た目とは違って面倒見がよく、地元では何かと信頼されている人物らしい。

「なんね。今、お客が来とっと。お前の大変だッは年柄年中だけん、後にしてくれ。今から百舌目の大旦那に紹介するとよ」

慣れ親しんだ相手に対する言いぐさで、赤星は言った。甲斐は、これまた人形浄瑠璃の三味線を弾いているという。赤星と甲斐のコンビは、文楽好きな地元民の間ではヒーロー的な存在なのだ。

「その百舌目の大旦那が……死体で発見されたったい。殺されたとたい」

パンチパーマが嚙みしめるように言うと、赤星はエッと顔を強張らせた。

「大旦那が死んだ⁉」

赤星は信じられないと頭を振ってから、

「ど……どこで見つかったと……大旦那は……な、何があったんだ」

と狼狽しながら問いかけたが、駿作が落ち着くように言った。

「もう今朝にはニュースで流れているはずだけど……」

昨日の事件の概要を説明した。

「なんだ、あんたら、そのことで取材に来たとですか……」

赤星は早とちりを恥じるよりも、百舌目寿郎の死に愕然と項垂れ、泣き崩れた。その肩に、甲斐は手をかけて言った。

「それでん、昨夜の夜遅くに、家族の人らが実家に来とったたいねえ。儂も、今の今まで、知らんかったとよ」

熊本の古京町の家を〝本家〟といい、清和は〝実家〟と言う習わしで、人形の工場も含めての名称だった。

「こんな日なのに、雨もそぼついとるのに、恭一郎さんが、逢魔が滝の方へ行ってたらしか……ああ、駐在さんが言いよんなはった」

「逢魔が滝……」

駿作が赤星を振り返ると、甲斐の方が頷いて説明した。

「昔のことだが、逢魔が滝あたりは自殺の名所で、悲鳴を聞いたことや怪しげな登山姿の男たちが登っては、戻ってこないという話はいくらでもあったったい」

「恭一郎さんが逢魔が滝に。ほんとかね、そりゃ……」

と赤星は、甲斐の顔を覗き込んだ。

「ええ。でも、駐在さんが声をかけたけど、そのまま……」

「親が死んだちゅうのに、ほんなこつ、恭一郎さんかね。似た人じゃないのかね」

赤星は疑わしい感じで溜息をついた。

「あ、とにかく……もう警察は動いておりまして、その容疑者が、百舌目の実家の方に来たかも……ということで私たちは……」

駿作が話すと、逆に赤星と甲斐から、

「なんで、殺されなきゃ、ならんとぞ。あんな、よか人ば！」

と責め立てるように質問された。

百舌目寿郎を怨んでいる人物がいないことや、時折、徘徊をしていたこと、百間石垣から転落したかもしれないが、致命傷は刃物で刺されたことなどを手短に話してから、

「私たち新聞社の者のことが、長男さんはあまり好きではないようなので、赤星さんや甲斐さんに取りもって頂けないかと」

と駿作が言うと、ふたりとも厄介だなあとばかりに顔を見合わせた。

赤星が親戚同然の付き合いをしているから、訪ねてみてくれたが、駿作のことを聞くと断られたという。

3

その日は、はやる気持ちを抑えて、水道の通っている石橋として有名な〝通潤橋〟の近くにある旅館に泊まった。清花はいったん、車で市内に帰ることにした。

翌朝早く、逢魔が滝に行ってみたいと旅館の仲居に話すと、

「そりゃ、無理な話ですたい。逢魔が滝ちゅうのは、内大臣のずっとさらに奥の山の上で、標高千五百メートルくらいの所ですよ」

と胸を叩かれた。もう七十近い年齢であろうか、豪快な話しっぷりだった。

「内大臣……」

「昔の平家の落人が隠れとった山奥です」

「そんな所に恭一郎さんが……駐在さんも見たと言ってたが……どういうことだ」

駿作がひとり呟くと、旅館の仲居は手を叩いて笑った。

「そりゃ、逢魔が滝でも、飲み屋のこつたい……浜町の造り酒屋さんが、やっとるお店たい。町で一番、繁盛しとると」

「飲み屋……」

それを先に言えよと、駿作は腹が立った。時間の無駄だったからだ。しかし、仲居

は恭一郎のことだと察すると、

「その店の女将さんは、恭一郎さんのコレたい……元は博多かどこかの芸者だったらしいけれど、そりゃ綺麗な人ですよ。お客さんも昨晩、行けば良かったですね」

その仲居は話しが好きなのか、百舌目の兄弟が不仲であることや、清花が言っていた、寿郎の娘のことも話した。

「娘さんがいたのですね……」

「それがね、東京の人と結婚したらしいですけどね、病気で亡くなったらしいです」

「病気で……」

「何の病気かは知らんばってんが、とにかく綺麗な人でしたよ。小さか頃は、この辺りで遊んでましたから。うちと同じ年頃で、小学校や中学校もね……高校の頃に熊本市内の頭がよか学校へ行って、それからは、めったに帰って来てなかった」

「知り合いなんですか」

「向こうがみっつ年下たい。百舌目家のお嬢さんだけんね、清和から来とらしたし、私らとはあんまり遊ばんかった……長女だったらしいからね、大切に育てられてた」

寿郎の娘の名前は、優子という。だが、母親も早逝しているらしく、三兄弟は男手だけで育てたことになる。

「その大事な娘ば、早くに嫁に取られて、寿郎さんはとても悲しんでおらしたと」

色々と事情に詳しいのは、何かイベントがあると寿郎もよくこの宿に来ていたからだという。町の人は意外と、百舌月家のことは詳しいらしい。

「浄瑠璃の人形のことなら、東（ひがし）写真館のおじさんに訊けば、よう知っとるとよ。公演の写真とかも沢山撮っておるし、とにかく山都町の生き字引ばい。何かあれば、紹介してあげるよ」

言われて駿作は思い出した。毎朝新報社の通信部があった所ではなかろうか。写真館で、その二階を下宿兼通信部として使っていたと、誰かに聞いた気がする。

駿作は仲居に礼を言って、朝食を終えると、すぐに訪ねてみた。昨日、食べたラーメン屋の通りを挟んですぐの所だった。

以前はかなりの商店街だったようだが、今はバイパスができて、すっかり寂れている。それでも営んでいる店はけっこうあり、地元の子供らもうろうろしている。

この写真館は、表通りから一区画ほど、路地に入った所にあった。明治の末から営業しているという写真館は、木造洋館二階建てのちょっと洒落た店構えだった。だが、屋根や柱はかなり傷んでおり、見るからに懐かしくなるような古い写真館であった。

「――『ホトガラ彦馬（ひこま）』に出てきそうな写真館だなあ……」

表通りから少し入った所にあるのは、理由がある。明治や大正の昔は、写真館に来るという行為が恥ずかしく、人目を忍ぶことだったからだ。しかも、写真を撮るのは、かなり金のかかる贅沢だから、世間に遠慮するという意味もあったのであろう。

硝子張りの扉から入ると、すぐ板間の写場（しゃじょう）になっており、三脚に据えられた大きなカメラの奥に、背景用のスクリーンがある。傘を開いたような照明器具や大きな姿見、天井には明かり窓があった。壁には、通潤橋や八朔（はっさく）祭の作り物や山車（だし）、昔の学校の校舎などの地元の写真が飾られていた。

雑用をしていた店主の東恵次（けいじ）は、髪の毛が逆立つくらいふさふさしており、言葉遣いや足腰もしっかりして矍鑠（かくしゃく）としている。が、寿郎と同級生で米寿を超えている。

「ああ、毎朝新報さんね。うちを通信部にしてたのは、清和や蘇陽と合併するまでたいね。若か記者さんのおんなさったばってん、東京さ帰りなはった」

恵次が説明すると、駿作は何日か逗留（とうりゅう）させてくれないかと頼んだ。今、追っている事件が百舌目家に関わると伝えると、恵次は快く了承するや、突然、涙ぐんだ。亡くなったことは、テレビニュースや朝刊で知っていたという。

「旧制中学では同級生だったものでね……ええ、旧制中学は熊本市内にあって……一緒に軍需工場でも働いとった」

「そうなのですか……」

「その時、工場が空襲に遭って、仲間がひとり足を吹っ飛ばされて死んでしもうた……寿郎さんも体中に破片を受けたが、一命を取り留めて……よう頑張ったばい」

小さな待合室があって、そこに置いてあった数々のアルバムの中から、恵次は二、三冊取り出してくると、テーブルに広げた。

赤茶けた白黒写真が沢山、貼られてあって、一枚一枚を指しながら、

「これが若い頃の寿郎さんと私たい」

ふたりとも今で言えば、なかなかのイケメンで、どの写真もキリッとしている。時には肩を組んだり、魚釣りをしたり、祭りの中での様子もあるが、随分と仲良しだったことが分かる。柔道をしている写真もある。

「ああ、柔道もようしとったよ。うちの裏には藤崎(ふじさき)道場ちゅうのがあって、みんな当たり前のようにしとった。ずっと時代が下るばってん、あの〝世界の山下(やました)〟も中学まではここで稽古ばしとったとよ」

「え、そうなんですか？」

「私らもういつ死んでん、おかしゅうない年ばってんが、殺されるとはあんまりたい……寿郎さんは偉か人になった。そんでん、偉そうなこた、ひとつもない人だった……」

偲(しの)びながら、浄瑠璃の人形を作っている姿や、その人形群と一緒に並んでいる写真もあった。すべて恵次が撮ったものである。

長男のいい噂はあまり聞かないが、小さい時には、たまに訪ねてきたことがあり、

利口で可愛かったと昔話をした。寿郎の子供たちはみんな立派だという。

「そりゃ、そうでしょうが。いくら浄瑠璃名人、人形名人と言われてても、食うことがでけんかったら困る。息子さんたちは、江戸時代の『豊国』みたいに、人形店としても大きな商売しんなさった。偉かこつたい」

恵次には特別な思いがあるのであろう。だが、娘のことを訊くと、少し表情が曇った。寿郎にとっては、最初の子で、目に入れても痛くないほど可愛がっていたが、寿郎の意にそぐわない相手と結婚したからである。

「意にそぐわない相手とは、誰なんですか」

「なんちゅうたかね……とにかく、刀剣の目利きとか言うとった」

「刀剣目利き……鑑定士のことですね。あ、もしかして、上条……」

「上条……そうだったかね……」

「京都や東京にある『咲花堂』の……」

「ああ、そんな名前だったような気がする。でも、それから縁が切れたらしくて、娘さんとは……小さか頃は、可愛かったですよ。あまりにも可愛いから、写真ば撮って、表の飾り写真にしとったばい」

恵次はまた待合室から、額入りの大きなポスターをふたつ持ってきた。ひとつは子供の写真で、もうひとつは胸くらいまではだけた、大胆なポーズの女性の写真だった。

子供のは七五三の時の写真だろうか、着物姿に日本髪に結って、少し首を傾げている。にっこり屈託のない笑みで、目がくりくりとしていて誰が見ても可愛らしい女の子だ。

もうひとつのポスターは、少し気取った顔つきだが、まるで女優のポートレートのようで、目がきらきら輝いている。

この写真を見た瞬間、駿作は電気が走ったように痺れた。美しいからではない。写真に恋したからでもない。最近、たしかに、何処かで見た顔に似ている気がした。

「あっ——飛行機に乗ってた……」

「飛行機……？」

「あ、いえ……こっちの話です。これが、寿郎さんの……」

「両方とも、寿郎の娘さんの写真たい」

「優子さんでしたよね」

「知っとらしたか。優しい子と書くんだがね、結婚する少し前に、突然、ひとりで来て、記念に写真を撮りたいと、何枚か撮ったとです。本人もこの写真が気に入ったばってん、店に飾ってたら、寿郎がたまたま来たとき、珍しく怒って『外せ！』と言うたたい」

「その後のことは……」

「私は知らん……東京に行ってから、何年か経って、病気で亡くなったと聞いたけど、寿郎は何日も何日も、泣いとらした……」

恵次が自分のことのように涙を拭うのを、駿作は同情しながら見ていた。

そのとき、すぐ表通りの方から、轟々と物凄い音が聞こえてきた。トラックか重機のようなものが通るのか、硝子窓が震えるほどの振動まで伝わってきた。

駿作は思わず飛び出して行こうとすると、

「自衛隊の車両たい」

と恵次は言った。

「熊本には市内の八景水谷と健軍に自衛隊があって、この近くには、大矢野原に凄か大きな訓練場があっとたい」

「そうでしたか……それにしても、凄い音だ……」

「熊本ではあの大地震があって、阿蘇周辺など山の中は、まだまだ復旧されとらんとこがあるし、近頃は、九州は豪雨災害で大変で、救助活動も増えとりますからな……みんな感謝しとります」

窓の外には、装甲車のような物が移動するのが見える。轟々という地響きはしばらく続いていた。

4

恵次がお悔やみの電話を入れてくれたお陰で、駿作はすんなりと百舌目家の〝実家〟に行くことができた。

それほど、東写真館とは信頼関係が深いのであろう。あるいは、一晩経って、気が変わったのかもしれないが、とまれ再び、恭一郎と顔を合わせることができた。

百舌目家の〝実家〟は、清和村の中心部から少し外れた集落にある。山を背にした大きな屋敷だ。ところどころ崩れている長い土塀に囲まれた、武家屋敷といった風情だが、隣接する土地には、まるで製材所のような大きな工場があった。

屋敷の冠木門(かぶきもん)には、「忌中」の貼り紙があり、門内の土塀には、届けられた花輪がずらりと立てかけられていた。

時代劇で見るような冠木門をくぐると、石畳が玄関まで続いている。

駿作は玄関に向かいながら、普段着のラフな格好だと気づいたがもう仕方がない。重々しい雰囲気の中で、庭の藤棚に咲き乱れる紫の花だけが鮮やかに駿作の目に映った。

「――ごめん下さい」

玄関の扉を引いて開けた。玄関の中なのに、小さな池があり、鯉(こい)の稚魚がせわしく泳いでいた。その池には石橋が架かっていて、その先に上がり框(かまち)がある。

「ごめん下さい」

何度目かにやっと、白髪混じりの女中が奥から出て来た。女中を何人か置いているような旧家なのである。

「先程、東さんから、お電話を差し上げました。毎朝新報の一色という者です」

名刺を出しかけた駿作に、女中は穏やかだがぴしゃりと言った。

「当家は旦那様が亡くなられて、取材どころではございません。申し訳ありませんが、今日のところはお引き取り下さい」

「え、でも、東さんから……」

「恭一郎さんの気が変わりましたので、御免下さいませ」

絶対に寄せ付けないという雰囲気だった。まるで忠犬である。だが、了承を得たから、わざわざタクシーで来たのだ。こっちも子供の使いではないから、引き下がるわけにはいかない。

「ご愁傷様です……ですが私、百舌目寿郎さんの事故現場に遭遇したんです。それも何かの縁といえば縁です。是非、百舌目さんの人となりを紹介したくて……」

「困ります」

女中が言った時、廊下から和服姿の男が顔を出した。恭一郎だった。

「なんだね、朝っぱらから……」

何か悶着が起きていると察知して出て来たのだが、駿作だと分かって、恭一郎はあからさまに険悪な表情になった。表情はさらに曇ったが、仕方ないというふうに唇を歪めて、駿作を奥座敷に招いた。

古刹のように広い敷地であった。

中庭には枯山水がさりげなく造られており、渡り廊下の反対側には、木瓜の花や海棠が植えられていた。どこからか、まんさくの花のような匂いもしてくる。

通された部屋には、古めかしい山水画の屏風があり、その前に小さな香炉を載せた台があった。

先程の女中が茶と和菓子を運んで来て、駿作の前に置くと、すぐに立ち去った。

恭一郎は茶を勧めてから、おもむろに訊いた。

「で……取材とは、どういう？」

駿作はあえて、寿郎の殺害事件には触れず、

「はい。伝統芸能として、人形浄瑠璃……この村での、文楽が果たしてきた役割と、その美というか……そういうものを、つまり……」

さほど歌舞伎や浄瑠璃など伝統芸能に詳しくない駿作は、一昨日とは少し雰囲気の

違う恭一郎を前にして、思うように喋ることができない。清花を同行させるのだったと思った。そんな駿作の態度を見て、恭一郎は苦笑し、

「無理することないですよ。亡くなった父の事件のことを取材に来たんでしょ……文楽のことは、その口実」

と軽蔑したように言った。

一瞬のうちに駿作の鼓動が速くなった。なぜだか分からない。どちらかといえば、これまでも、ズケズケと取材対象に突撃するタイプだった。

――人の心の中に、土足で踏み込む。

のがモットーだった。

そうしなければ、相手は本音を隠す。正直な自分を晒さない。取材対象が政治家であれ、一般市民であれ、男であれ、女であれ同じだ。人は多かれ少なかれ仮面を被り、鎧を纏って生きている。言葉は悪いが、真相を探り出すためには手段を選ばないのが、駿作が特命部で学んだことだった。

「寿郎様が亡くなったのは、私がこっちへ来てすぐのことで、本当に驚きました……実は前々から、赤星さんを通して、取材をしようとは思っていたのです。その矢先のご不幸で……本当に残念でした」

駿作が沈んだ顔で言うと、恭一郎は黙って頷いた。

嫌な事を思い出させたと、駿作は思った。父親の遺体は死体検分のため、まだ警察から返っていないという。遺族の気持ちを無意識のうちに傷つけている自分に、忸怩（じくじ）たる思いはあった。

話題を元に戻して、駿作は、『豊国』の近況から聞きはじめた。

恭一郎は今でこそ会社の専務をしているが、かつては寿郎の長男として、人形遣いの修業をしたという。

高校を出ると同時に、大阪の国立文楽劇場の研修生として入り、修業を積んで、わずかな年数で主遣い（おもづかい）になった。伝統と格式があり、付いた師匠にもよるが、三十歳になる前のことだから、異例の出世である。偉大な父の影響はあったのであろう。

文楽の人形は三人で操る。初めは足遣い、次に左遣い、そして、右手と首を操る主遣いにと順次出世していく。普通、主遣いになるのに、十五年から二十年はかかるという。寿郎の血を引いて天性の資質があったのか、それとも人並み外れた努力が実を結んだのか、当時は、文楽界を担うホープに成長したのである。

もっとも、人形遣いは、浄瑠璃や三味線、能楽の謡（うたい）や鼓（つづみ）、仕舞のように、一般人に習い事として教えることはできない。舞台だけで稼がねばならないから、劇場と年間契約することになる。大阪を中心に活動しているが、全国どこでも声がかかれば飛んで行くという。

清和村の『文楽の館』で行われる月に二度の定期公演にも、必ず出演していた。

「文楽の館……?」

「ええ。村役場と有志の皆さんが出資して、作ったんですよ」

「村民の方が?」

「そうです。人形浄瑠璃はね、江戸時代は、日本のあちこちに広まっていて、その土地に住んでる人がその人たちなりの人形浄瑠璃を演じてたもんなんです」

恭一郎は先日と違って、真摯な芸術家の雰囲気で話してくれた。

「つまり、お百姓さんや猟師さんが自分たちの手で?」

「はい、そうです。各地に農村歌舞伎があるでしょ。でも、歌舞伎と違って、もっと庶民の手近な所で楽しまれたもんなんですよ」

「なるほど。そうでしたか……」

「そのうちに上手な人たちが、人形浄瑠璃専門に、村や町に公演して巡るようになったんです。この九州にも昔は、数十の団体があったそうですがね。その中でも、この清和の文楽はすばらしかった。だから、今でもここが文楽の里として、九州中に知られてるんです。今や、全国的にも知られておりますがね」

「へえ、そうですか……」

「清和の由来は、〝政(まつりごと)清ければ、人皆和す〟ことから来ていると古老から聞いたことがあります。本当に平和な村なのです」

駿作は感心しながら、噛みしめるように喋る恭一郎の口許を眺めていた。やはり、この前とは別人のような優しい口振りだった。

「だから、今でも、清和の人たちは、昼間はそれぞれの仕事をしてるけど、夜は人形浄瑠璃の事で頭が一杯なんです。どっちかと言うと、文楽をやるために昼間働いてるって感じですね」

恭一郎は本当は人形浄瑠璃のことが好きなのか、穏やかに微笑んだ。駿作は、この文楽のグループのことを、東京に星の数ほどある小劇団のパワフルな活動ぶりと、どこか似たところがあると感じた。駿作は、お茶を飲んで、

「ああ、なんとも言えない味わいだ……独特の風味がありますね。濃いのか、少し香ばしいというか……」

「矢部茶といいます。東写真館の隣には、大きな茶の工場があったんです。今は市内に移ってますがね。この辺りは、寒暖の差が激しくて霧が深く広がるし、土壌も良くて茶畑には相応しいですよ」

空港に降り立つときの霧の深さを、駿作は思い出していたが、

「そういえば……さっきから、人形浄瑠璃と言ったり、文楽と言ったりしてますが……どっちが本当なんですか？」

と訊いた。恭一郎は小さく頷いて答えた。

「どっちでもいいんですよ。人形浄瑠璃イコール文楽なんです」

「え？」

「あなたも知ってると思うけど、近松門左衛門らが活躍した時代は、人形浄瑠璃と呼ばれてたけど、一度衰退してね。幕末になって、大坂で植村文楽軒という義太夫が、再び人形浄瑠璃ブームを作ったんですよ。文楽っていうのは、その人の名前に因んで、明治の終わり頃から呼ばれるようになったんです」

「そうだったんですか……」

駿作は吐息をして舌を出した。

「すみません。記者の癖に、そんな事も下調べせずに……」

「詳しい事を知りたいなら、さっき言った『文楽の館』に行きませんか？　いや、案内させて下さい。折角の取材なんだから」

本当に別人のようだ。あの時は気が動転していただけで、ふだんは人に気遣いをする良識ある人なのだろうと駿作は思った。

「はい。ありがとうございます……でも、専務は今……」

「いやいや。父に取材するつもりだったんでしょ？　ならば、私が代わりにするのは義務みたいなもんだ」

恭一郎は通夜や葬式の話は一言も口にせず、駿作を『文楽の館』に案内するといってきかなかった。恭一郎の優しさの中に強引なものを、駿作は垣間見た気がした。

5

『文楽の館』は百舌目家から車でわずか十分ほどの県道沿いに、威風堂々と建っていた。

古めかしい神社のような造りを想像していたが、まったく予想を裏切られた。木造だが、形は六角形で、近代的な趣向が凝らされている建築物だ。もう二十数年前に建造されたものだが、まだ新築に見える。

釘を一本も使っていない、寄せ木という特別な造りらしい。それで堅牢な建物が造れるのだから、日本には素晴らしい匠の技があるものだと改めて感動した。

六角形の館の中は、文楽専門の舞台になっている。

舞台の間口は約七間半あり、大阪の国立文楽劇場と同じくらいの大きさである。駿作は、ゆったり座れる椅子席をあらこち移動しながら、恭一郎の説明を聞いていた。

「この舞台の端から約一間くらい、舞台の奥から七尺ほど、舞台の間口一杯に落ち込んでるでしょ？」

恭一郎は、駿作の手を摑むようにして、舞台の傍らに上がって見せた。確かに、四十センチほどの深さに落ち込んでいる。

「これは『船底』と言ってね、普通の舞台の平舞台にあたる所なんだよ」

その船底の奥は、前の舞台と同じ高さで『本手』というらしい。つまり、文楽の舞台は二重になっており、『船底』を人形遣いが移動して、芝居をするのである。

人形の出入り口の『小幕』や、義太夫が顔を見せない場合に使う『御簾内』など、駿作には充分理解できなかったが、その設備は一流の劇場と比べても遜色がなかった。

舞台に向かって右手、つまり上手の端に、客席の方に斜めに張り出している場所がある。恭一郎は、駿作をその上にまで招いて、そっと座らせた。

ここは『太夫床』といい、金屏風をしつらえた、義太夫と三味線弾きが演ずる所である。床は回転するようになっており、場面が変わるごとに、演者が入れ代わる構造になっている。

「どうです？　ここからは結構、見晴らしがいいでしょ。客席も舞台も一目瞭然なんですよ。義太夫はここで語るんです」

「これは凄い。座ってみないと分からないものだなあ……なんだか、こっちが恥ずかしくなる。お客さんからまる見えだ」

「だけど、客にこっちを見られたら、芝居は失敗でね」

「どうしてです？」

「だって、人形芝居をしてるんですよ。芝居が始まったら、人形の世界に没頭して貰わないとね。熱演してる義太夫や三味線に、客の目が行くようじゃ駄目なんだ。幾ら顔を出してても、義太夫や三味線は裏方だからね」

「はあ、そんなもんなんですか」

「そんなものです。ましてや、人形遣いが目立ったりしちゃ絶対いけない。いい芝居は人形遣いの顔が見えないんです」

左遣いや足遣いは黒子のように顔を隠しているが、主遣いはもろに顔を出している。もっとも、感情は出さない。どのような愁嘆場であっても、淡々と人形を動かしている。それゆえ、いつの間にか、主遣いの顔は意識の中から消え、観客は人形の姿にだけ集中するのである。

「へえ、そうなんですねえ……」

駿作は学生時代に一度だけ文楽を見たことがあったが、只々退屈だったという記憶しかない。だから自然と、義太夫や三味線、人形遣いの顔に目がいき、必死に演じている様が滑稽にさえ思えた。

最後部の座席から見ると、歌舞伎の舞台そのままである。

歌舞伎を遠くから見ると人形が演じているように見えるが、恭一郎は、歌舞伎の方が人形浄瑠璃を真似て、人間が演じるようになったと信じている。

六角形の館から南に一直線に渡り廊下が延びて、小さな博物館があり、文楽人形や道具類を展示していた。

一番大きな硝子箱の中に、美しい女性の人形が飾られている。

その前に駿作が立つと、突如、女性の人形が回転して、ニョキッと角が生え、口が裂けた化け物に変身した。

ぎくりと後ずさりした駿作を、恭一郎が背中を支えて、

「男のくせに、こんな事くらいで、驚かれちゃかなんなあ」

と妙な関西訛りで言った。

化けた人形は『がぶ』と呼ばれた人形で、『戻り橋』や『嫗山姥』という演目の浄瑠璃で使うらしい。

「いや、結構、恐い……こんな恐ろしい芝居もあるんですね」

「能のような幽玄の世界とは違って、浄瑠璃は人間の情念を剔るように描くのが、いわばテーマだからね。このような化け物ってのは、人間の中にこそあるんじゃないかな」

さりげなく言う恭一郎の目に、駿作は吸い込まれるものを感じた。近くに流れる小川の音が微かに変わった気がした。

「専務さん。あなたも……心の中が、変わる事があるんですか？」

「そりゃありますよ。これでも一応、人形遣いをしてましたからねえ……」

意味ありげな微笑を浮かべて、恭一郎は駿作を遊歩道に誘った。

春の陽射しが樹々の間で跳ねている。

数歩先を歩く後ろ姿を見て、駿作はふと、恭一郎が『逢魔が滝』に飲みに出かけていたという話を思い出した。

「あの、専務……」

「百舌目とか、恭一郎とか名前でいいですよ。専務と呼ばれるのは、本当はあまりね……好きで商売替えしたわけではないから……はは、愚痴はいかんですな」

振り返る恭一郎に、駿作は追いかけながら、

「後で、警察から、寿郎さんの遺体の第一発見者が恭一郎さんと聞きましたが……」

と、さりげなく訊いた。

恭一郎の口許が微かに歪み、遊歩道の傍らに流れる小川に目を移した。

「よろしかったら、発見した事情を話して頂けませんか」

「…………」

「なんだか、嫌な訊き方をしましたね」

「いや。いいんです」

恭一郎は駿作の質問に機先を制するように続けた。

「――まだ親父が死んだばかりなのに、私が事件に関わってるんじゃないかと思ってる人がいてね……中傷する者もいる」

「………」

「あの百間石垣から、私が突き落としたんじゃないか……と言う人までいる。そんなことできるわけがないし、心外だが……まあ、無理もない。私と父の仲は決して、よくはなかった。なにしろ、また徘徊したと思って、探しに出かけたら、あれですから……私が最初に発見したのだから、妙な噂をされてもしょうがない……」

曖昧な言い草だった。

「ですが、致命傷は刃物です。まだ、真偽のほどは分かりませんが、〝ニッカリ青江〟という名刀による殺害だと、私たちマスコミは聞いてます」

「ええ。ニュースで知りましたよ。でも、あなたたちが変な噂を流したなんて言ってない。誰が言いふらしてるか、大体の察しはついてるけどね」

この前は、あれこれ穿鑿(せんさく)する新聞記者は嫌いだ、特に毎朝新報はとでも言わんばかりの口振りだったから、駿作には意外だった。

「大体の察し……というのは」

「ま、私たち百舌目一族を恨んでいる……いや、妬んでいる人が多いということです」

「妬んでいる……」

「もう、おたくも調べたでしょうが、この村の土地も含めて、かなりの広さの地主でね、製薬会社や製菓会社、IT関連会社やゴルフ場などに売り渡したからね。最近では、太陽光発電……メガソーラーのために、何百ヘクタールも山林を売りましたから……『豊国』の成功も、それで手にした金によるものだとやっかむ人も多い」

「だからって、殺しまでは……」

「資産家というほどではないと思いますが、まあ、人の目にはそう映るのでしょう。親父が亡くなって、一番、得するのは私ですからね……人の口に戸は立てられません」

「では、そのことも含めて、すべて警察には話すべきですね」

「え、ああ……そうしますよ。アドバイスありがとう」

あやふやに恭一郎は答えた。駿作はそれ以上突っ込もうとは思わなかった。しかし、もうひとつ気になることがあった。

「でも、なぜ父親が亡くなった夜に、『逢魔が滝』に行ったかです。これも人の噂ですが……」

「ええ……君なら、一番辛(つら)いとき、誰と会うかね……最も信じられる人じゃないかね」

「奥様よりも……」

「ふん。あいつが一番、信じられんよ。この大変なときに、実家に帰りおった」

「実家って、何処なのです」

「大阪だよ。女房は、私が大阪で人形遣いをしてた頃に知り合ってね……文楽が好きだから、人形遣いと結婚したのに、人形工房の商売人の妻になるとは計算違いだってね。いつもの口癖だ。はは……」

自嘲気味に笑って、恭一郎は小川沿いの道を歩き始めた。そして、仰ぐように山の峰々を眺めて、

「ここから見える山の奥の奥まで、昔はうちのものだったとか……売り渡さなければ、不幸は起こらなかったかもしれない」

「不幸……ですか」

「いや、まだ見ぬ不幸……かもしれない。だが、確信のないことは言えないからね」

「まだ見ぬ不幸……」

謎めいたことを言った恭一郎の横顔を、駿作は見ていた。恭一郎が父親を殺したとは到底、思えない。だが、犯人が誰かということも、さほど気にしていない。駿作は内心を測りかねた。

「容疑者が逃走した疑いがあります」

「――そうですか……」

　恭一郎の反応の鈍さに、駿作が食らいつくように訊いた。

「気にならないのですか。犯人は、刀剣展覧会に展示するはずの名刀で、刺したかもしれないんです」

「………」

「心当たりはありませんか」

「特には……」

「でも、これも人に聞いた話ですが、寿郎さんには娘さんがいて、ええ、あなたのお姉さん、優子さんです……その方が……」

「姉の話はご勘弁下さい」

　異常なほど毅然と、恭一郎は拒んだ。

「父もそうですが、死んだ者の悪口は言いたくないのです」

「そんなに酷い人だったのですか」

「いや、逆です。自分に素直で、当時としては自由奔放で、斬新な生き方をしてて、恋多き女で……弟の私から見ていても、ハラハラしてましたよ……こっちは父の言いなりの跡取りですから、羨ましかったのかもしれませんね」

恭一郎が遠い目になったとき、文楽の館の方から、声を張り上げながら駆けてくる背広姿がふたりいた。振り返った駿作は、顔見知りではないが、風貌や体格、醸し出す雰囲気から、刑事だなとすぐに分かった。

駆けつけて来たふたりは、熊本県警刑事部捜査一課の高橋（たかはし）警部補と、捜査本部を置いた熊本城南署捜査一係の小松（こまつ）巡査だと名乗った。階級を名乗ったわけではないが、駿作はそうであろうと思って見ていた。

「百舌目恭一郎さんですね。お父さん殺害の容疑者が浮かびました」

高橋が言うと、恭一郎は誰ですかと訊き返した。ふたりとも柔道や剣道で鍛えているのであろう。近づいてくると胸板の厚い体軀で、髪を短く刈り込んだ、いかにも武闘派という物言いだった。

「刀剣鑑定士の上条綸藤という人です。調べたところ、寿郎の孫にあたるそうですね。だから、庇（かば）っているのですか、お父さんを殺されたのに……スキャンダルでも恐れているのですかな」

意外なことを高橋は言った。駿作が事の真偽を確かめるために訊いた。

「その鑑定士とやらが、殺したのは確かなのですか」

「〝ニッカリ青江〟……それを預かっていたのは、その鑑定士以外にいないからです」

「指紋でも出たのですか」

「柄(つか)からも、現場近くに落ちていた鞘(さや)からもね……百舌目さん。きちんと話して下さい。どういうことですかね」

「――孫が祖父を殺しますか」

恭一郎は冷静に答えると、小松が無頼な感じの言葉遣いで、

「今時、親殺し、子殺し、何があっても不思議じゃないんだよ。寿郎さんには多額の保険金がかかっていて、受け取り人には、孫の上条綸藤とやらも入ってる」

「そうですか。それは知らなかった……ならば、〝実家〟におりますから、どうぞ調べてやって下さい」

すぐさま恭一郎は、ふたりの刑事を百舌目屋敷まで案内した。途中、道端の竹垣の細く割れた所に、蛙や蜥蜴などが突き刺さっており、干物のように乾いていた。

それを横目に見ながら歩いていると、ジジジジジッと壊れたマラカスが擦(こす)れるような音がした。

「百舌が鳴いてる……」

恭一郎がぽつりと呟きながら、屋敷に到着すると、門内の石畳の先、玄関の外に、ひとりの黒い着物姿の女が立っていた。喪服であろうか、黒いのに艶光りしていた。

その顔を見て、駿作はアッと目を見開いた。

――あの写真の女だ……。

東写真館で見せて貰った、ポスターのような写真の女だ。

——いや、飛行機の中で隣り合った、あの美しい面立ちの女性だった。

駿作は思わず駆け寄って、駿作が声を出すと同時、女の方も思い出したようだった。

「あなたは、確か……」

「ええ、この前、飛行機の中で……」

ふたりの様子を見て、恭一郎も驚いたように、

「なんだ、君たちは知り合いだったのか？」

どちらにともなく訊いた。駿作はすぐ、

「知り合いというほどでは……いや、しかし奇遇です」

まるで何年かぶりに会った人のように目を細めると、刑事たちが割り込んできて、

「刀剣鑑定士の上条綸藤さん、ですな」

と彼女に訊いた。

「白舌目寿郎の殺害について訊きたいことがあるので、任意同行願えますかな」

高橋が半ば強引に言うと、駿作はまた驚愕した。

「待って下さいよ……この女性が、上条綸藤なんですか……男じゃないんですか」

「見てのとおり、女だ。上条綸藤は、何代か前からの当主の名跡。そうだな、本名は、上条綸子（りんこ）……間違いないな」

「はい、わたくしです」

「ええ！　ということは、あの美しいポスターの娘さんってこと……いや、そっくりなはずだ……しかも、寿郎さんのお孫さん……詳細を聞かせて貰っていいですかね」

割り込んで取材をしようとした駿作を押し退けて、高橋と小松はまだ逮捕状こそ持っていないが、是が非でも捜査本部に連行する気迫に溢れていた。

第三章　鬼山御前

1

高橋と小松刑事に任意同行を求められ、応じた上条綸藤は、とりあえず山都町の浜町警察署に連れていかれた。その一室を借りて、ふたりの刑事に取り調べられた。

木造二階建ての古めかしい警察署であった。

山奥なのに、浜町という名なのは、古代豪族の阿蘇氏が、南郷谷（なんごうだに）という阿蘇山火口の南側に広がる平原に本拠地を持っていたことに由来する。そこは、熊本の水源である白川の川辺にあるので、〝浜の館〟と呼ばれていた。承元（じょうげん）年間になって、今の矢部高等学校の敷地に本拠地が移ったが、名前はそのまま〝浜の館〟が引き継がれたのだ。

机を挟んで、高橋が上条綸藤と対面しているが、喪服姿のままの女の姿は痛々しい。傍らでは、顰（しか）め面の小松が逃走しないように見張っていた。

「こっちの調べでは、あんたが寿郎さんを呼び出したことを摑んでるんだ」

「………」

「あんたが宿泊していたホテルは、百間石垣から上通商店街に向かう坂道沿いにある。〝本家〟の古京町からはすぐだ」

「私は呼び出しておりません。たしかに、お祖父様の携帯電話に連絡はしました。でも、出ませんでした」

「今時、ガラ携だがね。寿郎さんは散歩する時にもあまり持ち歩かなかったそうだ。でも、殺された時には持ってた。しかも、あんたの着信履歴があった」

「ですから、かけたのは事実です」

「用件はなんだね」

「刀剣の展示会に来て貰おうと思っただけです。もっとも、会ったとしても、二年ぶりになりますが」

「二年ぶり……」

「はい。もうお調べかとは思いますが、母親は、百舌目寿郎の長女ですが、私が生まれて一年も経たないうちに……病気で亡くなりました。何の病気かは知りません」

　綸藤は病気のことを、言い淀むように答えた。父親は綸藤が中学二年まで生きていて、育ててくれたが、やはり病気で亡くなった。なんとなく不幸な生い立ちのようだが、その間は、京都の上条家の祖父と祖母が可愛がってくれ、父親……つまり、先代の綸藤が亡くなってから、京都の大学を出るまで、この祖父と祖母が面倒を見てくれたのだ。

心機一転、父が代々、受け継いでいた東京の神楽坂にある『咲花堂』を営むことになったのは、大学を出てすぐのことだ。幼い頃から、父親に本物を見せられており、いつかは自分も〝刀剣目利き〟になると思っていたが、専攻したのは興味のある理系の農学や林学、環境保全学であった。もっとも、家庭環境は整っているので、日本史や美術史の一環として刀剣史にも精力的に取り組んだ。

歴女や刀剣女子などの出現と相まって、また神楽坂という江戸の風情が残る町並みに、吸い寄せられるように客が訪れる。まだ二十六歳という若い女性でありながら、刀剣鑑定業界でも少し知られてきていた。もちろん、先祖が培ってきた信頼があってのことだ。

「——寿郎さんとは二年ぶりとのことだが、時々、会ってたのかね」

高橋の質問に、綸藤は素直に答えた。隠し立てすることは何もない。

「実は、初めて会ったのは、まだ三歳か四歳のときだと思います。はっきりとは記憶はありませんが、当時、祖父は七十近いですから、随分とお爺さんに見えました……突然、店に現れて、何か手土産を下げていて、父と短い時間話して、私の頭を丁寧に撫（な）でて、帰って行きました」

　それは磨（す）りガラスの向こうの出来事のようだったが、小学校の三年くらいに国立劇場小劇場に、父と楽屋見舞いに行ったのを覚えているという。

　能楽や歌舞伎、人形浄瑠璃の楽屋というのは意外と広い。ふつうの芝居の楽屋も狭くはないが、大広間という感じだ。特に子供だったから、だだっ広い印象だったのだろう。

　演目は忘れたが、寿郎は人形芝居を終えた後で、少し高揚感があったのか、綸藤のことを抱きしめて、

「お母さんによく似てきたなあ。そっくりだ。生き写しだ」

　と何度も繰り返した。線香臭いなと綸藤には感じられたが、香道にも通じていた寿郎のことだから、名物の香木でも焚いていたのかもしれないが、綸藤には強い匂いの記憶だけが大きく残っている。

　そのとき、楽屋や廊下の人形置き場に立てかけられている浄瑠璃人形が、あまりにも大きくて感動したのを覚えている。

　角目頭（かどめかしら）、寄年頭（よりと）、別師頭（べっし）、家老頭、丸目頭、三曲頭、娘頭、後室頭、婆頭（ばば）、三番叟（さんばそう）……など百種類ほどある頭は、役者のようなもので、それに被り物や衣装などをつけて、登場人物の〝役〟に変身するのだと教えてくれた。

しかも、人形の一体一体に、十郎兵衛、重次郎、徳右衛門、与次郎、八重垣姫、初菊、皐月、恵比寿などと、名前が付けられている。生まれた子に命名するのと同じだ。まさに、歌舞伎役者が、キャラクターに応じた役を演じるのと変わらない。

文楽人形のひとつひとつを、寿郎が作っていることも、そのとき初めて知った。美しいだけではなく、カラクリ仕掛けの人形のようなものであるから、その苦労は並大抵ではないだろうと、綸藤は子供ながらに思った。

母方の祖父の文楽を初めて見たわけだが、それからも折に触れて、他の名人の人形浄瑠璃に触れていった。祖父と繋がっている感じがしたのかもしれないが、純粋に義太夫の声や悲しく切ない物語を楽しんでいた。

人形芝居の源流は、平安時代に人形を操って放浪していた傀儡子だが、鎌倉時代になって、摂津西ノ宮で〝人形舞わし〟とか〝夷舞わし〟と称して芸能の民として暮らすようになった。その一派が淡路島に渡って、〝道薫坊廻し〟という人形を操っていたが、その頃は神事的なものだった。

その後、琵琶を伴奏とした法師による平曲の「浄瑠璃姫物語」が人々の間に広まり、後に永禄年間に中国から入ってきた三味線の音と合体して、浄瑠璃として定着してきたのだ。文禄・慶長年間というから、秀吉が朝鮮出兵した頃に、京都の四条河原で〝人形浄瑠璃〟として演じ始められた。

木偶の坊——という言葉があるように、当初は木人という素朴なものだったが、江戸時代に入って、人形の首が動くようになり、手が出て足が生え、目や眉が動くようになってくる。硝子の玉眼が入ったのは宝暦七年（一七五七）、亀屋利助が作ったのが最初で、三人使いになったのは、享保十九年（一七三四）というから、ずいぶんと長い歳月をかけて発展し、完成されてきた芸術作品なのである。

阿波徳島には、鳴州、源兵衛、佐兵衛、大江順右衛門、人形富、人形忠、人形友、天狗久、天狗弁、そして大江巳之助ら名人によって、江戸の天明年間から現代まで、営々と文楽人形が作られてきたのだ。それらの優れたものに比べれば、

——手遊びに過ぎません。

というのが寿郎の言葉であった。謙虚だが、誰にも負けない人形を作ることができる、という自信の裏打ちがあるからであろう。

高橋と小松は、寿郎と綸藤との関係はよく分かったが、

「そんな仲なのに、なぜ殺したんだ」

と決めつけた。

「ですから、殺してません」

「だが、あんたが扱ってた〝ニッカリ青江〟によって殺されたのだぞ」

「扱ってません」

「白を切っても無駄だ。今度の刀剣展示会は、パンフレットにもあるとおり、当代の刀剣鑑定名人・上条綸藤が選りすぐりの……と書いてあるではないか」

「展示会には、必ずしも本物が飾られるとは限りません。絵画などでもそうであるように、精巧なレプリカの場合もあるのです。国宝などであれば、万が一、盗難被害に遭えば大変なことになりますしね」

「ほう、贋作を見せるというのか」

「贋作というのは当てはまりません。鑑賞のために作った見本というべきかと」

「同じことじゃないか」

「いいえ。刀は突き詰めていけば、人を斬るための道具で、合理的にできています。合理的なものは、ほんとうに素朴でシンプルなのです。何もかも削ぎ落とした純粋な美しさが刀剣にはあります。しかも、作り手のざわついた芸術観だの思想哲学などを感じさせない。そこが絵画や彫像などとは違うところです。作者が分からなくても、見る人の心を揺さぶり感動させます」

「能書きはいいよ」

「ですから、私は必ず本物を見せたい。だから、今回の展示会にはレプリカは一振りもありません。ただ…… 〝ニッカリ青江〟だけは、残念ながら、偽物だった。だから、展示から外したのです。倉庫にしまっておいたはずです」

「で……」

「どうして、その脇差しで、お祖父様が殺されたのかが分からないのです」

「ふん、なるほど……そうやって誤魔化すのが、あんたの人間性のようだな。〝ニッカリ青江〟という脇差しは、届いていなかった……と館長は証言したぞ。つまり、あんたが持っていたということだ」

「届いていない、ということにしたのです。贋作だったとは言えないですから」

「おい。いい加減、警察を舐めるなよ」

しだいに威圧的になってくるが、〝刀剣目利き〟には心眼がある。刀剣の真偽が分かるように、人の心にも裏表がある。悲しいかな綸藤は、接した人間の本性を見抜く能力に長けていた。

目の前のふたりは、自分が頭で信じ切ってしまったことに、後付けの理由が欲しいだけだと考えている。綸藤はそう思った。

「では、こちらからも質問させて下さい」

綸藤が真剣な目を向けると、高橋は座り直して、剔るように見つめ返した。

「なんなりと、どうぞ」

「〝ニッカリ青江〟はレプリカでした。丸亀に問い合わせたところ、発送の手違いだと認めました。なので、残念ながら、今回の展示からは外しました。それが、なぜ、どうして、持ち出されたのでしょうか」

「だから、あんたが持ってたんだろ。館長に届いてないことにしてくれって頼んで、自分が保持していて、それで殺した」

「もし、私が殺すとして、わざわざ〝ニッカリ青江〟で殺す意味がありますか。ふつう身近にある別の刃物を使うでしょう」

「ふつうじゃないことをしたい殺人者は、いくらでもいるんだよ」

嫌味な目になった高橋は、軽く机を叩いて、

「そんな名刀で、人間国宝が殺されたとなれば、ちょっとした話題になる。展示会も大盛況になるってもんじゃないか」

「この事件のお陰で、中止になってます。もう少しマシな推理をして下さい。とにかく、〝ニッカリ青江〟で殺されたのが本当ならば、美術館の倉庫から、どうやって盗み出されたのか。そもそも、本当に凶器なのですか」

「鑑識の結果、はっきりしている」

「レプリカなら、刃は研いでませんが」

「そうだよ。だが、突き刺すことはできる。現場に落ちていた〝ニッカリ青江〟に間違いない」

高橋が断言すると、小松もそうだと頷いて、いい加減に正直に言えと付け加えた。

「正直に話してます」

　綸藤は気丈に答えた。その顔を見て、高橋はニコリと笑って、

「気の強い女なんだな。怖い顔をしても、美人は凜として綺麗だ……だからって、その色気には、たらしこまれないからな」

「セクハラですか」

「どう受け取ろうと結構……ここでは埒が明かないから、やはり捜査本部まで来て貰いましょうかな」

「任意同行ではなかったのですか。そこまで言うのなら、帰らせていただきます。逮捕令状を持って来て下さい」

　強い口調に綸藤がなったとき、小松が横から顔を突きつけて、

「だったら、なぜ逃げたんだ」

「逃げてません」

「荷物を置いたまま、行方を眩ましたじゃないか」

「こちらで葬儀があると聞いたからです。百舌目家の人たちは、みんな〝実家〟に集まると聞いたので、取り急ぎ……」

「取り急ぎ……ほう、鍵もフロントに預けないで」

「今時、カードですよ。連泊していれば、ふつう持って出ます」

「ああ言えばこう言う……」

高橋が呆れ果てたとき、また小松が自分のスマホを取り出して、綸藤の前に置いてオンにした。そして、録音していたものを聞かせた。それは、掠れた寿郎の声だった。

『——エゴワコト、イタザエモン……』

それだけ言って切れた。

「これは、寿郎さんが殺される少し前、ある人物……ま、言っていいでしょ、高橋さん……このメッセージを二の丸清花さんに、送ってるんだ。彼女のことは知ってるな」

「ええ、熊本文科大学の……」

「寿郎さんとは文楽研究を通じて、親しくなっていたそうなのだが、最後の言葉なんだ。よくいうダイイング・メッセージかも」

「——エゴワコト、イタザエモン……」

綸藤は繰り返し聞いた。

「二の丸さんは、何のことだか分からないと言うんだがね……なんで、こんなものを二の丸さんに残したのか……民俗学や芸能史などに精通している彼女もさっぱり……」

「もしかしたら……」

首を傾げながら、綸藤は言った。

「これは……もしかしたら、〝せんぼ〟かもしれません」

「〝せんぼ〟……なんだ、そりゃ」

「隠語のことです。人形浄瑠璃関係者だけが使うもので……でも、今時、これを使う人はあまりいないのでは……」

「どういう意味だ」

「私にもちょっと……でも、それこそ叔父さん、恭一郎さんなら分かるかと」

江戸時代には、かつて何十もの人形座が諸国を巡っていた。その際、大名お抱えの者たちは、いわゆるスパイとして国の事情を調べていたとの俗説もある。その際、お上に知られないように使った、自分たちだけの暗号が、〝せんぼ〟と呼ばれていたのだ。

「〝せんぼ〟……」

高橋と小松が首を傾げたとき、乱暴にドアを開けて、黒い礼服に黒いネクタイ、サングラスの男が入ってきた。見るからに柄が悪い。小松はとっさに摑みかからん勢いで、

「誰に断って入ってきてんだ、こら」

と体を張った。

だが、すぐに高橋の方がやめろと止めて、

「本部長の大岡警視長だ」

「えっ――! これは失礼致しました。本官は熊本城南署の……」

「分かっとっと」

サングラスを外すと、高橋に向かって、大岡は言った。

「彼女は俺が預かるばい。それでよかとね。訊きたかこつもあるばってんが、こげな乱暴なやりかたはようなか」

「はい。承知しております」

小松はがらっと態度を変えて、敬礼をしたままだったが、部屋の外にいる人影が気になった。見ると、駿作だった。

「――あんた……」

何か言いかけた小松に、大岡は遮って、説諭するように言った。

「白舌目家にお悔やみに来ただけたい。そしたら、この記者から、上条綸藤さんのことば聞いたとよ。きちんとした証拠が出るまでは、俺に任せろ。この人は逃げも隠れもせん」

「あ、はい……でも……」

「よかな」

念を押した大岡に、ふたりは従うしかなかった。

「いや、それにしても、本部長は、熊本弁が上手になりましたなあ」

高橋がヨイショするように誉めると、大岡はまんざらでもなさそうに、

「そんでんなか。まだまだとたい」

その話を聞いていた駿作が意外な目を向けて、

「熊本の人じゃなかったのですか、本部長は」

「俺か？　ああ、ちゃきちゃきの江戸っ子よ。先祖は大岡越前守忠相だ」

「えっ、そうなんですか！　これはまたまた……俺の先祖は〝御城奉行〟を担っていた一色駿之介という旗本です」

「なに、そうなのか。一色駿之介のことなら、『大岡日記』に何度か出ておる。屋敷も通称、大名小路で、今の裁判所の合同庁舎辺りだが、隣り合っておったからのう」

「いえ。うちは深川で……」

「それは下屋敷の方であろう。ふはは、そうか、そうか。先祖が結んだ縁か、どうりで気が合うと思うたぞ」

「いえ、合いません」

駿作は首を振ってから、急に口調が変わった大岡に尋ねた。

「なんで、熊本弁を話してるんですか。地元の人に比べて、なんだかちょっと変な感

じはしてたけど」

「そりゃ、赴任地に馴染むのは、その地方の言葉を話すのが一番たい。そうじゃろ」

大岡が大笑いするのを、駿作や綸藤たちは、困惑ぎみに見ていた。

2

「――エゴワコト、イタザエモン……これを父が、二の丸清花さんに……？」

恭一郎は、なぜ清花に伝えたのかは不可解だと呟きながらも、

「これは、エゴ、ワコト、イタザエモンだと思います。エゴは子供、ワコトは女房、イタザエモンは太夫を意味します。つまり、父の息子の妻と、義太夫のことを伝えたかったのではないか……と思います」

と大岡に伝えた。文楽人形のことなら恭一郎に訊くのが一番だと、訪ねて来たのだ。三味線弾きのことはヅルテンカンジ、人形はゲニ、太鼓はズルコ、浄瑠璃はコワミ、芝居はバシュ、頭はシュミケン、目はコッパリなどと幾つかの例を出しつつも、今はほとんど使われていないと話した。だから、玄人が聞いても分からないか、聞き逃すだろうという。その上で、

「父は、私の息子の妻と義太夫が、事件に関わっている、あるいは犯人だと言いたか

ったのかもしれません」

と恭一郎は辛そうに言った。

「エゴが息子なら、他にもふたり、いらっしゃるじゃないですか」

駿作が訊くと、エゴは概ね長男のことを指すという。

「で……義太夫にも思い当たる節があります。赤星さんです」

「ああ、観光協会理事長の……赤星さんが義太夫で、甲斐さんが三味線でしたよね」

「そうです。赤星さんは女房の節子とは実は親戚になります。ふたりの母親同士がいとこなんです」

綸藤は事情を知っていたようだが、駿作には少し複雑な関係にあるのかと感じた。

「あなた方夫婦には、お子さんはいませんでしたよね」

市内の〝本家〟で会ったときのことを、駿作は思い出しながら確認した。

「次男の周次郎さんは大学教授で、妻の鈴代さんは一応、『豊国』の役員。その息子さんの輝幸さんはロックシンガーで、由奈という娘さんは、人形作家を目指してる……で、三男の勲さんは、『豊国』の営業部長、妻の陽子さんとの間には、東大を目指している正樹というお子さんがいましたよね」

「――よく覚えてますね」

恭一郎が感心すると、記憶力も記者の能力のひとつであると、駿作は答えて、

「お子さんはともかく、弟さんやその妻たちに、疑わしいところはないのですか。遺産絡みのこともあると思いますが」

と訊き返した。

すると大岡が駿作の胸を押し返すようにして、

「警官がおっとやから、俺に訊かさんね」

と恭一郎の前に座り直した。

「亡くなった寿郎さんのことで、ちょっと調べたばってんが……近頃、かなりの借金をしてますな。複数の銀行から、億単位の金を……ご存じでしたか」

「ええ、まあ……」

「莫大な土地を担保にしているから、その程度の金なら貸してくれようが、何に必要だったとですか。『豊国』の経営も、悪くなかとでしょうが」

「ありがたいことに黒字です。父が金を借りたのは、もっと山奥にある山林を買うのが目的でした」

「山林……今でも山林や田畑は相当あるでしょうに」

買い占めなくてもいいではないか――とでも言いたげに、駿作が溜息をつくと、綸藤は横合いから、

「この辺りの山に愛着があるからです。しかも、みんなのためなんです」

と言った。何か事情を知っているかのようだった。

だが、すぐに恭一郎が口を挟んで、

「人形の材料を得るためです。自然林の中から、良いものを選びたいとのことでね」

と呆れ果てた顔になると、綸藤も大きく頷いた。

「たしかに、お祖父様は人形作家としての拘りで、随分と無茶をしているようでした……文楽人形の頭は、檜で作るのが定番ですが、桐が使われることも多い。桐の生長は早く、二、三十年で大木になります。樹木の中では最も軽く、色白で木肌は美しく、木目が細やかなため、人の顔にするには最も相応しいとお祖父様は考えていました」

すらすらと綸藤が話すと、そのとおりだと恭一郎は少し嬉しそうな顔になった。

「桐は、刀剣や掛け軸、着物など高級で貴重なものを収納する箱のほか、琴や琵琶などの和楽器にも使われるでしょ。ねえ、叔父様……元々は、中国から飛鳥時代に渡来したのですが、中国同様、日本でも、桐柄は、菊とともに皇室の紋章や神紋にも使われるほど高貴ですから、武家もよく家紋としました」

五三の桐、五七の桐、唐桐などがそうであろう。

「保存性に優れているのは、桐が呼吸をしていると言われてるからです。乾湿の調整ができるからで、まさに〝生きている〟ような人形作りに相応しい材料は、他にないんです。でも、手や足は動かし易いように軽い杉を使うこともあります」

「さすが大学で、そっちの方を学んだだけあるな」

頼もしそうに恭一郎は綸藤の顔を眺めながら、

「桐なんぞ、どこにでもある……と思われるでしょうが、霧の深いこの地の山中で、自然に育ったのが最もいいと、父は言ってた……たしかに持ってみると、桐の産地によって違う気がする」

「そんなものですか」

駿作が訊くと、大岡は分かった風な顔をして、しきりに頷いていた。恭一郎は父親から常に、

――材料が一番、根気が二番、腕が三番。

と言われていたという。

「幾ら腕がよくても、材料が悪ければ、どんなに手をかけても、そこそこの人形しかできないんです。将棋盤なども、榧や桂を使うと思いますが、継ぎ足すわけにはいかないので、一本で将棋盤の平面を取れる大木でないといけない」

「ああ、そうですよね……」

「人形の頭も同じで、合板のように張り合わせるわけにはいかない。中を削り取って作るとはいえ、ひとつの顔は、一本の木からしか取れないんです……だから、親父は桐に拘っていました」

恭一郎は職人ではないが、かつては人形遣いだっただけに、父が作ったものの一体一体に、愛着があるようだった。廊下に並んでいる人形の群れを眺めながら、

「だから、ああして、生きた人間が立っているように見えるんです」

「本当ですね……」

駿作も、凜とした人形の姿に引き込まれそうになった。同じように見ていた大岡が、溜息混じりに言った。

「とは言っても、たかが何体かの人形作りのために、広大な山林はいらんとでしょう。気に入ったのが、何百本にひとつしかないとしても」

「ええ、そうですね。『豊国』の方の人形は杉がほとんどですが、それでも、大部分の山林は無駄だと言ってもいいくらいです」

「なのに、なぜ……」

「人形作りをする中江基志に残してやるつもりだったと思います。孫娘の由奈も使うかも知れないし、その先の子々孫々も……」

先々のことを考えるのは、自分たちも先祖から営々と受け継いでいるという意識が高いからであろう。

「いやいや。それにしても、ちと度が過ぎとるばい。俺は他に何か狙いがあるのではないかと、睨んでおるばい」

大岡の目がギョロリと動くと、恭一郎は訊き返した。

「他の狙い……なんですか、それは」

「それが分かれば、すぐに警視総監になれるたい。ガハハ。とにかく、俺は百舌目家の有り余っている財産、その遺産を巡る争いが、今回の悲劇を生んだと思うとるばい」

「そんなことは……」

「恭一郎さんには、ちと残酷な言い草だが、捜査本部はその路線で動いとったい。ましてや、寿郎さんが残した〝せんぼ〟とかいう呪文みたいな言葉が……節子さんと赤星さんを指してるとしたら……」

顎に手を当てて唸っていた大岡は、

「なるほど、そうか。これは節子が筋立てをして、赤星が実行した。間違いなか！」

と手を叩いた。

「こりゃ、警察としてもキチンと動かねばならんと」

「――そうですね……でも、私は……身内の者がやっただなんて……信じられない……信じたくない」

目が虚ろになっていった恭一郎の顔は、文楽人形の〝舅頭〟のように、俄にやつれたように見えた。

綸藤がふと中庭にある大きな切り株に気付いた。

結構、古めかしいが、大切そうに残してあり、注連縄のようなものまで巻いてある。

それに吸い寄せられるように見て、

「――あれは、桐ですよね……」

と指さすと、恭一郎はハッと我に返ったように答えた。

「あれは、綸藤……いや、綸子の母親、優子が生まれたときに、父が植えた桐の木だよ」

「桐の……」

「ああ。昔の農家ではよく、女の子が生まれると庭に桐の苗木を二本植える風習があったのだよ。お嫁に行くときに、生長した桐を伐って、それで桐の箪笥だの長持のような衣装入れにするんだ。嫁入り道具としてね」

「聞いたことがあります」

「それに加えて、うちでは人形も作って、持たせたんだ」

綸藤はその話を聞いて、

「私の家にもしばらく、硝子箱に入った小さな赤い着物の人形があったような……」

と思い出すと、恭一郎は感慨深げに、

「ああ。刀剣鑑定士との結婚には反対だったが、父がせっせと作ってたのを、私もよく覚えてますよ」

改めて綸藤を見て、本当に母親によく似てると呟いた。

「裏庭を見せるよ……」

恭一郎に案内されて、そこにも何本かの桐の木が聳えているのを見た。

「手前の二本が、優子に娘が出来たと聞いたときに植えたもの。その向こうのは、次男の娘が生まれたとき……本当に歳月が経つのは早い。あっという間に伸びた……」

見上げる綸藤の横顔を、恭一郎は父親のような目で見つめていた。

3

翌日の午後、恭一郎は市内の公会堂まで、文楽についての講演をしに行った。予てからの予定だとはいえ、葬儀が終わったばかりだというのに、火葬場には行かず、ボランティアを優先した。

事情を話せば中止にだって出来たはずだ。だが、千人も来る予定の講演を自分たちの都合で変更したくはなかった。寿郎が望んでいたことでもある。講演だって、現役で舞台に出ていたときと同じ、親の死に目に会えなくて当然と思っていたほどだ。

白舌目寿郎の内弟子、中江基志の案内で、駿作は恭一郎を追跡取材した。これも事件解明の糸口が見つかると思ってのことだ。

　会場に入った時、駿作の目に飛び込んできたのは、甲斐睦雄の姿だった。甲斐は『甲斐製材所』という会社を経営しており、地元の伝統工芸協会会長でもあるため、県会議員へと嘱望されている地元の名士のひとりである。

「――観光協会理事長の赤星二郎が義太夫で、甲斐が三味線弾き……来てても不思議ではないが……」

　壇上の恭一郎を異常なほど強い目で見ているので、駿作は気になったのだ。

　駿作は、恭一郎の講演を聞いているうちに、自分も文楽の世界に入り込んでいくような気がしてきた。が、ふと霊妙な気持ちに包まれた。恭一郎の顔が、父親を亡くしたばかりの人の顔に見えないからである。父親が亡くなったのがずっと以前のような、いや、そのような事実がないかのような穏やかな目をしている。

　大勢の聴衆の前だとはいえ、駿作はその穏やかな姿が気になった。客席の人たちも、寿郎が殺人事件に巻き込まれたことは、ニュースなどで知っているはずだ。だが、恭一郎は父親の死に簡単には触れたものの、それ以上のことは言わなかった。客席も、忌中への配慮をしている雰囲気だった。

　講演の後、楽屋を訪ねると、恭一郎は関係者らと簡単に談笑をした後、駿作を市内から車で二時間近くかかる山林に誘った。綸藤も一緒に来るという。

「父や姉のことを、少しでも教えますよ」

山間の町から、さらに宮崎県境に向かって最近流行りのSUVを走らせた。四駆だから曲がりくねった急な山道もストレスなく走ることができるらしい。

見晴らしの良い林道を抜けると、ちょっとした材木置き場が開けていて、作業小屋があった。そこに隣接するように、木材用のケーブルカーがある。荷物や作業員を運ぶものだが、眼下は目が眩みそうな高さだった。

駿作、恭一郎、綸藤の三人が登った山は、阿蘇山の外輪山の一部で、死んだ百舌目寿郎所有の山林である。十万坪以上の広さを擁しているという。登記簿や地図などは見たことがあるが、正確な面積を恭一郎は把握していないという。

だが、近くには温泉地もあり、行楽地としても賑わっている地区がある。甲斐を通して、ゴルフ場と保養所の用地に売ってくれと話が来ていたが、寿郎は一切、承諾しなかった。先祖代々の土地と樹木を守りたいという信念があったからだ。

それに山林は、綺麗な地下水を作り、土砂崩れなどの災害を防ぐためにも重要な役割がある。不要な所は切り売りしてきたが、肝心な山は保有してきた。

百舌目家は江戸時代中期から伝わる人形浄瑠璃師だが、その前は、元々は杉樽作りの本家だった。先祖は、若い頃から文楽に魅せられて、一家から人形師、義太夫、三味線など多くの才人が出ている。人形作りに必要な桐、楢や檜も生育している山だから、人形も作るようになり、文楽人形細工師としても名声を得続けてきたのである。

奇妙な事故が起きたのは、そのケーブルで移動しようとしたときのことだった。

山を下りはじめた、三人が乗っているケーブルのワイヤーが突然、切れたのだ。

ケーブルはどんどん加速していった。

「危ない！」

咄嗟に駿作は、綸藤を抱き寄せたが、ケーブルは、急斜面を滑り落ちた。二重にしてあるはずの制御装置も効かない。振動が激しくなった。横揺れで投げ出されそうだ。このままでは斜面を猛スピードで滑り落ち、停止板代わりの岩に激突してしまう。

「しっかり摑まって！」

急斜面がやや緩やかになった時だ。恭一郎は必死に、材木の滑り止めにしている、もうひとつのワイヤーを引っ張り、わずかに減速したが、ケーブルから下草が繁る斜面に横転しそうになりつつ、山肌に突っ込んだ。

ガツンと鈍い音がした。灌木の幹に、恭一郎の体が吹っ飛ぶのが見えた。次の瞬間、激しくケーブル車両が転がり、駿作と綸藤も抱き合ったまま斜面を転がり、木の根っこかどこかで頭を打ったのか、駿作は気を失った。

どれほど時間が経ったのか――。

我に返ると、駿作は目の前に白いカーテンを見た。どうやら、病室らしい。それを、

ゆらりと動かして覗き込み、

「大丈夫か、おい」

と入って来たのは、支局長の阿部だった。なぜか、清花も一緒だった。ふたりは安堵したように笑っている。

駿作は生きている自分の肌にいとおしげに触れながら、

「恭一郎さんと綸藤さんは無事ですか？」

「別の病室にいるよ……まったく、ざまあないな。だが、大事なくてよかった。営林署の人が事故に気付いて駆けつけたらしいが、本当に無事でよかった」

「ご心配おかけしました」

「恭一郎さんは肩を強打して全治二週間らしいが、綸藤の方は、おまえが庇ったお陰で、大した怪我ではないらしい。とっさのときには、女の方を守るんだな。さすがだ」

「いや、もう無我夢中で……」

「おまえも頭を打ったみたいだから、外傷の手当てはしているが、後で脳の精密検査を受けた方がいいとのことだ。腕にも打撲や擦過傷はあるようだが、運が良かったな」

「そうでしたか……」

他人事のように駿作は言った。それより、阿部がなぜ清花と一緒なのかが、少し気になっていた。だが、阿部の方から。

「彼女から報せを受けてな。実はちょっとしたことを聞いて、何かあってはいけないと、こっちへ来てみたら、この事故だ」

「何かあったらって……？」

「一応、警察にも届けたのだがな……寿郎さんを殺したと思われる凶器、〝ニッカリ青江〟は実は、彼女が預かっていたのだが、盗まれて、あの事件に……」

「ええ？　だったら、なぜ先にそのことを言わなかったんだ」

駿作は責めるように清花に言った。

「寿郎さんに頼まれたのです。そのことを、綸藤さんに相談したら、たとえレプリカであっても、それはできないと……だから、館長に相談して、一日だけ借りて、寿郎さんに届けようとした」

「なぜ、寿郎さんはその刀を見たかったのでしょう」

「さあ……分かりません。幽霊を斬った曰く付きの脇差しで、京極家という能楽などとも関わりが深い名家が持っていたことで、文楽に活かしたかったのでは……寿郎さんは人形芝居であっても、茶器や扇子、刀なども本物を確認することがよくありましたから」

「それにしても、孫の綸子さんに言えばいいことなのに……」

清花が届ける途中、何者かに奪われ、夜になって殺害事件が起こったという。俄に駿作には信じられなかった。初めから正直に話せば済む話だ。自分が疑われるのが怖かったと清花は言い、前から親しかった阿部に相談したのだという。

「阿部さんに……」

「ええ。ですから、すぐに百舌目家の〝実家〟まで一色さんと一緒に来たのは、何か真相が分かるかと思ってのことなんです」

「あなたに残した〝せんぼ〟のことも、話してはくれなかった。山都町に来る車の中でも話せたはずだけど」

「そのことは、後で警察の人に言われるまで、何のことだか分かりませんでした」

「――そうですか……」

駿作は答えたが、納得できたわけではない。この清花という女も含めて、誰も彼もが怪しく思えてきた。

そういえば、最初に熊本城内で、寿郎が倒れていたとき悲鳴を上げたのは、清花であった。誰かに突き飛ばされたと言ったのは彼女であって、駿作が見たわけではない。

しかも、石門の向こうに人影が見えたが、その人間が襲った相手がどうかは分からないし、清花の仲間だったかもしれない。今になってみると、疑わしい状況は幾らでもあった。

——もしかしたら、清花も犯罪に関わっているかもしれない。

と駿作は勘繰ったが、口には出さないでいた。

森林警備隊が事故現場を調べたが、ケーブルの破損が激しく、原因ははっきりしないという。地元警察の調べも結局、ワイヤーの老朽化による事故と断定し、ケーブルを管理している材木会社の社長・甲斐睦雄が、三人の治療代と見舞金を支払うことでケリがついた。

だが、一歩間違えば、死んだかもしれないほど激しい事故だ。しかも、非常事態にかかるべきブレーキ系統も故障していたのだ。駿作の拘りは消えなかった。ワイヤーは切れたのではなく、切断されたのではないかと思った。

——誰だ……一体、誰が……狙われたとしたら、俺ではない。きっと恭一郎さんか、綸藤さん……。

駿作はそう直感した。百舌目寿郎の死と何処かで繋がっていると思った。

同じ病院内の恭一郎を見舞うと、恭一郎はベッドから起き上がって、駿作にひたすら謝っていた。寿郎が莫大な金で手に入れた、桐が生育している山を見せたかったのだが、そんなことのために大事故になって、申し訳ないというのだ。

「でもよかった……肩を怪我したとのことですが、重傷ではなくて」

「ええ、でも、この事故のせいで、五日後に行われる文楽公演ができなくなる。久しぶりに人形遣いをする予定だったのです」

「そうなのですか」

「……いや、参った参った」

と包帯だらけの体を、恭一郎は少し動かしてみせた。

文楽人形は三人の人形遣いによって操られる。主遣い、左遣い、足遣いの三人である。主遣いは、人形の首と右手を操る中心的存在である。恭一郎は主遣いであるから、上演は延期にするしかなかった。

だが、恭一郎はまだ延期の通達を出さない。

「腕を切断したわけじゃないんだ。このくらいで上演を中止にしてちゃ、元主遣いとして恥ずかしいよ」

意地になったようにそう言う恭一郎を、駿作は不安げな目で見た。

——なぜ……どうして、そこまで拘るのか。気持ちは分かるが、観に来る人だって、怪我人に人形を操らせたくないはずだ。

そう言いたかったが、ふと翳る恭一郎の横顔を見ると、駿作は何も言えなかった。

駿作は精密検査を受けた後、その日のうちに退院した。市内には帰らず、東写真館の計らいで、二階に昔の通信部のように、下宿することになった。

綸藤の怪我も大したことはなく、百舌目家の離れに逗留する事になった。

駿作は翌日も、病院の恭一郎を見舞った。花束や見舞品で、恭一郎の部屋は一杯になっている。そこには、綸藤も訪ねて来ており、自分も怪我をしているのに、まるで娘のように甲斐甲斐しく世話をしていた。

しかし、妻の節子の姿はなかった。

恭一郎も、本気で心配してくれる駿作の人柄に魅かれたのか、しだいにうちとけていった。駿作としては、綸藤のことが気がかりだっただけのことだが……。

「君まで巻き込んで、悪かったな……」

謝ってばかりの恭一郎に、駿作も初対面のときとは印象が随分と変わって、色眼鏡で見ることはなくなった。だが同時に、恭一郎を取り囲む環境に不穏なものも感じていた。

寿郎が亡くなり、まだ日も経たないうちに、その跡取りの恭一郎の命が狙われるとは、誰が考えても妙だ。今度のことが、寿郎の事件と関係あるのではないかと疑念に思い、駿作は恭一郎に問いただした。

「――私はね……実は、父の本当の息子じゃないんだよ」

「え……？」

「だから、姉の優子とも、血の繋がりなどないんだ」

恭一郎はぽつりぽつりと、頼りない細い声で話した。

もう五十余年前のことである。

赤ん坊だった恭一郎は、寿郎が文楽を演じていた最中に、楽屋の中に捨てられていたのだ。誰がそんな真似をしたのか、いまだに本当の親はわからない。不憫に思った寿郎は、妻との間にはすでに優子がいたが、男の子はいなかったので跡継ぎとして育てることにした。

「楽屋に捨てられていたことに、父は何か縁を感じたのでしょうな。本当は愛人に産ませた子ではないかとか、色々と噂されたけれど、母親も気にすることは一切なかったとか……」

長じるに従って、恭一郎は、毎日のように見ていた寿郎の文楽人形作りや人形遣いに、興味を抱くようになった。寿郎は神様がくれた赤ん坊だと思って、恭一郎を可愛がったらしい。

三年後に、次男の周次郎が生まれた。それでも、寿郎は余計に、血の繋がった周次郎よりも、後継者にするべく恭一郎の方を深く可愛がった。長女の優子には、女だからということで、ほとんど文楽人形を触ることさえさせなかった。

そんな姉や弟のことが可哀想で、恭一郎は、父親に隠れてでもふたりと仲良くしていた。その頃は、ふたりとも本当の姉弟だと思っていたからだ。さらに、その後、三男の勲が生まれた。だが、寿郎は同じように、恭一郎を跡継ぎとして大切にしていた。高校受験のとき、戸籍を見て自分が実の子ではないと分かった。そのことで寿郎を問い詰めたが、両親とも「自分の子」だと言い張っていたという。

しかし、姉が自由奔放な生き方をするようになり、弟たちも百舌目家に興味を無くした頃、寿郎にとっては孫が生まれた。どうしても孫が可愛くなる。恭一郎には子供がいないので、疎遠になる。

そうこうするうちに、家業の継続とか、文楽人形作りの後継者とか遺産相続問題などが、浮き彫りになってくる。当然、弟たちも、

——恭一郎は実の兄ではない。

ということは知っている。

寿郎の妻はもう十五年も前に病で亡くなっているが、周次郎と勲には、

「ちゃんとお兄ちゃんを敬うのよ。おまえたちより、人形遣いの才能はあるしね」

と言っていた。

その代わり、別の形で愛情を与えていたのである。代々続く家には拘らないで、姉のように自由な生き方を選ばせたのである。だから、研究者や経営者の道を歩んだのだ。

恭一郎の方は、幼い頃から寿郎に仕込まれて、人形細工の技術を身につけた。いや

でも成長するにつれ、文楽人形とともに生きることを強いられたのである。興味というより生活そのものだった。

「――だから私は……文楽人形から離れることなんぞ、できないんですよ。自分の影のようにね」

遠い昔を懐かしむかのように、恭一郎が目を細めるのを、駿作と綸藤は気持ちを察しながら見つめていた。

4

寿郎が清花に残した〝せんぼ〟のことで、赤星にも取材するという形で、駿作は訪ねた。節子と赤星のことを指す言葉かもしれないからだ。ふたりが〝又従兄弟〟の関係であることとは承知しているから、親戚として訊いた。

だが、なぜか赤星は胡散臭そうな顔で答えた。

「母親同士がいとこだってことは、節子さんが恭一郎と結婚した後に知ったことでね。それに、母親同士も幼い頃に会ったことがあるだけで、付き合いがあったわけじゃない。私のおふくろは博多で、向こうは大阪……それがなんですか」

「ええ、それも聞きました。でも、百舌目家三男の勲さんが、博多の天神に店を出せるのは、赤星さん……あなたのお母様の関係だということも、聞きました。大きな呉服屋の娘さんらしいですね」

「今時、呉服屋なんて、何処も商売にならんだろうが……人っちゃあ、自分の都合の悪いことは言わさんけんね」

「都合悪い話……？」

「女房の親戚に援助して貰うてたなんてことは、百舌目家としては恥だろう……で、寿郎さんと俺の仲を聞いて、どうするとね。面白かスキャンダルは、なんもなかけんね」

赤星は突っぱねるように言った。初めて会った時と打って変わって、横柄な態度だった。駿作が何か言いかけても、赤星は両手を突き出して、

「そもそも、文楽の取材に来なさったんでしょ、あんた。それがなんで警察の真似事ばするとね。私はなんも知らんと」

何を訊いても無駄だった。余計な醜聞は、小さな山村ではタブーだ。しかし、それで諦める駿作ではない。持って生まれた行動力、いや野次馬根性で、すでにそれとなく村民から聞き出していたのだ。

「赤星さんと、県会議員出馬予定の甲斐さんは、竹馬の友らしいですね。しかも、文楽の義太夫と三味線をやる仲」

中斐は強引なやり口だが、商売には長けており、意外と村の人々には信頼されている。親から受け継いだ製材所を大きくし、他にも造り酒屋を細々と経営していたが、地酒がブームになり、数年前に金賞を取ってから、事業を拡大している。その勢いで、『甲斐バイオテクノ』という新しい環境エネルギーを扱う会社も興した。

その上、文楽人形を文楽自体のためというよりは、鑑賞用の高価な芸術品として、一体数百万の値段をつけて好事家に売っている。そんな甲斐のことを、本物の人形師である寿郎は快く思っていなかった。

だが、寿郎は、文楽上演のためだけの人形作りではやっていけず、心ならずも三男の勲をして鑑賞用の販売も認めていた。だから恭一郎は、

——頑固一徹だった昔とは、別人のように変わってしまった。

と父を批判的に見ていた。

「私は、文楽人形は商業的に売る目的で作っては、それを操る人形遣いに対しても失礼ではないかと、甲斐さんに質問しました。そしたら、都会人の感傷だと甲斐さんに一笑に付されました」

駿作が話すと、赤星は眉を顰(ひそ)めて、

「そりゃ甲斐の考えだろうが……私もどちらかといえば賛成たい」

「でも、それじゃ文楽の里のイメージが壊れませんかね」

「壊れんとたい。逆じゃなかか。文楽そのものば、この小さな町の地場産業として成功させる。それが、私たちの使命だと、甲斐ともよく話してるこつたい」

「そのためには、百舌目家の遺産が必要ですか」

「……どういう意味ね」

「寿郎さんが亡くなると、百舌目家の財産の一部が、赤星さんにも相続される。そんな話を聞きました。本当なんですか」

「なんば言うとか……つまり、その話は、甲斐が喋ったとね……」

憤懣(ふんまん)やるかたない様子で眉をひそめたが、この事実は村中の人が知っていることである。赤星は居直ったように話し始めた。寿郎を殺したのが自分だと、あらぬ疑いをかけられたくない思いがあったのかもしれない。

「私が百舌目家の財産の一部を受け取るような事態になったのは……長男の恭一郎さんのせいですたい」

「恭一郎さんの……?」

赤星はこくりと頷いて続けた。

数年前、恭一郎は、

――商売には向いていない。元の人形遣いに戻って、自分の芸域を広げたい。

などと、寿郎の猛烈な反対を押し切って、修業に出たという。

本来、寿郎が期待していたことを、年を取ってまたやりたいと言い出したのだ。大阪や阿波を中心に、全国の文楽人形遣いの何人かに再入門して、その技を盗んで来たのである。根っからの役者根性ならぬ、人形遣い根性があったのだ。それは百舌目寿郎の文楽人形を広めることにもなるだろうと、恭一郎は本腰を入れつつあった。

だが、寿郎は文楽を演じるよりも、人形細工師として、百舌目家の文楽人形を絶やしたくなかった。その後継者を内弟子の中江基志に託す一方で、会社経営は長男と末弟に任せていた。だが、節子の親戚に当たる赤星二郎にも、観光事業を含めて、新たな事業展開を期待していたのだ。

「その頃から、寿郎さんと恭一郎には亀裂が入ったとです」

赤星はそう説明した。

「恭一郎の気持ちは分かるばい……だって、本当は自分の子じゃないのに、人形師の跡継ぎとして小さい頃から叩き込まれた。なのに、今更、商売に徹しろとは……」

「………」

「恭一郎は、自分が寿郎さんの、それこそ操り人形だと思うてた節があると……弟たちには好きな人生を歩ませたが、自分は言いなりだった……所詮、赤の他人だからできた仕打ちだとね」

「そんな……でも、中江にだって人形作りの全てを教え、跡継ぎだと認めていたではないですか」

「だから、赤の他人だからたい……私にはよう分からんばってんが、寿郎さんにはなんというか……百舌目家という旧家でありながら、血縁の絆は信じない気持ちがあったように感じると……」

そこで、まだ一年程前のことだが、寿郎は、恭一郎たち三兄弟と赤星を呼び、弁護士立ち会いのもと、遺言を残した。

それは、『財産は全て、清和観光協会に遺贈する』というものだった。赤星が理事長をしているとはいえ、莫大な金を自由に扱えるわけではない。

「しかし……その遺言が実行されたとしても、慰留分といって、法律上の相続人、つまり、恭一郎たち三兄弟に財産は残されるはずですよね。恭一郎さんが養子であっても同じことです」

と駿作は言った。

生前に財産を第三者に寄付した場合も同様だ。相続開始前の一年の間に贈与は遺留分の対象となる。さらに、寄付する側とされる側の双方が、遺留分権利者に損害を加えることを知って贈与したときは、一年以前にされた寄付も遺留分の対象となるのだ。

とはいえ、寿郎が死ねば、その財産の半分は、赤星が理事長である団体に行く仕組みになっている。赤星という男は、何もかも自分の思いどおりにならなければ気がすまない。そのためなら手段を選ばない男だという噂だ。そもそも赤星は、自分が営んでいたスーパーはもとより、甲斐とともに起こそうとしていた観光業などのために、何億円かの借金をしていた。

寿郎が死んだのは、やはり赤星の手によるものではないか。そして、恭一郎をも殺し、その財産を手にしようとした。そして、事故に見せかけるため、ケーブルに細工をして殺そうとしたのではないか。あの辺りは、甲斐と共同経営する観光施設建設予定地でもあったからだ。半分といっても、十数億の莫大な遺産だ。借金を引いても十億は残る。

駿作は、大きな犯罪の臭いを嗅いでいた。

一方、恭一郎は、まもなく開かれる文楽公演の稽古に余念がなかった。コロナ災禍のせいで開催が懸念されたが、客数を減らし、感染対策を充分することで、「容認」された。

檜の香りがする稽古場の片隅で、綸藤――いや、綸子は額に汗する恭一郎をじっと眺めていた。ひとりの姪として、尊敬の念で叔父を見つめていたのだ。

稽古場から中庭に突き出て、細長い渡り廊下がある。鹿威し(ししおど)が音を立て、静かな水音が流れる中庭で、恭一郎は一休みした。

「なんだか意地を張ってるみたいです……お稽古している姿が」

と綸子は冷たいお茶を差し出した。

「その通り。意地なんだ。いくら余所(よそ)で修業を積んでも、私は結局、百舌目寿郎に仕込まれた文楽人形遣いだ。人形作りにしても、父は自分以外の芸風に、芸術性を認めようとはしなかった。だから……そんな父を超えたい。それが父への供養だと思ってるよ」

綸子には、人形遣いの芸に対する執念がどのようなものか、よく理解できる気がする。刀剣を扱う者として、刀鍛冶が作る場を見たこともあるが、只の作品ではないと感じる。かといって芸術作品とも違う。何か天啓みたいなものがあって、それを自分の魂を通して、埋め込んでいるようにしか見えない。それに似ていた。

「叔父さんは悔しくないんですか。赤星さんに財産を取られるかもしれないのに」

「財産は父のもの。私は何も失わないいし、残る分もある」

「でも、赤星さんは、叔父さんの分まで手に入れようとしたかもしれないわ。現にケーブルまで切られて……」

綸子がそう言いかけたとき、恭一郎は少し険しい口調で制した。

「よしてくれ。綸子が大怪我をしなくて、ほっとしているよ……でも、証拠もないことはあまり言わない方がいい。義太夫としては、よきパートナーなんだからね」

「はい……」

綸子は余計なことを言ったと後悔した。

「ひとつ聞いていいですか」

「なんだね」

「母のことは、どう思ってましたか」

「優しい姉だったよ、私にはね。親父にはちょっと辛く当たってたけど」

「そうですか……でも母は、叔父さんのことを羨ましがってた……そう父によく話していたそうですよ」

「私のことを……」

「実の子よりも、やはり男の子の方が大切なんだって。私も女ですから、特にこういう伝統芸能に関わるような世界では、まだ女性には触れてはいけない何かがあるのかなと、感じるときがありました」

「……今はそんなことはないだろうけど……不思議だな。浄瑠璃は特に女の情念を扱っているのにな」

物思いに耽るような表情になった恭一郎だが、綸子としては、自分が関わった脇差しによって祖父が殺されたことが、やはり痛ましく悲しい。何としても解決したかった。

一旦、社に戻った駿作は、清花に案内されて、市役所の十四階の展望ロビーから城を眺めていた。目の前に威風堂々と聳える黒塗りの巨城は、やはり熊本の象徴に見える。

「――申し訳ありません。私のせいで、色々と……」

恐縮したように話す清花に、駿作は何も答えることはなかった。ただ、真相を知りたいだけだった。巻き込まれた綸子のためにも、なんとかしたかった。

5

清和文楽上演の日は、春霞が山の端を薄墨色に溶かす、ほんのり暖かい日であった。今回の出し物は、『新版歌祭文』の予定であった。いわゆる、お染久松の心中物である。大抵、『野崎村』だけを演じるのが習わしだが、今回は全段演じるつもりだった。

だが、直前になって、寿郎の遺稿が〝本家〟の稽古場から見つかり、急遽、それに変更することにした。

題名は『鬼山御前扇』という、寿郎が書いた浄瑠璃だった。いつ頃、作ったものかは分からないが、自筆原稿で、原稿用紙も古めかしいので、もしかしたら随分昔のものもしれない。

鬼山御前というのは、県下の八代市五家荘に残る落人伝説に由来する。山都町から秘境と言われる椎矢峠などを隔てて南部に位置する。

壇ノ浦の戦いで源氏に敗れた平家は、全国に散るように逃げ、逼塞するように暮らしたが、熊本県内にも何ヶ所か、平家が落ち延びてきた話が残っている。

壇ノ浦で敗れた平清経は四国の祖谷渓谷に逃れていたが、その後、九州の豊後竹田、さらに肥後白鳥山へと移って、そこから五家荘に来て息を潜めるように暮らしていた。五家荘の久連子という集落には、清経が都を偲んだ踊りが残されているほどだ。

そこに、かの扇当てで有名な源氏・那須与一の子が落人を追って、この地までやってきた。そのとき、村の入り口に美女が現れて、奥に行くのを阻止しようとした。その女こそ、那須与一が狙った扇を持っていた平家の侍女だったのである。この侍女も入水自殺をしたことにして、主君と一緒にこの地に隠棲していたのだ。

この侍女が鬼山御前である。

だが、那須与一の息子は、鬼山御前に一目惚れし、恋に落ちてしまった。かつては敵味方の関係である。鬼山御前は平家の者だと正直に話したが、那須与一の息子は、何もかもを捨てて、この地で、一緒に幸せに暮らしたという。

――恋路が嶽の日も落ちて、鬼山御前は守りけり。主が命の潮水、流す涙は滝野の壺。落ちては身を清めたる。清めたる……。

という最後の浄瑠璃台本からは、鬼山御前は必ずしも那須与一の息子に惚れたのではなく、清経に心残りを抱きながらも、敵の追っ手に身を任せ、惚れさせることで清経を守ったのではないか。悲しい女の性であろうと、寿郎の話では解釈している。

恭一郎は、怪我を克服したかのように、追っ手の源氏の若侍を恋に落とそうとする、鬼山御前を懸命に操っていた。

その人形芝居を、綸子も心配そうに見つめていた。その目はただの客ではなく、恭一郎の贔屓、あるいは浄瑠璃に恋する女の目であった。

駿作は、少しずつ変貌していく綸子の様子が、なぜか気がかりだった。綸子の瞳は、恭一郎から、太夫床で上半身を揺らして熱演する浄瑠璃語りの赤星に移った。赤星は玄人はだしである。

——それにしても、図々しい。恭一郎さんと俺たちを狙ったくせに、よくも平気な顔で演じられるものだ……。

そんな思いが、駿作の脳裏をよぎった時である。

浄瑠璃が途絶え、赤星の表情が硬直した。通の客たちが、すぐさま太夫床の方に目を移した。と同時に、赤星は口から血を吐いて、ぐらりと前のめりに崩れ、そのまま倒れた。

「どうしたんだ？」「おい、しっかりしろ！」「何があったんだ」

場内が急に騒然となった。立ち上がる客席の人々の間から、舞台で啞然としている恭一郎が見えた。鬼山御前は張りのある人間から、ただの人形となっていた。

浜町警察署のベテラン部長刑事・柳と吉川刑事らが、現場に駆けつけるのに、さほど時間はかからなかった。会場付近の交通整理をしていた、交通課や警ら課の警官が、赤星の異常な様子を見て、本署と消防署に素早く連絡したのだ。

毒殺の疑いがあった。

刑事と鑑識課員が慌ただしく、現場検証するのを、駿作と綸子は対岸の火事のように茫然と見ていた。文楽は見せ場の段に入る前に、中断することになり、客たちは帰らざるを得なかった。

——嫌な感じになってきた。やはり、寿郎の死には、何か曰くがあるのだ。恭一郎の人形をして、鬼山御前のように主君を守ることはできなかったのかもしれない……。

との思いが、駿作の脳裏を駆け巡った。

赤星の死によって、事件は意外な方向に進展した。警察は、恭一郎と節子に任意同行を求めたのである。恭一郎が赤星殺害の容疑者となったのを受けて、綸子はショックを隠しきれなかった。

取り調べが終わるのを、駿作と綸子は、警察署の表で待っていた。

日が暮れて署を出て来た時の恭一郎の顔は、舞台で見せる華やかさがなく、まったく別人のようだった。

節子はあらぬ疑いをかけられて苛立っていた。

「まったく、あなたが他人の家のことを、あれこれ穿鑿して書いたりするからいけないんでしょ」

わざわざ大阪から呼び戻された節子は、八つ当たり気味に駿作に言った。

「書いた……俺は何も……」

「見て下さいな」

新聞のコピーを差し出した。たった今、刑事から貰ったものだという。熊本県版の記事で、わずか数行ではあるが、

――捜査関係者によると、人間国宝・百舌目寿郎氏殺害の背景には、莫大な資産の分配で揉めていたとの見方も浮上。

とある。

たしかに大岡県警本部長がそのような発言をしたから、書いたとも言えるが、ふつうは容疑者が逮捕された場合や新聞社側が確たる証拠を摑んだ場合に限られる。これでは憶測記事の域を出ない。

「俺が書いたのではありません。おそらく支局長が……」

言いかけた駿作の声に重ねて、節子は声を強めた。

「誰が書いたって同じことですッ」

「よさないか、節子……」

恭一郎は止めようとしたが、節子は興奮気味に、

「いいえ。はっきり言っておきますけどね、記者さん。赤星さんなんて、私はこの人と結婚するまで会ったこともありませんでした。たまたま遠縁というだけで、百舌目家の親戚面して、あちこちで自慢げに吹聴してたようですけれどね。うちに訪ねて来るのは、金の無心のときだけでした」

「そうなんですか……」

「ええ。そんな人に、お義父さんが財産を渡すだなんて、とても信じられません」

「しかし、それは観光協会に……」

「それでも新聞記者ですか。ちゃんと調べて下さいな。観光協会といっても、自分で勝手に名乗ってるだけですよ。そりゃ、甲斐さんがあれこれ面倒を見て、町役場などとも繋がりは持ってますけどね、実質は、どうなるかも分からない新事業のためです」

「つまり実質は、赤星さん個人に寄贈されると……」

「としか考えようがないでしょ。それで、選りに選って私たち夫婦が阻止するために、

赤星さんを殺しただなんて……警察もどうかしてますわッ。訴えてやりたいくらいです」

節子の気の強さは初対面の時から分かっているが、駿作は改めて見せつけられた気がした。

「そうだったのですか……」

救いを求めるように駿作は、恭一郎を見た。

「でも、これで……恭一郎さん、あなたを狙ったのは、赤星さんではないということがハッキリしましたね」

「あの男はたしかに酒や金にだらしなかったが、人殺しまでするかどうか……ただの見栄(みえ)っ張りだ」

残念そうに恭一郎は言った。だが、赤星への遺贈はなくなるわけだから、得をするのは百舌目家の兄弟たちということになる。もっとも、寿郎は生前に、弁護士を立ててまで寄贈の意思を示しているから、どうなるかは残された者たちの話し合いによる。

「それにしても、誰が……」

駿作が疑念を投げかけると、恭一郎はすぐに答えた。

「赤星は舞台に出る前に、緊張をほぐすために酒をひっかける習慣があってね……その酒から、毒物が発見されたんだよ」

「え……！」

「自殺をするような男じゃないし……じゃあ誰がやったかだ」

「――それで、あなた方を警察は疑ったわけか……」

「もちろん、私たちは関係ないよ……身の周りで、こんなことが続いて、もう身も心もへとへとだよ。なあ」

恭一郎は労(いたわ)るように節子の肩を抱いた。連続して起こった不幸へのショックは隠しきれなかった。

赤星の葬儀は、司法解剖が終わると同時に、村内の牧念寺(ぼくねんじ)で行われた。百舌目寿郎に続く不審な死に、人々は同情を通り越して、気味悪ささえ感じているようだった。

赤星殺しの参考人が、何人か取り調べられたが、めぼしい人物は浮かばなかった。

駿作はひとつの推理を立てて、綸子に話した。

――犯人は節子。

まず、節子は赤星のことを以前から、快く思っていなかった。実際、何百万円もの金を借りたまま返していない。ゆえに、寿郎から寄贈を受けることを赤星は喜んでいた。そのことが、節子は気に入らなかった。自分と親戚であることを、うまく利用されていたことも嫌だった。

「この両人が死んでくれれば、寄贈の話は消えるだろう。百舌目家にとっては、〝平穏〟が戻るわけだしね」

「いいえ……もう、いいですわ」

綸子は、身内が関わっている事件の穿鑿をする気には、なれなくなっていた。だが、駿作の方は、

——もしかしたら、綸子さんは鬼山御前なのではないか……。

つまり体を張って、百舌目家を守り通そうとしている。あの文楽を観たせいか、そんな気がしてならなかった。

ぽつんと小さな灯りの中で、身の周りに起こった一連の事件を振り切るように、恭一郎は稽古に精を出していた。来月に控えている大阪の国立文楽劇場での公演に出演する為に、自分の持ち役を完成させておきたいのだ。

持ち役は何度も演じたことのある『曽根崎心中』の平野屋手代・徳兵衛である。魂のない只の人形が、恭一郎の手によって、生きているような美しい人間に変化していく。それは神秘的な変貌である。主遣いの恭一郎、そして左遣いと足遣い。三人のなめらかな動きに、綸子は見とれていた。

「こんな素晴らしいものがあったんだわ……文楽人形にもっと、スポットをあてるべきよ。能面には国宝があるのに、文楽人形にそれがないなんて、おかしいわ」

義太夫や人形遣いだけではなく、人形そのものにも価値を見出すべきだと、綸子はそう感じていた。だが、恭一郎は、稽古用の人形を床に投げつけた。

床に叩きつけられた人形は、力の失せた死体のように、横たわっていた。

綸子は何かを言おうとしたが、膝をついてしゃがみ込む恭一郎の姿が怖くて、近づくこともできなかった。左遣いと足遣いも、驚愕の顔で恭一郎を見ていた。

「駄目だ！　やればやるほど、無駄な動きが出て来る……」

曽根崎心中のヒロインのお初と、本気になって心中しようという決意が芝居にならないと、恭一郎は嘆いた。

「そんなことない……私、浄瑠璃も三味線もないのに、叔父さんの人形の動きだけで、何かぐっと来た」

「いいんだ、慰めは……」

恭一郎は気がおかしくなったように、喉の奥で笑い声を上げた。恭一郎の体に滲み付いた、芸術家としての文楽人形遣いの業を、綸子は感じていた。

その翌日の朝――。

「白舌目さん……甲斐を逮捕しましたよ。赤星殺しの容疑で」

浜町警察の柳刑事から、恭一郎に連絡があった。

事件があった当日、公演前に赤星に、自分の酒蔵から出したばかりの酒を贈ったのが、判明したからである。

その酒の中に、遅効性のリシンという毒物を混入していたと、柳刑事は言った。

リシンとは、ヒマの実から取れる毒で、比較的容易に抽出し、液体や粉末の形で保存できるという。この毒を吸飲すると、数時間後に体に咳や吐き気などの異変が起き、そのときにはすでに胃腸や肝臓などが壊死したり出血したりしている。そんな恐ろしい毒を、甲斐が何処で手に入れたかは分からないが、取調中だとのことだ。

また、甲斐は、赤星と共同出資という名目で、ゴルフ場や公共リゾート事業に手を広げていた。だが、かなりの債務を負って、実際は喘いでいたのだ。

しかし、甲斐が、赤星に責任の一切を押しつけたことから、二人の間でトラブルが起こっていた。表向きは仲良しコンビだったが、水面下では憎みあっていたのだ。

赤星は快く負債を承諾していたが、実は百舌目寿郎から寄贈される金をあてにして、甲斐の酒造会社を乗っ取ろうと計画をしていた節がある。甲斐はその事に気づいて、犯行に及んだとの疑いもある。

「だからって、彼が赤星を殺してなんになるんです。それこそ、自分だけに負債が残ることになる」

恭一郎は必死に否定したが、柳刑事は説明をした。

「ええ、甲斐も、百舌目家の財産の一部が赤星さんに渡るのを知ってましたからねえ。

でも、人間は感情の動物です。ふたりの間には人に言えない憎悪が沢山ありそうなんでね」

「…………」

「しかし、これで、新聞記事になっていたように、名家・百舌目家の相続争いではないと分かったんだから、あなた方としても一安心だと思いますがね」

嫌味な刑事の言い草は、まだ真実と決まったわけではないとでも言いたげだった。

「でも一方で、甲斐が、赤星さんを殺せるはずない――という見方も残ってるんですよ」

と柳刑事は含みのある口調で言った。

「なぜですか」

「酒から毒物が発見されたと言ったけど、赤星さんが酒を飲むはずはないんです――実は二月程前から、アルコール肝炎の疑いがあって、医者から止められていたんですよ」

「肝炎……それは初耳だ」

恭一郎はそうとは知らず、体に負担のかかる浄瑠璃を唸らせていたことを後悔した。

「肝炎だってことは、甲斐も、よく知ってたはずだ。お酒を贈ったのは、只の儀礼でしょう……つまり、赤星さんが酒を飲まないと知らない〝誰か〟が、甲斐のせいにするために、酒に毒を混ぜてしまった……との考えも捨て切れていないのでね」

柳刑事が力を込めて言うのへ、駿作が割り込んだ。

「でも、お酒の蓋は外れてたし、実際にリシンて毒が入ってたんでしょ？」

「ああ、そうだよ」

「でも、赤星がその酒を飲んだわけではないのだから、誰かが混入したとしても、殺したことにはならない」

「結果としてはね……でも、毒を入れたとしたら、〝未必の故意〟を狙った殺人。その未遂として立証できる。その上で、本当に飲ませたことを証明しなければならないけどね……つまり、赤星さんが酒を飲むと思い込んでいた者とは別に、実際に同じ毒を何らかの形で飲ませた者がいるってことです」

恭一郎は低く唸って、刑事を押しやった。

「帰ってくれ。事件の話なんて沢山だ。私は今それどころじゃないんだ。頭の中は……」

「文楽の事で一杯なんですよね、殺された人の事より。あんたはそういう人……赤星さんは生前、よくそう言ってましたよ」

柳刑事はそう言うと、ちらりと綸子を見て、稽古場から出て行った。

鏡の前に座った恭一郎は、映った白分の姿をじっと見つめていた。その鏡の中に、綸子の姿もあった。

その夜も、浜町署の一室では、柳と吉川刑事に、甲斐が執拗に取り調べられた。いつもは威勢の良い甲斐も、すっかりと疲弊したように背中を丸めていた。

「――刑事さん……いい加減にしてくれんとね……逮捕されたというだけで、もう私の県会議員出馬は立ち消えですたい」

甲斐は情けないほど目を細めて、急に老け込んだようだった。

「そりゃ俺は、赤星とは兄弟みたいに殴り合いの喧嘩をしたこともあるたい。ばってん、そりゃ仲がよか証拠たい」

「子供の喧嘩とは違う。何億という金が絡んだ事情がある。正直に言った方が得ですよ」

「得……いやもう……私には損も得も……もうこの土地には住めんごたる……」

それでも甲斐は半泣きで、刑事に縋るように言った。

「私はね……これでも生まれ育った村に、少なからず貢献してきたつもりたい……製材所を続けて、伝統工芸やら文楽の里、そして新しい事業を起こして、村に金が入るよう頑張った……国や県から少ないが補助金だってある……」

「あなたの貢献だってことは、みんなよく分かってますよ」

「だったら、ちゃんと調べてくれんね。赤星との関係だって、毒のことだって、状況証拠じゃなかですか……私はね……もう一度、きちんと死んだ劇場や楽屋も調べて下さい」

「ああ、やってるよ。百舌目寿郎殺害の事件との関連もな」

わずらわしそうに柳が答えると、甲斐はハッと顔を上げて刑事の言葉を繰り返すように、

「関連……関連があるとですか」

と上目遣いで訊いた。

「ふたりの殺しが、まったく別々の事件とは到底、思えないのでね……寿郎さんと赤星さんが死んで、一番得するのは誰か」

「俺は何も……」

「ああ、財産に関してもまったく旨味はないな。だが、恨みがあるかもしれない」

「恨みねえ……うちは百舌目家に代々、世話になってきた。感謝ばかりで恨みなんか……赤星だって、あいつが死んで一番、辛いのは、この俺たい……うぅッ……」

甲斐はさめざめと泣いたが、何か思い出したようにまた顔を上げて、柳を見つめた。

「もしかして……赤星が、寿郎さんを殺したんじゃ……！」

目を見開いて訴える甲斐の顔を、柳と吉川は訝しげに覗き込んだ。

「どうして、そう思う」

柳が訊くと、甲斐は首を横に振りながら、

「いやいや……そんな馬鹿なこつを考える俺の方が、どうかしとるばい……」

「言ってみなさい」

「寿郎さんを殺した凶器は、なんたらちゅう名刀だったとかで、恭一郎の姪っ子さんにも疑いがかかったらしかね」

「ああ、そうだが。何か赤星と関係あるのか」

「実は……あいつ、寿郎さんが死んだ日に、俺と会う約束だったばってんが、よか刀を見るって、熊本城まで行ったばい」

「ええっ……!?」

「寿郎さんが死んだのは、その夜のこつたいね……いやいや、そんな関係なかですよね……赤星が殺したなんて……そんな馬鹿なことをするわけがなか……寿郎さんには遺産の一部を寄贈して貰えるんだから、そんなこつ……」

甲斐が繰り返すように否定しながら首を振るのを、柳と吉川は不思議そうに見やっていた。

だが、寿郎を殺したことを悔やんで、自分で毒を飲んで死んだ——という見方も、柳たちには捨てられなかった。

その翌日に、甲斐は送検されずに釈放された。その旨、毎朝新報をはじめ、各紙で報じられた。

本人の自供も得られず、毒物の入手経路も不明。動機の面からも、赤星を殺害すると、百舌目家の財産の寄贈を得られない事になり、ふたりで起こそうとした事業の負債を返せない。余計に自分を窮地に立たせることになるから不自然だ。送検したとしても、検察は公判を維持できないと判断して、不起訴にするであろう。

「不起訴になりそう、か……日本の刑事事件は九割九分が有罪だというが、そりゃそうだ。有罪にできる事件しか起訴しないんだからな、まったく」

駿作は父親の顔を思い出しながら、吐き出すように言った。

それ以降、柳刑事の捜査対象はなぜか、恭一郎へ傾いた。寿郎殺しの捜査本部と合同捜査ということになり、赤星殺害については、綸子への聞き込みも頻繁になった。

〝ニッカリ青江〟と赤星の繫がりを、甲斐が話したからである。


そんなある日――。

今度は、恭一郎が赤星を殺したのではないか、という証拠が出た。

青天の霹靂（へきれき）とはまさしくこの事だった。

毒殺された赤星の控室から、文楽人形の心串に使う〝小ザル〟と呼ばれる小さな把（とっ）

手が見つかったのだ。

小ザルは、鯨のヒゲで作った三センチ程の小さなもので、糸を操るのに大切な部品である。近年、竹で作ることが多いが、恭一郎は頑なに鯨のヒゲで作っていた。初めの現場検証では見つかってなかったが、現場をもう一度調べた時に落ちていた。再び鑑識をした結果、恭一郎が現在使っている文楽人形のものと一致し、当人の指紋もついている。赤星の控室に、恭一郎が入ったという重要な証拠になりえる。

そう柳刑事は追及したが、恭一郎は、

「小ザルは人形のここに埋め込まれてるんですよ」

と自分の延髄あたりに手をあてた。

「楽屋にそのようなものを落としますか?」

「さあ、それはこれから調べるとして……ま、百舌目家の財産を半分も、快く思っていない赤星に持っていかれちゃ、奪い返したい気も分かるというもんたい」

と柳刑事は皮肉を言った。

事件は真相とは別の方向へ流れているのではないかと、駿作は気がかりだった。

〝小ザル〟というものについて知りたくて、駿作は熊本市内の百舌目家〝本家〟の作業場に急いだ。同じことは警察から何度も訊かれたようで、中江基志は辟易していた。

工房には、鋸や木槌、金槌、錐、平鑿、間透刀、小刀、ペンチ、鋏などの道具や、材料の木材や作りかけの人形の頭などが、整理整頓されて置かれていた。定規や曲尺などを使って、正確に墨入れした厚木を、黙々と彫りながら、中江は駿作の話を聞いていた。

顔と頭を彫り、目を彫り、首を彫り、心串を彫り、首と心串を繋ぎ、左右の腕と手、それらにすべて下塗りをし、頭を組み立てて、上塗りをしていく——手ひとつでも、たこつかみ手、かに手、狐手、琵琶手、琴手、三味線手など動きの用途によって違う。活き活きと見えるのは、繊細な工夫によるものだ。

「……すみません。集中できないので、またにしてくれませんか」

いつもはまったく感情を見せない中江が、物凄く迷惑そうな顔になった。駿作はもちろん察しているが、

「みなさん、おかしいですね……」

「え……？」

「身内や仕事仲間が亡くなっていくのに、まるで避けるようにしてる。いや、人の死よりも、文楽や人形作りの方が大切みたいに」

「大切ですよ」

中江ははっきりとそう答えた。

「それって、芸術家魂ですか。人の命は短いけれど、芸能や人形は永遠に残り、語り

継がれるからですか……でも、芸能を磨くのも、人形を作り続けるのも、人がやることではないのですか。あなたの師匠が殺されたんですよ。なんとも思わないのですか！」

「――思っているからこそ、作り続けているのです。師への思いを込めて」

穏やかな声の中に、力強さを秘めていた。

何も言い返せずに、駿作は一旦、社に戻り、そして社員寮にしているマンションに帰った。赴任してから、まだ一度しか来ていない気がする。

ドアを開けると、水道を使う音がしていた。

誰だと入ってみると、浴室の湯船を洗っている女がいて、それは、なんと――母親の晶子であった。

「なんだよ、勝手に人の部屋に……」

「息子の部屋よ」

駿作の顔を見て、晶子はニコリと微笑んだ。もう何年も会ってないような顔をしているが、東京で別れたのはつい先日である。

「何をしに来たんだよ」

「あんたひとりに、熊本城見物させるのはシャクでね。先祖の血潮が沸いたってところかな、あははは」

「暢気なことを……こっちは、今、厄介な事件を追ってるんだ」

「そりゃ、当たり前よね。新聞記者なんだから」

「頭の中を整理したいからさ、ほっといてくれないかな」

「そうね。私も阿蘇に行って、それから、天草の方をぐるっと廻ってくるわ。ひとりじゃなんだから、支局長の阿部さんに頼んで、いい人を紹介して貰っちゃった」

「貰っちゃったじゃねえよ。誰だよ、それは」

「清花さんて方。歴史や伝統文化に詳しい人らしいから、楽しみ。彼女と旅をしながら、短歌でも詠むつもり」

「もう会ったのかよ、彼女と」

「うん。昨日ね。なかなか良い子ね。あなたのお嫁さんにどうかしら」

「大きなお世話だよ」

「他にいい人でもできたのかしら？」

「ばかばかしい。赴任して何日だと思ってんだよ」

「そんなの関係ないわ。一目惚れすることだってあるんだから、あの文楽の鬼山御前のお話みたいに」

「えっ。観たのかよ」

「ううん。誰かから話に聞いた……さてと、トイレと風呂掃除は終わったから、後はベランダの方ね……」

なぜか楽しそうな晶子を見ていて、駿作は余計に疲れてしまった。

「私は、犯人は他にいると思うよ」

唐突に晶子が言った。

「何の話だよ……いつもの探偵の真似事はやめてくれよな」

「支局長さんから話を聞いていてね、不思議に思ったことが、ひとつあるのよ」

「いいよ、もう……」

「聞きたくないのかい?」

晶子は得意の歌を、すらすらと唱えた。

——霧の色ひときは黒しかの空に　ありて煙るか阿蘇の頂

——うす霧や大観峰(だいかんぼう)によりそひて　朝がほのさく阿蘇の山荘

「これはね、昭和七年に、与謝野鉄幹(てっかん)と晶子が阿蘇の内牧(うちのまき)温泉に来て、詠んだ歌。最初のが鉄幹のもので、後のが晶子……一晩、過ごした前の晩と翌朝のことを歌ってるので、うふふ。私は、大観峰の眺めを詠んだ晶子の方が好き。それから……」

——天草の島のあひだの夕焼に　舟もその身も染みて人釣る……鉄幹

——天草の松島ここに浮ぶなり　西海のいろむらさきにして……晶子

「いやあん、目に浮かぶわあ……阿蘇と天草……私も誰かと出会えるかも、うふふ」

「気持ち悪いから、シナを作って笑わないでくれ」

「でね。阿蘇は霧……天草は夕焼け……ふたり同じ景色を眺めて歌ってると思うんだけれど、印象は微妙に違うわよね。人それぞれ、だから私も、今回の事件の印象を一言で語るとすれば……阿部さんが怪しい」

「何を唐突に、ばかばかしい」

「だって、詳し過ぎるもの。あなたの行動のことに。一から十まで、知りすぎてる。それに、今度、私に付けた清花って娘さん、彼女もそう。なんか変。このふたり……きっとできてるわよ、女の直感ね」

「いい加減にしろよ、暇人が」

突きはなすように言った駿作だが、鉄幹の歌のように、霧の色が一際、空一面に黒く広がってきたような気がしていた。

第四章　大災害

1

樹木が生い茂った山頂から、ダイナマイトが爆発したような轟音がすると、一瞬にして深閑としていた渓谷に向かって、土砂が崩れてきた。さらに、頭上から巨大な岩石が物凄い勢いで落下してきた。

その激しい衝撃で、一色駿作はハッと目が覚めた。

「うわあッ！」

布団から跳ね起きたのは、東写真館の二階の一室だった。

「ここは……そうか……通信部として使ってた部屋だったな……」

通信部などというと、コンピューターシステムでも完備しているようだが、ただの下宿部屋である。用件はほとんど携帯とパソコンで済むからありがたい。

駿作は、大学を出た後、一年ほどチベットやモンゴルなどアジア大陸を遊行してから、毎朝新報に入社した。新人はまず社会部の警察担当、俗に言うサツ回りに配属される。四ヶ月間の研修後、地方部に移された。あこがれの新聞記者になったにもかかわらず、全く事件のない平和な田舎町で暮らすことになり、退屈していたのを思い出していた。

山都町の人たちは、地方にありがちな、よそ者に対して排他的ということはなく、火の国らしく明るくおおらかな人柄だった。

特産物はお茶と椎茸（しいたけ）くらいだが、通潤橋と八朔祭は全国的にも知られている。

通潤橋は石で造られた橋だ。田園風景を遮るように、石で造られた橋が渓流の遥（はる）か上方に架かっている。

二十メートル以上の高さはあろうか。

一体、誰がこのような橋を、人が足を踏み入れることができないような場所に造ったのか……駿作は初めて見たとき、人間の偉大さに感じ入っていた。

江戸末期に、当地の布田保之助（ふたやすのすけ）という惣庄屋（そうじょうや）が、橋本勘五郎（はしもとかんごろう）という肥後石工と共に造ったという。この石橋の中には、水の道が通っており、その昔、水利が悪く干ばつにあえいでいた台地に、標高の低い川の水をサイホン式で、汲（く）み上げるために考案された水道橋（すいどうきょう）である。

何度か失敗して石橋は二度も落下した。だが、布田保之助は諦めず建設を繰り返し、三度目には、

「もし今度落ちたら、俺も一緒に死ぬ」

と橋の上に座り込んで施工が終わるのを待ったという。人の上に立つ者として、それほどの覚悟があったということだ。

まさに通潤橋は、水に恵まれない地域のために、水利を確保した象徴なのだ。

石橋の上は、人が通れるようになっていた。

観光客に見せるために、その水道から怒濤のような音とともに、水を噴出させる。まるで滝だ。頭上から落ちてくる水の帯に、日が照り輝き、一瞬のうちに虹がかかる。だから、虹の石橋とも呼ばれており、放水する絶景を楽しませることもある。

八朔祭では、木の枝や棕櫚の皮や竹など、自然のものだけ使った、高さ五メートルほどの大きな竜や虎などの作り物を、人々が牽いて町中を練り歩くのだ。豊穣祈願のために行われる勇壮な祭である。

町全体では約五千六百世帯で、一万五千人の人口だが、面積は町単位では県下一の広さで、人口密度は非常に低い。犯罪は人口の過密度と比例するというから、ここが平和なのは頷ける。

地方創生と政府は何年もテーマを掲げるが、これといった特産もなく、ふるさと納

税すらロクにしてくれない所である。今はやりの、都会からの移住者も少ない。本当に限界集落になるのではないかと思えた。

最初の赴任地では、退屈な毎日の中に、焦りに似たものを感じていた。同期で入った者は、どんどんいい記事を書いて、本社のデスクらにそれなりの評価をされていく。だが、駿作は県の日曜版に、村に来た旅芝居役者の記事を載せる程度だった。

「書かない記者なんて、恥をかいてるようなもんだ。恥を忍んで記事を書け」

と先輩記者に言われたが、事件が何もないのだから仕方がない。

――事件は作るもんだ。

と格言めいたことを上司に言われたこともあった。なんとか町ダネを作ろうとするのだが、恐ろしい事件がない代わりに、ほのぼのとしたヒューマニズム溢れる出来事もないのだ。そもそも町中に、人の姿がない。人のない風景は不安に駆られる。そんな宙ぶらりんのような状態だったが、特命部に行ってから、少しは変わってきた。

しかし、今の夢はちょっと違っていた。強い胸騒ぎがした。

悪いことが訪れる前はいつもそうだった。危険を察知する動物的直感とでもいうのだろうか。駿作は幼い頃から、悪い予感がすると必ず当たった。だが、駿作は危険の予感を回避しようとせず、いつも危険に立ち向かう性癖があった。危険に立ち向かうこと。それが、危険を乗り越える最も安全な方法だと思っていた。

「まさか、何年か前の豪雨災害が……」

再来したのかと脳裏に過ぎった。熊本の山奥は自然災害も大きかった。熊本城の石垣を壊す程の地震もそうだが、その直後、水前寺公園の池や豊かな地下水がなくなったことも思い出した。人智が及ばぬ災害がある度に、駿作も現地に飛ばされていたが、その都度、

――本当に自然災害なのか？　人類の傲慢のせいではないのか。

と思うことも多々あった。東日本大震災の折の原発事故を津波のせいだけにするのは、間違った考えだし、ろくに管理もしていない山林が崩れるのも、豪雨のためだけではあるまい。河川の氾濫もコロナ災禍ですらも、人類の驕り高ぶりが根本にあるのではないかと感じていた。

大岡県警本部長から携帯に着信が入ったのは、ふたたび眠りかけた午前三時半頃だった。

「――俺たい。大岡たい」

変な熊本訛りの聞き覚えのある声だ。

「こんな真夜中に……天草に行ってるおふくろに、何かありましたか」

「おふくろさん……？」

「いえ。県警本部長直々に、なんでしょうか」

「それが、えらいことでな。大きな土砂崩れが発生して、橋が落ちたと。浜町署から連絡があったが、現場に行ってみんね」

「土砂崩れ⁉」

駿作は素っ頓狂な声を上げた。今、そのような夢を見たばかりだからだ。

消防は災害通報が入った場合、地元の警察と密に連絡を取るようになっている。これは他の火事や事故もそうで、署長が警察署に通報することになっている。

「内大臣の方で、雪崩のような土砂によって橋が落ちたらしか」

「え、内大臣橋が。だって、あれは鉄骨じゃないんですか」

「いや、そん橋じゃのうて、そこよりちょっと上流の、津留橋ちゅう吊り橋たい……とにかく、浜町署まで行ってくれ。あんたも会ってるだろうが、柳ちゅう刑事がおるから、一緒に現場まで案内して貰えばよかとよ」

「刑事……災害なのに刑事が出向くんですか」

「人手が足りんけんね。頼んだぞ」

駿作は電話を切ると、急いで着替え始めた。

「しかし、ぞっとするな……正夢かよ……でも、第一報としては大きな記事に扱われるかもしれんぞ」

眠気はいっぺんに吹き飛んだ。

駿作が浜町警察署に着いたとき、山間（やまあい）の底冷えのせいで、白いものがちらほら落ち始めていた。だが、雪ではない。小雨と霙（みぞれ）の間であろうか。

昭和初期のモダン建築を髣髴（ほうふつ）とさせる、木造二階建ての警察署の前は、赤色灯が回転していて、物々しかった。騒ぎに目を醒（さ）ました近所の住人が、野次馬となって十人ばかり集まっていた。

「津留橋なんてところは、鳥も通わぬほどの辺境だが、十数軒ばかり集落がある。消防からの連絡では、土砂に巻き込まれたのは三軒だが、幸い空き家でな」

津留橋のある『目丸（めまる）』と呼ばれている地域は、五家荘と同じく、平家落人（おちうど）の伝説が息づいている、森と渓谷に囲まれた山里である。その先には、標高千七百三十九メートルの国見岳（くにみだけ）が聳（そび）えている。

幽霊が出そうな杉木立が続く舗装もしていない山道を、柳の運転する覆面パトカーが奥へ奥へと進む。小一時間走っただろうか。闇の中に、突然、回転する赤色灯と車三台のヘッドライトが浮かんだ。先発隊で来ていた浜町署の伴貴之（ばんたかゆき）署長と、消防署の救急隊員たちである。車を停車させると、

「どぎゃんね？」

と柳は現場検証をしている署員に訊（き）いた。思ったより大人数が駆けつけてきていることに、駿作は驚いたが、車から降りて、その先に向かったとき、慄然（りつぜん）と立ち尽くし

た。

怪獣が山肌を齧り取ったように、ごっそりと斜面が抉れ、緑の木々が横倒しになって、土砂が川まで流れ落ちている。その幅は数十メートルにも及んでいた。架かっていた吊り橋のワイヤーの部分が、まるで電線のように垂れ下がり、褐色の泥に混じって大きな岩も転がっている。

対岸には自動車も通れる舗装された道路があるが、クッキーの表面のように割れて、ズタズタになっている。その下には、建物の屋根が仰向けになって、梁や天井裏が露わになって落ちていた。先日来の雨のせいか、増水して少しずつ家屋の塀が流されていきそうであった。

熊本地震のときにも、阿蘇の方では大変な崖崩れがあり、白川上流にある名勝の橋も落下し、犠牲になった人もいる。球磨地方でも生活道路が遮断されるような大災害が起きている。

このような洪水や土砂災害は、森林が多く河川が急流だらけの日本では、繰り返し起きる災害だ。広島や岡山の比較的低山で平らな所でも、開発による土砂崩れが発生し、尊い命が奪われている。北関東の洪水による広範囲にわたる水害の記憶も新しい。

「私の実家もね、昔、土砂崩れで家ごと数十メートル流されたことがあるとよ」

伴署長がぽつりと言った。たしかに連日続いた豪雨で、両岸の支柱の礎石部分が緩んでいたようにも見える。それで、あっさりと崩れたのかもしれないが、ここを通っていた車が巻き込まれたのは、不運としか言いようがなかった。

「えっ。車が落ちたのですか」

駿作が驚くと、署長が頷いて、対岸の斜面に建っている家を指し、

「あそこの住人が、外を見たら、土砂が車を巻き込んでいたとのことでな……あの辺りの者たちも早く救出しなきゃならんが、向こう岸まで行くことができん」

と悲嘆に暮れていた。

「あったぞ！　あの岩場の裏だ！　黄色い軽自動車のようだ」

渓流の岩場の下から、消防署員の懐中電灯が揺れた。

「たしかに車が落ちとっと」

光の向こうから、声が谺(こだま)のように響く。

「だけんど、こっから先は降りることができんねえ」

どうも今は、手のつけようがないようだ。現場主任は、下流から渓流を遡って行くしかないと判断した。

「どっちにしたって、この高さだ。車に乗ってた人が心配だなあ」

と駿作は思った。

誰の車が、どうして転落したか、何もわかってない。夜中に駆けつけたわりには、

記事に出来る資料が何もない。朝刊に間に合わないのは当然としても、この大きな災害は第一報として役立つに違いない。

「――でも、顰蹙（ひんしゅく）を承知で言うが、この土砂災害のせいで、あいつらの目論見（もくろみ）は中止にせざるを得ないかもな」

　傍らで見ていた柳が言った。

「あいつら……？　誰のことですか」

「『マザーユニバース社』の連中たい」

「なんです、それは……聞いたことがありませんが」

「あんた、新聞記者のくせに、それも知らんとね。こら駄目なこつ……」

「もしかして、外資系のエコ・エネルギー会社ですか」

「そうたい。この会社は全国の過疎地にも、電力や水を供給するという夢のような会社だが、どうも怪しか会社たい」

「政府は規制緩和をして民間競争力を煽り、公共財であるはずの電力やガス、水道や鉄道なども自由競争させましたが、逆にインフラをコンパクト化して、地域貢献しようという会社も増えましたよね」

「ああ、近頃は脱炭素化社会っつうやつで、太陽光発電なども盛んになった。電気の買い取り制度が破綻するなど、色々と問題は出てきておるが、まあ、新しか未来社会に向けて、頑張ってる会社……といえば聞こえがいいが、元々はリサイクル会社たい」

「リサイクル……ああ、前にちらっと聞いた産業廃棄物処理会社の話ですか」

「その昔、この上流にも不法投棄する輩がおったのでな、産廃会社に頼んで故郷を汚さないように頼んだのだが、それも上手くいかないので……それこそ百舌目家当主の寿郎さんが山林を新たに買い取ったりして、業者を追っ払ったりした」

「そうでしたか……」

「産業廃棄物撤廃運動の旗振り役は、県議を狙っていた甲斐睦雄さんだ」

つい先頃まで、赤星二郎殺しの犯人として取り調べていた人間を、こんどは〝さん〟付けで呼んでいる。

「だがね、産業廃棄物処理会社には、今度はリサイクル業者として社会貢献をしているのが多い。甲斐さんは、その産廃業者を買い取って、自分が新たなリサイクル会社として十年くらい前にスタートさせとるんだ。それが、『マザーユニバース社』傘下の『甲斐バイオテクノ』……」

柳が能弁になったのは、甲斐のことをあまり好きではないからだ。本来なら社会貢献をしてそうなリサイクル業者になったことに、何か不満や疑念がありそうだった。

「いいことじゃないですか」

駿作は自分の知っている範囲で答えた。

「水や電力発電の燃料もそうですが、資源に限りがあるということで、リサイクルという思想は素晴らしい。たとえば、マテリアルリサイクルは、〝材料再生〟とか〝再資源化〟というように、廃棄物を製品原料として再利用する。化学的に手を加えて、別な物に作り替えるケミカルリサイクルも盛んですよね」

「………」

「でもって、サーマルリサイクルというのは、焼却の際に発生する熱エネルギーを利用して、いわゆるエネルギーリカバリーをして、化石燃料などの使用を減らし、二酸化炭素が出るのを減らそうとしてます……甲斐さんが、そのようなことにも取り組んでいたとは、知りませんでした」

誉め称えるように言った駿作に、柳は不愉快な顔になって、

「さあ、どうだかねえ……この土砂崩れも、甲斐の会社のせいかもしれんとぞ。林業を営みながら、山崩れを起こすようなことも平気でしとらしたけんね。あいつの考えは、儲かりゃ、それでよかちゅうだけたい」

と、あからさまにけなした。

「甲斐の会社のせいってのは、どういう意味ですか」

「まあ、詳しく調べてみないと分からんばってんが、評判の悪か『マザーユニバース

社』グループのひとつとして参加し、この辺り一帯の水源管理や新しいバイオマスエネルギー、太陽光発電なんかにも力を入れとるばい」

「いいこと尽くめじゃないですか。なぜ評判が悪いのですか」

「――おまえさんね……新聞記者なら、もう少し疑ったらどうだい」

「え……」

「この内大臣の奥地はたしかに急峻だし狭隘だが、百舌目さんの新作浄瑠璃でも見たとおり、平家の落人の頃から、土砂崩れなんぞめったに起きなかった。これだけの規模で起きたちゅうことは、なんかあるかじゃなかとね」

「たしかに……」

「そこに目をつけて調べるのが、新聞記者の仕事じゃなかとか……大岡さんが、俺を案内役に指名したつはなんでか、よう考えたらよかばい。よかな」

　権力側にいるはずの柳の方が、まるでジャーナリストだとでも言いたげだった。

「なるほど……もしかしたら、〝人災〟かもしれん、ということですね。原発事故が自然災害と相まって起こったように、バイオマスや太陽光も安全ではないかもしれないと」

「その予見ができたとに、放置していたとなれば、こりゃ大きな犯罪たい」

　力強くそう言った柳は、自分が特ダネを摑んだように緊張した笑みを洩らした。大岡がわざわざ連絡してきた意味が、なんとなく分かってきた気がした。

2

駿作の写真つきの第一報を受けて、マスコミ各社が取材に押し寄せてきて、山間の上空にはヘリコプターが飛び交い、轟音が谺していた。さぞや村人たちは不安に駆られていることであろう。

協定で飛行高度などが決まっているとはいえ、ヘリコプターの振動によって、崩れかけている山肌がズレ落ちることもないとは言えまい。また、ただでさえ狭い山道にマスコミの中継車などが押し寄せて来ているため、消防や自衛隊による被害者救出作業や土砂撤去作業などの邪魔にならぬとも限らない。

周辺住人にとっては、迷惑な話であった。

小規模な浜町署には副署長のポストはなく、プレスに対するレクチュアは署長の仕事だった。熊本市内から駆けつけてきた他の記者らに混じって、駿作も吊り橋が落下するほどの土砂災害について取材していた。

伴署長はかつて福岡県警本部の刑事部長まで務めた人だという。なぜ、こんな田舎署長に甘んじているのか不思議だった。噂(うわさ)は様々飛んでいたが、真実はわからない。

どこか余裕のあるような、それでいて寂しそうな顔をしていた。

——土砂災害が起こった日時は、昨夜の午前三時過ぎ。事故現場は、内大臣上流、目丸にある津留橋。

——巻き込まれて渓谷に転落した軽自動車は、九州理科大学所有のもの。

——だが、その車は土砂に流されただけで、誰も乗っていなかった。

そこまで聞いて、取材者一同からも安堵の溜息が洩れた。

駿作は九州理科大学という名門大学名を聞いて、違和感があった。

「どうして、このような所に九州理科大学の車が来ていたのでしょうか。大学は博多にありますよね」

「ええ、それがですな……」

伴署長は福岡にいた頃から、九州理科大学には何かと世話になっていたと前置きしてから、心配そうに答えた。

「実は……土砂崩れがあった津留橋の上流には、幾つかの小さな集落があるのですが、九州理科大学の林学博士で教授の多賀勇という先生が、助手や大学院生ら三人で調査に出向いていたとのことです」

「調査……何の調査ですか」

駿作が身を乗り出すように訊くと、伴署長は制するように手を掲げて、

「その前に言っておきたいことが……多賀勇先生と他のふたりとは、未だに連絡が取れていないのです」

「と言いますと……携帯なども通じない所ということですか。それとも、別の土砂崩れなどの災害に遭った可能性も……」

「まだ分かりません。ただ、大学側に問い合わせたところ、ええ……」

　机の上のメモを見ながら、伴署長は続けた。

「多賀勇教授の他に、助手の沢井和典さん。そして、大学院の博士後期課程に所属している宮田拓磨さん……のふたりが同行しています。三人は、目丸という村にある小さな温泉宿に宿泊しているとのことですが、その宿とも連絡がついておりません。おそらく電線が何処かで切断され、電話も通じないと思われます」

「――ということは、津留橋辺りの災害はほんの序の口で、さらに奥はどうなっているか分からない……ということですか」

「いえ、警察や消防が防災ヘリで上空から調査したところ、大きな土砂崩れなどは発生していない模様です。今後、ドローンなどを使って細かい所も調べるつもりです」

　九州理科大学の研究者たちだけではなく、住人のことも当然、気がかりなはずだが、村役場などを通して、被害に遭っていないか、その安否などの確認を行っているところだ。が、今のところ被害は出ていないとのことだった。

「つまり、その目丸村ですか……そこだけが孤立している可能性があると」

「その可能性を見据えて、鋭意、救出活動や援護支援をしているところです。詳細はまた午後の発表の時にしたいと思います」

「署長。多賀教授は何の調査で……」

「以上です」

件署長は深々と一礼すると、質問を打ち切るかのように署長室に戻った。

肝心の調査内容については、あえて拒んだという印象である。誰もが何か秘密があるなと思ったに違いない。

駿作は納得できなかったが、一応、その警察の発表を記事にして、熊本支局に送った。だが、幸いにして災害は人命を奪っていないことから、市内で別の大事件があったため、多賀教授たちのことや目丸の宿については記事にならなかった。記事にするかどうかは、支局長の判断である。

ネットで調べてみると、多賀教授は「森林学」という学問を発展させて、地球規模の環境破壊を研究している学者として、その世界では知られている人物だった。

林学と聞いて、木を育てて伐採して材木にするという林業を思い浮かべた。水資源とか土砂災害、密林などの減少に伴う温暖化などの研究だけではなく、何十年何百年先の未来を見据えた環境問題やエネルギー政策、さらには社会システムなどにも言及して、政府や県、市町村などにも「今できること」を提言している。

林野庁はたしかに、林業の持続的かつ健全な発展のために、

——林産物の適切な供給及び利用の確保が重要であることにかんがみ、高度化し、かつ、多様化する国民の需要に即して林産物が供給されるとともに、森林及び林業に関する国民の理解を深めつつ、林産物の利用の促進が図られなければならない。

という法律の条文をもって、森林の有する多面的機能の発揮に関する施策を打ち立てている。中でも大切なのは、「都市と山村の交流」だとのことだ。

——健康的でゆとりのある生活に資するため、都市と山村との間の交流の促進、公衆の保健又は教育のための森林の利用の促進その他必要な施策を講ずるものとする。

そのために、森林の有する多面的機能の発揮に関する施策を打ち出し、国民参加のもとに森林作りをするとのことだ。

そのために、「森林環境教育」という聞き慣れない用語が掲げられ、〝持続可能な開発のための教育〟がユネスコでも採択され、森林や林業の役割、木材利用の意義などを、公教育でも学習する機会を作ることになっている。

「たしかになあ……東京生まれの東京暮らしの俺にしてみれば、森林はキャンプとかで癒やされる自然の場所と思うだけで、あまり深く考えなかったな……せいぜいが外国からの材木が安いから、林業が廃(すた)れたとか。だから、そのまま山林は放置されてい

るくらいの関心度だもんなあ……」

駿作は改めて、農業や水産業と同じに、いやそれ以上に、林業は人類に影響がある産業ではないか、特に国土の七割近くを山地が占める日本では、林学がもっと盛んになってよいのではないかと感じた。

だが、九州理科大学に限らず、ざっと調べてみるだけでも、国立大学のほとんどには、林学とそこから発展した、環境科学、共生環境学、森林環境資源学、地球環境学、資源循環学、森林管理学などを専攻する学科がある。聞き慣れないが、地球の環境や人類の存続そのものを扱っている学問のようだ。

「たしかに、人類は、古来、森林から無限の恵みを受けてきたしなあ……林学が重要な学問であることは間違いないだろう……いやあ、知らなかった。しかも、様々な事象が研究対象となり、その視点も無数にある。うちの科学部に問い合わせてみるか」

ひとり呟き（つぶや）ながら、駿作はネット情報を見ていると、

——林学は、最も基本である樹木の生育環境は、土壌や動物、鳥、昆虫、植物、菌類、微生物など様々な生物の生態系と関わりがあるため、生物学や生命科学とも深く関わっている。さらに、樹木の種類や材質などを研究して、用途に応じた木の種類や強度などを探る材料工学も必要ともある。

「森に木が生えていることで、森は水を貯え（たくわ）、土砂崩れや洪水を防いでいる……って、

当たり前に思っていたが、ここまで深く研究してるとは思ってもみなかった」

山林の機能や生態を、科学的に解明することも林学の研究対象だ。大量伐採によって大気中の二酸化炭素が増えて、地球温暖化の要因となっていることも、林学の重要な分野として研究されている。また、杉花粉による花粉症などの研究によって、薬学などと連携して、アレルギーを治療する取り組みなどもなされている。

多賀教授は、元々は森林が果たす水資源の研究をしていたが、

――二酸化炭素増加による環境破壊を止めること。

――そのために新しいエネルギーを作ること。

などを主に研究し、そのためのコンサルティングも行っているようだ。

もちろん、水資源に繋(つな)がる治山や森林環境に関した技術開発や林道整備事業などの研修や研究もしており、水源流域保全調査、地形地質調査、さらには荒廃している森林の調査から、山地の災害危険地区判定、地滑り対策、木材の耐用年数評価など、森林コンサルティング的なこともしているようだ。

「いやあ、凄い人だなあ……」

駿作は猛烈に多賀教授に会ってみたくなった。写真では、白髪で面長な紳士風で、哲学者のような風貌である。思いついたら、当該人物にすぐに会いに行くことができるのも、新聞記者の取材という〝特権〟であった。

その日のうちに――。

駿作は、写真館で借りたミニバイクで山道を登り、目丸の宿に向かった。津留橋がなくても、一旦、国道を砥用(ともち)の方に向かい、緑川(みどりかわ)のダムの手前の大福橋(だいふく)を渡って、川沿いの山道から、さらに奥に向かって登れば、行けないことはないらしい。

柳と暗い道を通った印象と違って、木洩れ日が幾重にも走り、駿作の頭上で交錯した。鳥や虫の声もあちこちから聞こえ、森が「生きている」と主張しているようだ。渓流の音が、木々の間からふいに耳に飛び込んできた。

道なりに左に曲がったときである。

体格のよい警察官がふたり、立っていた。工事現場で使うような黄色と黒の縞(しま)模様の板で、道路が遮断されている。

「こっから先は行けませんよ。土砂崩れで道が遮断されてるので」

と警察官は言った。

災害派遣の関係で来ているようだが、駿作は身分と名前を名乗って、すぐに目丸村の温泉宿の人と連絡が取りたい旨を伝えた。警察官は、ここでは応じられないとのことだったが、九州理科大学の多賀教授の名前を持ち出すと、

「それなら、無事との報告を受けてます」

と答えた。

「他の方々も大丈夫なのでしょうか。助手や院生が一緒と聞きましたので」

「多分、大丈夫だと思います」

「――多分、ですか。宿泊先との連絡などはついているのでしょうか」

取材として駿作は訊いただけだが、警察官はやはり、今のところ確かなことは言いかねるとの返事だった。

「もしかして、他の土砂災害などに、巻き込まれている可能性もあるのですね。この辺りは、何年か前にもあったと……」

「分かりません。鋭意、先発隊が救助に向かっているので、報せを待って下さい」

それしか答えることはないと突き放すように言うと、警察官は持ち場に戻って、周りを見廻しながら立っていた。

駿作はなんとなく違和感を覚えた。虫の知らせというやつであろうか。ふと傍らに停まっている警察車両を見ると、福岡県警察本部と書かれていた。

「おや……福岡県警までが応援に来たのですか」

「そうです」

律儀そうな態度で警察官は答えた。

「この先の土砂崩れの現場まで行きたいのですが」

しつこく訊く駿作に、警察官はもう何も答えなかった。バイクをその場に置いて、先に進もうとすると、「勝手に入っては駄目だ」と止められた。

吊り橋が落下したほどだから、かなりの災害なのは確かだが、この森林は自分も〝ケーブル事故〟で死にかかった百舌目家の所有している山林のはずである。駿作は地主に許しを得て、「百舌目家当主の殺人事件」で取材に来ていると伝えた。

警察官は一瞬、「何を言っているのだ」という顔になったが、規則なのであろう、一切認めなかった。

「分かりました。ならば自力で行くまでです」

材木などを滑り下ろす道なのであろう。細い脇道に入ろうとすると、

「そっちも危険区域です。いつ崩れても不思議ではないから、行ってはだめです。二次災害のおそれもありますからね」

「これも仕事なので……」

絶対に許可できないと警察官は言った。

「なぜです。ここは私道でしょ。特別な事情がないのに……」

駿作が言いかけるのを、警察官の一人が制して、

「ここは国有林です。いわば公道です。なので、私たちが重機を入れて救出に当たってます。邪魔をしないで下さい」

国有林は政府によって保護管理されている森林である。主に、農林水産省の外局、

林野庁が所管しており、各地方の森林管理局の管轄のもと管理されている。

　森林面積は国土の七割ほどを占める。日本の面積は、三千八百万ヘクタール近くあるから、森林は二千五百万ヘクタールにも及ぶ。そのうちの三割が、国有林である。さらに学校林というのが一割を占める。他の六割が私有林ということになる。

　国立公園の約六割と、保安林の約五割が国有林である。国産の木材のおよそ二割は国有林から産出しているらしいが、見上げれば鬱蒼としたこの山奥からも、伐採されているのであろうか。

「山都町の甲斐睦雄さんがやってる製材会社も、この先にあると聞いているのですが」

「…………」

「目丸村で製材したのを、今、私が来た緑川ダムの方へ運び、甲佐(こうさ)を経て、御船(みふね)、あるいは松橋(まつばせ)から市内や他の地域に送るとか……」

　警察官は何も答えなかった。

「一般の者に知られてはならないことでも、あったんですね」

「…………」

「土砂崩れ直後、僕も事故現場に行って見たんです、浜町警察署長らも一緒に。その後の記者会見では、その他の地区の災害状況はきちんと確認されていないとのことでした。で、目丸の温泉宿とはまだ電話も繋がっていないということでした。何か隠さなければならない理由でもあるのですか」

やはり警察官は何も答えず、ただ仁王のように立ちはだかり、駿作に決して通さないぞという決意に満ちた視線を投げかけていた。

駿作は仕方なく、バイクに乗って引き返した。

「このまま帰ったら、ジャーナリストの名折れだ。何か大きな事件が埋もれているに違いない。元特命部をなめんなよ」

二つ三つカーブを戻った所で、ミニバイクのエンジンを止めた駿作は、昨夜の雨滴が残っている森の中に踏み込んだ。

道路を通れないのなら、自分が道を作って行くしかない。ジャーナリストとはそういうものだ。人が踏んだ轍を通って行ったところで、何の特ダネが転がっているものか。自分の足でネタを稼ぐのだ。駿作はそう思い込んで、雨で湿ったぬかるみを進んだ。

急な勾配の坂が続く。駿作は、灌木に腕を絡めて体重を支えながら、足場の悪い樹林を這いずり登った。山ひとつ越えれば、津留橋が見下ろせるはずだ。

植林の杉が密生して歩きにくい。この杉を、甲斐睦雄の製材所が一手に引き受けているらしい。学生時代はワンダーフォーゲル部にいて山歩きも趣味のひとつとしてあったが、それはナンパが目的だった。登山と言うには程遠い遊びだったが、改めて日本の山は斜面がきつくて奥深いなと感じていた。

一歩一歩進むしかないのが登山である。二時間近く歩いたであろうか、遥か遠く下に町の灯りが点々と散らばって見えた。おそらく津留橋下流にある緑川のダムではなかろうか。まだ、日も沈んでないのに、銀色に輝いて見える。

さらに数メートル登ると、ほとんど直下に、渓谷に無残に垂れ下がっている吊り橋が見えた。そこにはまだパトカーが二台と自衛隊のトラックやジープなども見える。

土砂崩れが起きたばかりの現場で、長いワイヤーを伝って、谷底に向かってゆっくり降りて行く勇姿は、自衛隊員に他ならない。救援作業をしているようだ。

駿作はバッグからデジタルカメラを取り出し、山上から見える情景を写した。最近のミラーレスは軽い。遠すぎて、三百ミリの望遠でも、その正確な行為は見抜けない。灌木の皮で手を擦り剝きながら、一歩一歩降りた。被写体がはっきり見えるまで下ると気持ちが高揚した。

自衛隊の車両は明らかに化学防護車だった。82式指揮通信車をベースに開発された装輪装甲車で、核、生物、化学兵器の汚染下で汚染度を調査する車両である。

「やはり単なる土砂災害ではなくて、警察では手に負えない……重大で過酷な何かがあったのかも……」

駿作は取材の対象に接近してゆく緊張感を抱いた。正しく、敵に近づきつつあるゲリラの気持ちだ。首筋から背中まで、張りつめたものが、騒ぐ血液とともに広がっていった。肉眼で人の顔を判別できる位置まで、急峻な斜面を降りて来た。

落ちた吊り橋の崖っぷちに、熊本県警本部長の大岡の姿もあった。

「――どういうことだ……」

駿作は灌木と杉木立に身を隠して、様子を窺っていた。山の奥深くで繰り広げられる、自衛隊と警察の調査的な活動であろうか。

駿作はもう一歩踏み出した。

崖の下に降りて行った二名のレンジャー部隊員は、まるで土砂に埋もれたかのように見えない。津留橋は、川から六十メートルもあるのだ。渓谷に重機を下ろすことはできない。災害救助の現場を目の当たりにする度に思うが、自衛隊員の仕事は大変である。

友人の自衛官に聞いたことがあるが、自衛隊に「災害救助隊」があるわけではない。自衛隊の本務は国土防衛である。だから、災害救助の際は、色々な部隊から非番の隊員が指揮官のもとに集められて、特別に救助を担うのである。もちろん普段から災害救助の訓練もしているが、過酷な任務である。

それにしても、

──二人のレンジャーが谷底に降りた目的は何か。

駿作は気になった。

山の端に日が沈み、薄紫の空に変わった。山影がしだいに墨に染められていった。じっと堪えて獲物を待つ。それも記者の仕事だと先輩が言っていた。それにしても、さっきから、腹の虫が鳴きっぱなしだ。

「来た……」

駿作の眼下に、二人のレンジャー部隊員が登ってくるのが見えた。肩に小型の懐中電灯をつけている。二人で、五十センチ四方ほどの金属ケースをぶら下げている。どうやら、土砂のサンプルを詰めたもののようだった。

ようやく、二人のレンジャー部隊員は、金属ケースを崖の上まで運び上げた。誰もその二人に労い（ねぎら）の言葉などかけず、金属ケースを粛々と自衛隊のトラックの荷台に運び込ませた。二人のレンジャー部隊員も、それが当然のごとく働いていた。

自衛官と警官たちの一団は、それぞれの車に乗り込むと、熊本方面へ走り出した。

「こんな写真を送ったところで、阿部支局長は納得しないだろうな」

駿作は目丸の方に行こうと戻りかけたが、崖縁から見てぞっとした。背中が凍りつく。足が震えて、数十メートル下を流れる川に吸い込まれそうだった。

遠目に見ていたときはなんとも感じなかったが、現場に来ると、崖の切り込みが鋭い。逆にえぐれているほどだ。土砂崩れというより、崖崩れだ。この断崖絶壁に面した道を避けて、駿作は少しぬかるんだ灌木に覆われた斜面を歩いた。

虫の声もしていない。静かだ。遠くで水の流れる音が子守唄のように聞こえる。ひんやり冷たい雨粒が、駿作の頬に落ちた。

「――霧が多い……夜になると、また広がるんだろうな」

遠くに小さな灯りが見えてきた。おそらく目丸の集落だろう。駿作はその光を見下ろしながら、少しずつ斜面を下るしかなかった。

すると、突然、足下に空間ができた。

「う、うわぁ！」

駿作の体は傾いて、転落した。

その時、ポケットに入れていたスマホがスルッと抜けて飛んだ。思わず手を伸ばしたが、虚しく斜面の下に落下した。

「！……」

駿作の全身の血の流れが止まり、気が遠くなった。だが、それは一瞬のことで、強い衝撃で腰を打った。続いて、その反動で大木の幹に額をぶつけた。鈍い振動が脳の奥深くまで衝撃を与えたようだ。頭をもたげながら、バランスを崩して、更に斜面を二、三メートル転がった。

「わあー！」

瞬間のことで、駿作は自分でどうすることもできなかった。転がりながらも手当たり次第に枝を摑んで、ようやく止まった。脳裏にさっきの渓谷の風景が蘇（よみがえ）ったが、意外にも目丸の集落はすぐ近くに迫っていた。

3

目丸の貧しい灯りに近づいたのは、夜の九時を廻ってからだった。

裸電球を吊り下げただけの街灯は、生い茂る樹々（きぎ）を影絵のように浮かび上がらせていた。木の枝も草も葉も、静かな風になびき、見えない魂に動かされているようだった。

村道沿いの所々に、古民家が立ち並んでいる。どれも、雨戸を閉め切って、灯りひとつ洩れていない。十年ほど前までは、この目丸にも、百人からの人が住んでいたと聞いていたが、この一角はすっかり限界集落の様相を呈していた。

「おや、一色さんじゃありませんか」

凜（りん）とした女の声が聞こえた。振り向くと、違う林道から下ってくる三、四人のグループが、薄暗い中に浮かんだ。懐中電灯を向けられて、駿作は思わず手をかざした。

よく目を凝らしてみると、なんと——綸子ではないか。しかも、まるで探検隊のように登山用のフル装備姿である。他の三人の男たちも同様だった。

聞きもしないのに、綸子は言った。

綸子の説明では、十年前に集中豪雨で川が決壊し、土砂崩れが起こって、この小さな集落は半壊したらしい。わずかな水田や畑もながれ、その天災がきっかけで、村の人たちは里を棄てざるを得ず、熊本市内や博多など他の地域へ移ったという。

県や国から救済措置は取られたものの充分ではなく、自殺した年寄りもいたらしい。里には若者は誰ひとりおらず、いずれなくなる運命にあると村人もあきらめていた。現在、数戸しかないのも、避けられない里の運命としかいえないのだろうか。

その数戸にも、いるのは六十五歳を過ぎた老人ばかりだ。里を盛り返そうという意気込みなどまるでなく、自分の死に場所だと腹を決めている人たちばかりだそうだ。自分が生まれ育ち、そして暮らしてきた土地で自然に帰れることに満足しているという。

「綸子さん……どうして、こんな所に」

駿作は泥で汚れた顔を向けると、綸子は不思議そうな笑みを湛えて、

「あなたこそ、どうして……」

と訊き返してきた。百舌目家や文楽の里で見せていた刀剣鑑定士の顔とは、まった

くの別人の感じで、頼もしくすらあった。

「俺は取材で。津留橋が土砂で落ちたのは知ってますよね」

「ええ。それで、ここに足止めですよ」

「足止め……」

「もっとも、私たちの調査には丁度良かったですけれどね、先生」

一緒にいる中年男性を振り返って、綸子は紹介をした。

「九州理科大学で教授をしてらっしゃる、多賀勇先生……」

「えっ。あの林学博士の！」

「ご存じでしたの」

「一緒にいるのは、助手の沢井和典さんと、大学院生の宮田拓磨さん」

駿作が覚えていた名前を言うと、綸子はもとより、多賀たちも驚いた。

多賀は五十はとうに超えていそうだが、一見、気障（きざ）たらしい口髭（くちひげ）をはやしていた。助手の沢井は三十代半ばの眼鏡をかけた、ひ弱そうな感じで、大学院生の宮田は学生というよりも、ラグビーでもしてそうな屈強なアスリートに見えた。

すぐに駿作は名乗ってから、警察が彼らと連絡が取れないことや自衛隊も救出に向かっていることなどを伝えると、多賀は不思議そうに、

「私たちを救出に……それは変な話ですねえ……」

と小首を傾げた。

「どういうことですか……」

「まあ、それは後にして、腹が空きました。一緒にどうです」

多賀教授は髭を撫でながら、駿作を気さくに誘った。

「こんな山の中で美女に会ったから、てっきり〝鬼山御前〟かと思ったよ」

冗談で綸子に言うと、綸子はそんな怖い女じゃありませんよと答え、

「実は私は、森林調査団員として来ているんです。九州理科大学と民間の原生林調査団体が合同で作っている研究グループです」

「え？　どういうこと……刀剣鑑定士で、展示会に来てたんじゃないの」

「もちろん、それもありますが、本来の目的はこっちの研究でした。百舌目家のことには、巻き込まれただけなんです」

「いや、その研究グループのことなら聞いたことがあるけど、まさか君が……」

「でしょうね。大学では自然環境学も学びましたから、その頃から興味を持って、ボランティアで環境団体なんかのイベントにも参加してたんです」

「へえ、そうなんだ……」

「私が通ってた頃には、多賀先生は京都にいらしたんです。私、教え子なんです」

多賀教授も頷きながら、

「上条さんは、生命環境学部の森林科学科でね……ユニークな大学で、生命分子化学科や環境情報学科、農業生命学科など、〝地球の生命と環境〟を主題として、理数系科目や先端科学の領域だけではなくて、人文科学系も深く学ぶ最高学府だよ。世界に通用する優れた人材育成のために、大学院に進学する学生も多かったが、歴史や伝統のある京都という土地柄だからか、彼女のような刀剣目利きという変わり種もいたわけだ」

「変わり種だなんて……」

「そうじゃないか。でもね、私は詳しくは知らないが、刀剣ひとつ作るのに、炭の火力や水、空気、なにより実は科学的な解明はできていない冶金術を用いるわけだからね。自然の力を借りて、人が作る。まさしく、ある種の洞察力とか集中力が必要で、それはまた意外な視野や思考力を生むことにもなる。まあ、学問と目利きは通じるものがあるのだな」

「先生がおっしゃると、こじつけも真理に感じますね」

「こじつけじゃないさ。私は実学とは縁遠いとはいえ、学問は世の中に還元しなければ意味がないと思ってる。実は、林学の楽しさはそこにある。山や樹木に触れていると、生命学よりも命を感じるね。そして、この水の惑星に奇跡的に生きている人類のこともね」

道々語る多賀教授に、駿作は教えを請うように、

「原生林調査団のことは、毎朝新報の福岡版で、何度か記事になったことがあります。俺はてっきり、ガチガチの森林保護を主義にする団体かと思ったら、環境破壊を指摘して、改善策を提示する団体だったんですね」

「学者ができることは提言にすぎない。それを実行するのは行政や企業だからね。やはり、金も必要だし、人手も大切だ……君たち、新聞社にはもっと協力して貰いたいね。ただ、環境破壊だと非難したり、なんとかしろと叫ぶだけでなくてさ」

「はい。心得ておきます」

駿作が気持ちよく返事をすると、多賀は辺りを見廻しながら、

「しかし、今回も、霧が多くて大変だなあと思ってたが……土砂崩れまで起きるとはなあ……まいった」

「関係があるのですか」

「杉は霧を吸って育つとは、よく言われたがね……霧の発生には色々な原因があるが、私には山肌が苦しんで出す吐息に感じるんだ」

「吐息……あ、それで綸子さんも、飛行機の中で、霧ばかり気にしてたのか……」

初めて見かけたときの印象を、駿作は話すと、森の生態系にも関係すると、綸子は言った。多賀たちは、イラガとかクスサンの繭を追っていたらしい。駿作には馴染み

のない名前なので訊くと、綸子はすぐに答えた。

「虫です。雑木林の状態を調べるには、木そのものより、虫や土壌を調べたほうが効果がある場合が多いんです」

「そんなものか……でもここは、雑木林じゃなくて、ちゃんとした杉の植林だよ」

「ちゃんとした植林とはどういうことです」

綸子は癇癪(かんしゃく)でも起こしたように、語気を変えた。

「こんな植林政策が、日本中の山や森をぶち壊しにしたんですよ。お陰(かげ)で、環境破壊を起こしてるじゃないですか。あなたたちだって、花粉がたまらないって苦しんでるでしょ」

「環境破壊ねえ……」

「そうです。森林は、大気浄化、水源涵養(かんよう)、土壌安全など様々なことに貢献してるんですよ。貢献どころか、森は人類の命です」

「命とは、そんな大袈裟(おおげさ)な……」

「なにが大袈裟です。事実なんです……なんですか、あなた、そんな認識で新聞記者なんかやってらっしゃるの？　いまや森林破壊は、世界規模の問題なんですよ。アマゾンやオーストラリアの大火事も大変じゃないですか。人類がちゃんと百年後を迎えられるかどうか、その瀬戸際に立ってるのが現状なんですよ」

次第に説教調になってくる綸子に、駿作は威圧感すら覚えた。

「今すぐ手を打てばまだ救われます」

駿作は理屈をこねまわす女がどうも好きになれなかった。

「地球が滅びるかどうかの前に、この暗闇の土砂崩れの村から出なきゃ」

駿作の投げ遣りな言葉に、綸子は不服そうな溜息をついた。

綸子が投宿しているという目丸の宿は、渓流沿いにあった。小さな一軒家で、薄汚れた古い看板に『温泉旅館・甲斐荘』と書かれてあった。半分ほど剝げかかっている。

「甲斐荘……もしかして、あの……」

駿作の疑問をすぐ解したように、甲斐睦雄さんが家主だと綸子は言った。ここにも元々は、甲斐の製材所があったという。

「百舌目家が山林の所有者で、その材木の搬出から製材、輸送などを、甲斐家が請け負っていたのです……昔はどこの山の中にも、小さな製材所があって、伐採をする空師がおり、製材の技能士がいて、山村が林業で暮らしていたんです」

「…………」

「戦後にはまだ日本全国に、三万ヶ所くらいの製材所がありましたが、今や小規模なのは二千ヶ所くらい。ぜんぶ大規模製材所に纏められて、完全にオートメーション工場みたいになってます」

寂しそうに綸子が言うのを、多賀も頷きながら見ていた。

温泉宿の玄関に入ると、小肥りの人の良さそうな女将が迎えに出てきて、

「どこまで行っとったと？　主人も心配してたとよ……無事でよかったばい」

宿の女将は、泥だらけの綸子たちに風呂を勧めた。女将の声に気づいて、奥から、少し背の曲がった男が出てきた。ここの主人で、昔は製材所で働いたという。

「こちら、毎朝新報の記者さんで、熊本に来てから、色々とお世話になってるの」

と綸子が宿の夫婦に紹介しながらも、いたずらっぽい目を向けた。

出会ってから、ずっと暗い表情をしていたときとは、別人のようだ。知性と理性を持ち合わせる美貌でありながら、妖艶さも滲み出ている。少し厚めの下唇が、すねたように見える。泣いているような潤んだ目と、吊り上がった眉が挑発的だった。

暗闇で話していたときには、何も感じなかった熱いものが駿作の胸に広がった。綸子はさりげなく一礼すると、浴場に向かった。

駿作は大きく溜息をつくと、女将に事情を話して、休憩させてもらうことにした。

合掌造りのような小さな宿には、一階と二階を合わせて六つしか部屋がない。駿作は、玄関を入ったすぐのところにある部屋を借りた。四、五時間仮眠を取れば、また取材の続きに発つつもりだ。

その前に、熊本支局に連絡を取ろうとしたが、宿の電話は不通だった。吊り橋に沿

っていた電線が切れたからだろうとのことだ。綸子たちの携帯を借りようとしたが、まったく繋がらない。まさに陸の孤島だった。

「――仕方がない……あの携帯が身代わりになってくれたと思うしかないか」

仮眠を取る前に、駿作は湯に案内された。

小さいが、岩風呂ふうである。微かだが塩と硫黄が混じり合った臭いが、鼻腔をくすぐった。

「温泉みたいですね」

と駿作が訊くと、「温泉ですよ」と女将が笑って答えた。

「へえ。こんな所に温泉があるとは知らなかった」

「地元の人間しか知らんもんで。地元の者は、湯に入るというと、うちの風呂のことを言うとったですよ」

「こりゃ、いい湯だなあ……」

駿作は秘湯を発見したように喜んだ。

「宣伝すれば、熊本市内や県外からも客が大勢来て、ガッポリなのに」

女将は、大勢の人にどっと押しかけられると、山里の静けさが失われて困ると言った。

「山都町の甲斐さんて方が、ここの持ち主だとか」

「そうですよ。うちの主人も、製材所で働いてました。でも、製材所はひとつでよかちゅうて閉めて……清和に近い方にありますけんね、ここは温泉場にしました。うちの人も製材の仕事はきつかけん、ここでお世話になってます。もう、かれこれ二十年になります」

「なるほど、そういう歴史が……」

「歴史ってほどでは……ただ山が寂れただけですたい。昔はチェーンソウの音、伐採で樹木が倒れる音、製材の鋸の音なんかで、山は賑やかでしたもんねえ」

「では、甲斐さんとは随分、古いお付き合いですよね」

「ええ……でも、うちとはあんまり……」

　仲が良くないような口振りだった。一度は、赤星殺しの容疑者になった男だ。人となりを知りたかったが、嫌いな様子で、

「あん人とは考え方が違うとです。儲け話は、うちは苦手ですたい」

　と溜息混じりに言った。

「この辺りの山林も、百舌目家のものと聞きましたが」

「ええ。昔から百舌目家のもありますが、甲斐さんは他の地主から、何故だか知らんばってんが買い取ってるようです。ここら辺りを開発して、阿蘇の温泉地のようにしようって話もありますけど。どうもね……」

「開発なら、いいじゃないですか。人が住まなくなる限界集落というのは、もう何年も言われてますが、政府はほとんど手を付けようとしない。その一方で、Uターンとか I ターンということで、見知らぬ田舎に行って新しく暮らし始める若い人も増えた。でも、それだけでは限界がある。行政が直に手を出さないと」

地方創生とか再生という笛太鼓は鳴らしているけれど、実際は都会に集中している。道州制になってドイツのようになれば、地方の政治的な権限が強くなり、都市部への人々の流出が減るという意見もある。が、第一次産業に携わる人口が極端に減ったために、昔のように地方が復活する見通しは遠い。

「ぼくの知り合いでも、地方の首長や議員になってる人は何人もいますが、色々と厳しいらしいですよ。残さなければならないものと、新しく作り出すことのバランスは難しいですよね」

「そりゃ、GoToキャンペーンとやらで、どんどん人が来るような町になれば、よかばってんが……そうするためには金がかかるからねえ……だけん、ちょっとでも高く山林を買うて貰って、町に行って暮らす人も増えたとよ」

「山林を売る……」

「ええ。百舌目家の何倍……いや何十倍もの値で買ってくれる人が現れたら、そりゃ売りますもん」

「何十倍もって、どういうことです」

駿作が訊くと、女将はすんなりと言った。

「うちにだって、赤星さんの紹介だって人が来なさったよ。目の前にドンと一億円置かれてみなさいな。坪単価は今や八十円そこそこですよ。ぜんぶ売り払っても、数百万円の山林や棚田が、そんな値をつけられたら心が動くでしょうが」

「そんなに……⁉」

「中には数十億ちゅう交渉をされた村もあるとか」

駿作は嫌な予感がした。どう見ても、その値打ちがあるとは思えない。あるとすれば、金鉱が眠っているとか、トンネルや道路が通る計画があるとか、本当に国や県によるなんらかの開発計画が密かに進んでいるからであろう。

「そりゃ、なかばい……温泉といっても、いつ枯渇するかも分からんもんねえ。あの大地震の後も、しばらくは出なかったし」

「それに、こん宿は、大学の森林調査団の基地みたいなもんですけん」

女将は皺だらけの顔をさらに皺だらけにして笑うと、ごゆっくりと言って去った。

――甲斐の開発には、百舌目家も関わってるということなのだろうか……こんな山中の買収の目的が気になる。買い漁っている会社や人が誰か、一度調べてみる必要がありそうだな。

駿作はかつての特命記者の魂が揺さぶられた。

ドッ腹に力を入れる。体中の血液が一旦、臍の辺りに集中する。ゆっくり腹筋を緩めると、血液が音を立てて全身に広がり、頭の中をまっ白にする。駿作はそれを二、三度繰り返しながら、湯を手でかきまわして寛いだ。

と——小さな垣根越しにぽちゃぽちゃ湯の音がする。

「綸子さん？」

駿作が訊いたが、返事はない。駿作は垣根から隣の女湯を覗こうとした。檜垣が幾重にも複雑に並んで、向こう側が見えそうで見えない。

「いくら学究の為とはいえ、あなたみたいな美人に、三人ものむさ苦しい男が付いているとは、危ないなあ」

綸子から返事はない。湯を掻き廻す音が聞こえるだけだ。

ひらひらと雪が舞い落ちている。

「——雪……こんな季節に？」

小さな明かり窓から、幾重もの雪の粒が迷い込んで来て、湯煙に煽られながら虫のように飛んだ。重みをもった雪の粒は、すとんと湯に落ちて、今まで生きていたのが死んだように消えた。

「つまらない日常より、今日のような人生の一点が、永遠に残るんだろうな……飛行機の中、百舌目家、そして今日……ひょっとしたら、ふたりが出逢う運命のいたずらだったのかもしれないね」

綸子からは何の返事もなかった。駿作は、大きく息を吸うと、湯の中に潜った。

第五章　環境破壊

1

翌朝、綸子たちは国見岳に調査に向かおうとしたが、また霧が深くなったので、宿に逗留することになった。

駿作は土砂崩れ現場が気になって出かけようとしたが、綸子に止められた。土砂が緩んでいるので、危険だというのだ。

「土砂というより、産廃物ね」

「産業廃棄物……どういうこと、それは……」

駿作が訊き返すと、綸子はまるで自分の家であるかのように、コーヒーをポットから注いで差し出してくれた。

「甲斐睦雄さんが、この辺りの山一帯を買っていたのは、建築資材などが混じった土砂を棄てるためだったのですよ」

「えっ……」

意外な綸子の言葉に、駿作は飲もうとしたコーヒーに唇が触れて、アチチと騒いだ。

「大丈夫ですか……」

「いや、猫舌でして……それより、甲斐さんが山林を買ってたのは、林業の再開とか、この辺りの開発のためではないの。亡くなった赤星さんと組んで……」

「さあ、そういう思惑はあったかもしれないけれど、あのふたりに共通するのは、お金儲けですから、少なくとも環境を整えるとか、山林を昔のように蘇らせるということとは、関係ないと思いますよ」

詰(なじ)るような口調で、綸子は言った。

「まるで、土砂崩れのような災害を起こしたのは、甲斐であると言いたげだな」

「そうですよ。当たらずとも遠からずだと思いますね。津留橋を巻き込む土砂崩れは、少なくとも、甲斐さんが運営する『マザーユニバース社』が関わってると思います」

「えっ……どういう意味？」

「興味ありますか」

綸子は駿作を挑発するような目になって、うっすらと笑みを浮かべた。

「此度(このたび)、私の大切な祖父が殺されたのは、そのせいではないかと思い始めたんです」

「――なんだか意味深長な言い草だけれど、何か知っているのですか」

「一色さんも、そうだと勘づいたから、こんな山の中まで単身、乗り込んできたのかと思ってましたわ」

駿作が戸惑っていると、綸子は少しばかり探偵気取りの顔つきになって話を続けた。

「だって、そうでしょ。祖父は人に恨まれるような人じゃない。百舌目家の人々は、そりゃ色々な確執はあるのかもしれないけれど、祖父を殺して得になるとは思えない」

「でも、赤星さんが殺されたということは……」

「それです」

綸子は少し目を輝かせて指を立てた。

「赤星さんがちょっと怪しいなって、私も思ってました。でもね、あの人だって、百舌目家という金蔓(かねづる)を断つような真似(まね)をしますかね。寄贈の約束までしてくれてたのに」

「甲斐さんと一緒にやっていた事業が、上手くいってなかったから、寿郎さんを殺して、早いところ寄贈されたいと考えても不思議ではない。けれど……結果として、赤星さんの方が〝何者か〟に殺されてしまった」

「警察は、まだ百舌目家の内紛だと疑ってるようだけれど……どうかしら……私はまったく的外れだと思ってる」

「では、綸子さんは誰が怪しいと……？」

「それを調べるために、山の中を歩き廻ってるんです」

突拍子もない話に、駿作は戸惑った。

「あなた方の林学の研究と、何が関係あるのです」

綸子もコーヒーに軽く口をつけてから、

「祖父が、この辺り一帯の山林を買い漁っていたことは聞いたでしょ」

「ええ……人形作りに相応しい桐や杉を手に入れるためだとか……俺には分からないけれど、きっと何万本に一本か、人形作りに相応しい凄いものがあるのでしょうねえ」

「ないことはないでしょうが、そんなことのために買いますかね。常識で考えたら、資材として仕入れれば済む話じゃない」

「まあ、そうだけど……鑑賞用や商売用の人形作りには、良い杉が必要なのでは？」

「杉は、真っ直ぐ育つから、そう呼ばれているらしいけれど、同じ杉でも色々あるでしょ。産地によっても、秋田杉、山形の金山杉、富山の立山杉、栃木の日光杉、静岡の天竜杉、奈良の吉野杉、愛媛の久万杉、鳥取の智頭杉……この九州だって、日田杉、霧島杉、屋久杉など沢山ある。色だって、白っぽいのから赤っぽいものまで様々……

その中から、選べばいいことじゃない」

「さあ、俺にはよく分からないけれど……名人には名人の拘りがあると思うけれど」

綸子は相手の話を止めるように、また指を立てて、

「いいですか。常識で考えても、人形一体を作るために、山を買い占めるなんておかしいじゃないですか」

「まあ、たしかに……」

「ご存知だと思いますが、日本の森林二千五百万ヘクタールのうち、人工林は一千万ヘクタールもあります。後は天然林……でね、天然林よりも、人工林の方が、蓄積量は三十三億立方メートルと、天然林の倍近くあります。面積は狭いのに」

「蓄積量……？」

「生産される木材の量と考えて貰って結構です。でも、人工林って、杉と松と檜で九割以上占めてる。しかも、杉は沢の近く、尾根は松、中腹は檜と棲み分けをしているから、栂、樅、榊、姫沙羅のような、百種類以上の木が共生している雑木林のような多様性はないわよね」

「だから、土砂崩れが起きやすいと……」

「そうじゃないわ。そう簡単には起きないわよ。植林した間にも、様々な木は芽吹いて、花も咲かせますからね」

「それによって、僕らは水と空気を得ている……ってわけだ」

「はい。そのとおりです」

まるで核心に触れたかのように、綸子はニコリと微笑んだ。

「もっとも杉は、八十年ほど生長したら、二酸化炭素をあまり吸収しなくなるらしいけれど、まあ日本の自然林はほっといても、自然の力で蘇るんです。でも、人工林はそうはいかない。植林後はちゃんと下苅りをして、余計な草を刈ったり、除伐や間伐をして、いい木が育つように手入れしなきゃいけない」

「………」

「こういう人工林の伐採放棄地が多いことが、災害の元です。九州には多いですよ、こういう伐採放棄地が……光も通さないような山林は、災害のたねです……まあ、これは国の政策が悪かったとも言えますがね。杉ばかり植えさせた挙げ句、安い外国産の木材に負けて放置。それはまずいって今度は、補助金頼りに伐採ばかりさせての繰り返しですから」

深い溜息をついた綸子は、宿の窓から見える山々を眺めながら、

「木を植えて、丁寧に育て、しかるべき時に伐採し、また植える……その繰り返しは、親子三代に亘ってやってきた。祖父が植えて、伐採して儲けるのは孫たちです……長い歳月が必要なんです。工業製品や一年で収穫できる米や野菜とは違うんです」

「なるほど。だから、林業は地球の命を育む……」

「あの山辺りにある杉だって、大きいのになれば、『暴れん坊将軍』の時代に苗だったものだと思いますよ」

何気なく言った綸子の言葉に、駿作は思わず食いついた。

「俺の先祖、一色駿之介はその時代に、御城奉行として、諸国を遍歴してたんだ」

「えっ……」

「御城奉行……知らない？」

「いいえ、ごめんなさい」

刀剣目利きの子孫であっても、幕府の機構や役人については、さほど詳しそうではなかった。駿作は少し得意げに、

「あの県警本部長の大岡さんのご先祖、大岡越前とは隣人同士でね。あ、そういや、先祖は熊本城にも来て、色々な騒動に巻き込まれたらしいが、いわば城造りの専門家だから、この辺りからの材木を伐採して、造ったとか補修したかも」

「そうなんですか……」

感心したように、綸子は森を仰ぐように眺めた。

「ええ。江戸城を造るのには、諸国から何十万本も集められましたからね。各藩数万本単位で運んだんです。それを考えると、今のように重機はないし、トラックもない

のに、大変だっただろうなあ」

駿作が言うと、綸子もなぜか嬉しそうに、

「それは、いいお話ね……今、見ている山をご先祖様も見たかもしれませんね。その時の苗木が、子孫のあなたを見てる」

と言って微笑んだ。

「私のご先祖様は、刀剣目利きですから、もしかしたら、何処ぞでお目にかかってるかもしれませんね。それは、ともかく……」

「ともかく、かよ」

「森林には公益的機能というのがあって、水源涵養、土砂流出防止、保健休養……つまり、森林浴とかハイキングなどですね」

「ああ、俺もワンダーフォーゲル部で随分とリラクゼーションの効果が……」

「はい。つまり森林から受ける恩恵は莫大で、公益的機能の評価は七十五兆円もあるのです。もちろん、伐採した木材の売買の額とは別の話ですよ」

「その評価額ってのは、よく分からないけど、要するに森林によって、国土が守られ、おいしい空気ときれいな水が生まれるってことだな」

「そうです。だからこそ、私たちは、森林の公益的機能を守り、国土の上流、中流、下流、それぞれの地域を守るための山林保有、林業政策の推進のための、森林官の要請、森林の整備と木材の生産供給や価格の安定、様々な林学の研究と学術のための保護林の設定や鑑札、もちろん森林レクリェーションや山村地域の活性化を訴えてます」

綸子がそこまで話したとき、駿作は両手を掲げて、

「はい。よく分かりました、先生……で、あなたのお祖父様と赤星さんが殺された原因は、一体、何だとご推察なのですか」

と訊いた。

「——真面目に話しているのに、からかってますか」

少し不愉快そうに、綸子は魅惑的な唇を歪めて、駿作を睨むように見た。

「いや、俺は別に……」

「先程、言いましたよね。甲斐さんが、山林を買い占めていたのは、産廃物を投棄するのが目的だったって」

「はい……」

「それが、水源の近くに棄てられてたら、どう思いますか」

「水源の近く……」

駿作は言っている意味が分からないと、首を傾げた。

「旅館の下を滔々と流れてる川は、当然のことながら、この上流の水源から流れてき

ているものです。これが地下水となり、下流の人々の飲み水、生活水になります」

「その水源の近くに産廃物を棄てていたというのですか。こんな山奥まで運んで」

「産廃物の投棄は条例によって、許可された施設以外では禁止されています。国や県が調べに来ますが、誤魔化すことだってできなくはないですからね。その残土のことを、新しい施設を造るための土砂だと言えば通じるかもしれない」

綸子は次第に、忌々しい顔つきになってきた。それでも、駿作には美しいと感じた。

「いいですか。そんな所に、産廃物や建築現場などの残土があれば、水が汚染されるのは火を見るより明らかです。こんなことは考えたくもありませんが、放射能汚染土なんて捨て置かれたら、たまりません」

「そんなことを、甲斐さんがしてるのですか……」

駿作は身を乗り出した。それが事実なら、調査して問題提起のために記事にできる。さらに不法なことがあれば追及して、何らかの処分をするよう訴えることもできるだろう。

「そうです。だから、私たちは調査をして県に訴えていたんです。水源が汚れれば、涵養された地下水や河川の下流にも、当然、大きな影響を与えますからね」

「汚染されているのですか」

「その前に阻止するのが、私たちの役目でもあるんです」

綸子は毅然として言ってから、

「白川水源にはいらしたことがありますか。阿蘇にある日本名水百選にも選ばれた所で、水の生まれる郷と言われてます」

南阿蘇村の中央を流れる白川の総水源で、湧水量は毎分、およそ六十トンと言われている。古より信仰があったようで、水源地のすぐ側には、〝みつはのめ神〟という水神が祀られている。

「ここを水源とした川や地下水が、熊本市内一帯の暮らしを支えているのです。もちろん、目の前の緑川もそうです」

「聞いたことがある。熊本城の濠の役割もしているんだよね」

「熊本は、日本の他の地域に先駆けて、地下水保全条例を、平成二年に出してます。地下水を大口採取するには、知事の許可が必要になったんです。二十年前に比べても、地下水の水位は五メートル以上も下がってるからです」

「そんなに……」

「海外の先進国では、ペットボトルの水を汲む事業者のせいで地下水が枯渇したり、それによって地盤沈下したりしている所もあります。だから法律で規制してますが、なぜか日本には、地下水に関する法律がないんですね」

「ああ、それも大問題になってる。中国では、七百ほどの都市のうち六割くらいが水不足だとか。北京（ペキン）ですら、七割以上は地下水に依存しているけれど、毎年一メートル以上も水位が下がっているらしい。人口は増えているのに大変な事態らしいな」

「よくご存知で……」

少し感心したような目を向けた綸子は、熊本の深刻な状況を続けた。

「熊本県の地下水採取量は、年間一億トン弱で、二十年前に比べれば、七割程度なのです。それでも水位は下がっているんです。八代や玉名（たまな）、有明（ありあけ）や草津（くさつ）の方は増えているようですが、熊本周辺や阿蘇外輪山あたりは下がってます。つまり……」

「涵養量が減ったってこと」

「そのとおり。つまりは雨水が地下に貯（た）まっていないってことです。短絡的には言えないけれど、森林が弱っているからです。森の土はゆっくりと時をかけて水を貯めてから、水を流します」

「土や石を摑んでる根っこくんが頑張ってるんだよな。だから、土砂崩れも防いでるって、子供の童話にもなってる」

「そうです。森に降った雨が流し出す土砂が一トンだとしたら、田畑に降った場合には八トン、草木のまったくない荒れ地に降ったとしたら、なんと百五十トンも土砂を流します。恐ろしいでしょ」

「つまり、雨を受け止められない……」

「そうです。減反にも原因があるでしょう。だから、畑に水を張ったりして越冬させて、保湿するように工夫してます。雑草は生えにくいし、逆に虫や蚯蚓（みみず）や鳥が来て糞（ふん）をするから、土地が肥える」

「なるほど……」

「それよりも、これは全国的にですが、工業用水やビル用水によって地下水が減ったり、あるいは汚染されたとしても、国は地下水に関する法律制定は企業の反対にあって二の足を踏んでました。でも、熊本の県知事は……『国をあてにしてちゃだめだ。自分の地域の水は、自分たちが守る』とばかりに、条例を制定したんです」

綸子はまた熱弁になって、そのお陰で水不足から解消されたと話した。知事の決断に県民が反対することもなく従ったのは、「水源の恵みを受けている」という共通認識と、上流域に対する感謝の思いが強いからである。

その流れで、首長を中心とした『くまもと地下水財団』なども出来て、県と多くの市町村が参加して、地下水保全を行っている。地下水の水位を上げるには、涵養事業を徹底しなければならない。他の県にはないくらい、水への愛着や誇りを持つ県民性があるようだ。

「熊本は、〝肥後もっこす〟という頑固者で気概ある男が多いですからね」

綸子は軽く笑ってから、自説を続けた。

「その水源近くに、残土を盛り上げて置いてますからね。さらに他の土砂を盛り込んで、固めている節があるんです」

「固める……」

「ええ。盛り土です。これは、産廃物や残土とは違う、ちゃんとした建設や建築用に斜面計算や土の密度を高める転圧などをした盛り土です。山に建てる住宅などのために、今は厳しい基準があります。当然、雨を流す水路や貯水槽なども造らなければなりません。でないと、地盤沈下や液状化が起こり易くなりますからね」

「甲斐さんはそれをしていないってことか……」

駿作は山の上を見上げて、

「しかし、こんな山奥の、しかも山の上の方に建物でも建てるというのかい。もしかして、ケーブルとかトンネルとか……」

「まさか……造ろうとしているのは、太陽光発電所です」

「太陽光発電……メガソーラーのこと」

「そうです」

「こんな山奥に……」

「ええ。福島の原発事故後、自然エネルギーの必要性が語られるようになり、原発に代わる発電を、全国各地でその土地に相応しい方法でやろうと盛り上がりましたね。

太陽光、風力、水力、潮力、地熱、バイオマス……化石燃料に代わって二酸化炭素も出さないようにしたいと」

「それなら、俺も取材をしたことがある」

福島の会津(あいづ)や飯舘(いいだて)村などに造られた大がかりな太陽光発電についてだ。福島には放射能汚染のために使えなくなった田畑が沢山あるので、そこを利用して何千、何万坪もソーラーパネルを敷設して、地域住民の電力にするという計画だ。

だが、農地法を楯(たて)にされ、なかなか進展することはなかった。作付けが事実上出来なくなった土地を、「農作物を作る所に発電施設は造れない」とする四角四面な役所の対応に阻まれたからである。

「でも、地域の人々の熱心な努力によって、なんとかできるようになった。日本全国の耕作放棄地に広がれば、三千数百キロワット……なんと原発三十数基分の電力が賄えるというんだから、凄いと思わないか。しかも、二酸化炭素排出はゼロだ」

「ええ。でも、そこに太陽光発電設備を造るにしても、農耕を続けるのが条件。再生可能エネルギーの固定価格買取制度が始まったから、色々な業者が参入したというのに、当初、一キロワットあたり四十円くらいの買い取り価格が、今や十円程度。この先はもっと下がる。もう誰もやらなくなります」

「そうそう。しかも、発電送電の分離をすると言いながらも、結局、送電会社は大手電力会社の子会社だから、メガソーラーで発電しても売れなくなる」

駿作は待てよと首を傾げて、また山の上を見た。

「ということは、甲斐はメガソーラーを山の上に造ろうとしたってこと？」

「そうです。でも発電しても、売れないし送電できないから工事は途中でやめてます」

「しかし、こんな山の上なら大変だろうし……」

「九州の山は険しいといっても、比較的緩やかなので、斜面を利用して造れます。さっき言ったように、農地法のような弊害もない。買い取った人が自由に利用できるんです」

「土地の所有権は、法令の制限内において、その土地の上下に及ぶ。民法二〇七条」

「さすが新聞記者」

「やっぱりバカにしてるだろ」

「それを楯に、好きなだけ伐採して禿げ山にした所に盛り土をして、ソーラーシステムを造ったのよ。そして、その土地の下にある地下水も、土地の付属物として使い放題……でも、熊本では条例によって、取水を制限してます。民法二〇七条は、あくまでも他人に影響を及ぼさない限り……ってことですからね」

「つまり……？」

改めて駿作は、綸子に詰め寄るように訊いた。

「土砂災害の原因は、甲斐のせいであるということかい。あ、洒落じゃないよ」

「――もちろん、それもあるけれど……私の祖父は、そんなことにならないように森林を買い占めていた……もっと大きな問題は、外国資本が日本の水源を買い占めていること……それを取り締まる法律がないということなのよね」

駿作はなるほどと頷いたが、寿郎が思い描いていたような危機感はさほどなかった。

「日本の水源が狙われている話はよく聞くけれど、俺の調べた範囲ではさして問題はないと思うけどね」

「どうしてです」

「材木の伐採と同じで、水源から汲み上げる施設、その水を製品にして何処かに売るための工場を造るとなれば、相当な費用と人的な負担がかかるからね。それに、採水会社のような水産業なら、日本の企業がとっくにやってることだ。輸出だってしてる」

「…………」

「たとえば、中国資本がこの山を買って、地下水を汲み上げたとして、タンカーやら何やらで中国まで運ぶのは、えらく手間暇がかかると思うけれど」

「…………」

「もし水が欲しければ、採水会社を買い取ればいい話だ……俺なんか、そもそも水道水の五百倍から千倍もする水なんか買って飲まないけどね。水道水の方が遥かに衛生基準が高いから、水道の水で充分」

「それは正しいです。食品衛生法によるペットボトルの水より、水質基準に関する厚労省の省令の方が、項目は何倍も多いし厳しいですからね。亜鉛やヒ素、ホウ素など毒性の高いものは五倍も違う」

　綸子は当然のように言ってから、憂鬱な目になった。

「でもね……私たちが心配しているのは、地下水のことだけではなくて、この日本の国土のことです」

「国土……」

「まあ、これも非現実的と言われるかもしれないけれど、日本は地主が一番強いから、国土が全部、外国資本に買われたとしても、法的には何も問題はないですからね」

「たしかに……」

「つまりこの国には、国民と領土を守る法律が実はないに等しいってことです」

「…………」

「私たちができるのは、この森林を守ること。祖父が考えていたのは、そのことです。その祖父の考えに反対の人が……殺したんだと思います」

綸子のハッキリと断言した顔には、駿作が吃驚するほどの決意すら見えた。

「もしかして、その犯人捜しのために、いや犯人は見当がついているけれど、その証拠探しのために、この山に……？」

駿作が問いかけると、綸子は何も答えなかったが、心に秘めた信念がキラリと光ったような瞳になった。また鬼山御前の人形を、駿作は思い出していた。

2

熊本城南警察署の大会議室、百舌目寿郎並びに赤星二郎殺害事件の合同捜査本部には、専従捜査員四十人程が集まっていた。

捜査本部長は、熊本県警本部の刑事部長・黒田真人、副本部長は県警本部捜査一課長の細川貴明と、熊本城南署署長の小西政之である。いずれも警察幹部だが、今回の凶悪な殺人事件に対して、「特別捜査本部」が設置されたものの、実質の捜査指揮者である管理官の思惑通りには、事件解決に導かれていなかった。

この会議には、県警本部長の大岡忠祐も臨席していた。

他にも、監察官の加藤勇作も入り口近くに陣取って、会議の様子を見ていた。監察官とは、〝警察の中の警察〟と言われる、いわば昔の軍隊の憲兵みたいなもので、勤務評価にも関わるので警官にとっては嫌な存在であった。

しかも、加藤は、九州管区警察局の〝総務監察部〟から出向いてきていた。その風貌は、厳しい裁判官のように、まったく感情を表に出していない。階級は大岡と同じ警視長だが、一県警本部長とは権限の大きさが違う。監察官室は県警の警務部の中にもあり、警察官への行動確認などを行うのが業務である。

捜査本部長たちは、加藤が来ていることは知っており、どこかピリピリしていた。

捜査本部長の黒田は、捜査に当たっていた刑事たちの報告を聞いていたが、不満そうに机を叩いた。捜査本部を立ち上げたときには、管理官など捜査のベテランたちと協議の上、初動捜査を受けて、犯人検挙という事件解決への道筋を立てる。

殺人事件では、概ね怨恨によるものか、強盗など金品を奪うものか、通り魔のように無差別のものかが検討される。百古目寿郎の場合は怨恨、赤星二郎の場合は金の揉め事によるものと判断されていた。

――エゴワコト、イタザエモン。

寿郎が残した言葉は、子供、女房、太夫を意味するから、もしかしたら、恭一郎と節子が、赤星と遺産について揉めていることを示唆したのではないかと思われていた。

だが、不起訴になってしまった甲斐については、すでに捜査は解かれるはずだが、県警本部長の大岡の意向により、

――真犯人がまだ判明してはおらず、甲斐の疑いがすべて晴れたわけではなく、事件はまだ解決していない。

　という理由で継続していた。

「百舌目寿郎殺害については、赤星二郎が容疑者として浮かんでいたが、死んでしまった……だが、被疑者死亡で片付けるわけにはいかない。百舌目家との関係は深いし、新たに長男の恭一郎への疑いもある。どこまで捜査が進展したのか話してくれ」

　黒田が説明を求めると、現場で採取されている足跡（げそこん）や指紋（もん）、すでに領置してある凶器の〝ニッカリ青江〟の件、さらに目撃者探しや参考人への聴取などから、犯人の人相や服装など人着（にんちゃく）、さらに浮かび上がった犯人と被疑者を繋ぐ敷鑑捜査や土地鑑捜査、地取り捜査などを各担当が話した。

　だが、新たに進展したものはなく、むしろ霧の中に隠れてしまったようだ。

「〝ニッカリ青江〟が勝手に飛んで、被害者を刺したわけではあるまい。熊本文科大学助手の二の丸清花の証言から、赤星二郎が最も怪しい。だが、赤星が殺したとまでは断定できていない。逮捕される前に死亡し、真相は不明のままだ」

　力説する黒田の全身は震えていた。

「この調子だと、容疑者すら不明のまま暗礁に乗り上げてしまう。百舌目恭一郎への事情聴取は、どうなっているのだ」

高橋刑事と小松巡査が立ち上がって、

「百舌目家の該当人物はすべて当たっておきました……」

と説明を始めた。

恭一郎は、百舌目寿郎が亡くなった当夜は〝本家〟におり、そのことは女中が証言している。警察の報せで驚いたとのことだ。

「ですがね……」

少し首を傾げながら、高橋は言った。

「今回の捜査から、恭一郎は寿郎の実の子ではない……ということが公になりました。まあ、身内では分かっていたことだし、それは相続には影響はないのですが、なんというか……文楽に関する意見の相違で、寿郎と対立していたのは事実です」

「だからって殺すかね」

大岡が訊き返すと、高橋は自分の意見も添えて続けた。

「恭一郎は寿郎の跡を継ぎ、他の子らはどちらかというと、芸術家肌の父親とは違う商売や、まったく違う道へ進んだ。それでも、実の子の方が可愛(かわい)いのは、世の常でしょう……工房を継がせる中江基志だって、愛人の子とはいえ実の子です」

「……………」

「それに比べて、恭一郎は血の繋がりがないことで、この年になってギクシャクしていた。その原因は、甲斐と赤星にあったんです」

「ふたりに……」

「ええ。人形遣いとして恭一郎はふたりを重宝していたが、寿郎はあまり気に入っていなかった。舞台を観ることがあれば、『欲が芸を汚してる』とよく言ってたとか……でもまあ、恭一郎としては、素人芸にしては上等だと使っていたんです」

「それが殺す動機になるかね」

「問題は、〝小ザル〟です——おい……」

高橋が、浜町警察署刑事課から来ている柳に声をかけた。すぐに立ち上がった柳は、人形を操る際に重要な部位である〝小ザル〟について簡単に説明をしてから、

「ええ、赤星の控室に落ちていたのは、たしかに恭一郎が使うものと同じですし、指紋もついていました。その後、百舌目家のすべての人形を検めましたが、首から外されたものは何もありませんでした。しかし……城下の〝本家〟の工房にはいくらでもあります」

「中江が作っているものか」

「はい。糸を操る心臓みたいなものですからね、万が一、壊れたときに付け替えるように、百舌目家の〝実家〟にも予備は何個かありました。中江も自分が作ったものだと認めました」

「では、恭一郎が酒に毒を仕込んだ……」

「その疑いは濃厚です。公演の直前ですから、お互い楽屋に往き来していたので、予備に持っていたのを落としても不思議ではない。事実、恭一郎はふたつ持参していたことは認めました。それがなくなったと話してますが、どうも怪しいですね」

「うむ……」

柳は〝小ザル〟の実物を披露して見せながら、

「容易に付け替えられるものではありませんが、人間の喉にあたる〝ノドギ〟を首に差し込み、その下に人形遣いが握る〝胴串〟をつけます。この胴串にある〝引栓〟や〝小ザル〟によって、目や眉、口などに付けた糸を繋いで、首を傾げたり、眉や目が動いたりするんです」

　と説明をした。それを見た大岡が手を差し出しながら、

「貸してみい。意外に大きなものだな……これが二度目の捜査で見つかったとは、おまえたち間抜けじゃなかか」

　と受け取って、まじまじと見た。

「ふうん……これで人形の表情を作るのか……なんだか、俺たちの方が操られている気がしてくるな……人知れず、操る……」

　意味深長な言い草の大岡に、柳は申し訳なさそうに、

「鏡台の裏に転がり落ちていたので、初めは気づきませんでした」

「そうか……だが、恭一郎は否定しているのだな」

「はい。ですが、指紋は恭一郎のものだけですし、その場に持参していたことは認めている。赤星に財産を横取りされたくはないという思いもある……もっとも毒の入手経路は分かりませんが、ヒマなんぞ、比較的手に入りますから……」

言い訳じみた柳に、苛々と黒田が声をかけた。

「何をやってるのだ、まったく」

県警の刑事部長は官僚であるから、解決の遅さが昇進に影響があると思っているのかもしれない。続いて、小松が発言をした。次男・周次郎についてである。

「東京の私立大学の教授ですが、事件にはまったく関係がありません。妻も『豊国』の役員であるのは登記簿上のことで、実態もよく知らないとのことです。とにかく、ほとんど百舌目家とは音信不通とのこと」

「だが、娘は祖父さんの跡を継ぐように、人形作りをしているのだろう」

「はい。ですが、今回のこととは全く……」

関係ないと小松は言って、さらに三男の勲について続けた。

「何度も調べたとおり、事件のあった刻限には、博多の店におり、従業員などの証言によるアリバイがあります。妻も息子の塾の面接に同行していたので……たしかに、寿郎と勲は商売上のことで揉めていたようですが、殺すほどの怨恨関係にはありません」

「では百舌目家は、恭一郎以外はすべてシロってわけか……赤星との関係を洗い直してみる必要があるな」

捜査本部長らしく指示を出したとき、「よかかな」と大岡が手を挙げた。誰も意見を述べるのに反対する者はいなかった。大岡は立ち上がると、捜査員のひとりを指して、

「おい。別件かもしれんばってん、話してやるがよか」

と命じた。

すぐに立ち上がったのは、先程の柳刑事と吉川だった。

「ええ、実は……山都町の方で、土砂崩れがあり、その土砂によって吊り橋が落下したのですが、そのことを……」

すでにニュースになっていることだが、九州理科大学所有の軽自動車が転落したことや、自衛隊が落下した土砂などを採取したことから、調べ出したことを伝えた。

「幸い人は乗っておりませんでした。恐らく山肌近くの道路に駐車していたものと思われます。目丸の温泉宿……昔の甲斐の製材所の跡地にできたものです。甲斐睦雄の地所です。そこには……」

多賀教授ら三人が行っていることを報告したが、電線が切れて、まだ連絡が取れていないと伝えた。もっとも、駿作と綸子が、同じ宿にいることは、まだ誰も知らない。

「当初、車には人が乗っておらず、被害者はいないと思われましたが……不幸なことに土砂に巻き込まれた人が、ひとりおりました」

一同に動揺が走った。

「大学関係者かどうかはまだ判明しておりませんが……ただ、遺体の一部がすでに腐敗し、白骨化もしておりますので、今回の土砂崩れによる死亡とは関わりないようです」

「では、以前の土砂崩れに巻き込まれていた、ということか」

監察官の加藤が訊くと、柳はすぐに答えた。

「それもまだ分かりません。もしかしたら、産廃土に混じっていたとも考えられます」

「ええッ。そこに遺体が捨てられていたってことか」

「登山の服装ではなく普段着ですので、あるいは……事故か事件かも含めて、鑑識で調べております」

「身許(みもと)の確認は」

「それもまだです。ええ……自衛隊が調べた所に拠(よ)りますと、土砂の中には重大な物質……人に害を与えるような化学物質の類は入っていないとのことです。なので、下流域には影響はないものと思われます」

「――化学物質……どういうことだ」

監察官の加藤が訊くと、大岡がすぐに答えた。

「私が知事に頼んで、災害救助とともに第八師団に緊急要請をして貰い、自衛官の安全のためにも、土砂を取り除く前に調べて貰うとったとです」

「大岡本部長が……意味が分からないが」

「あの土砂の上には、此度の殺人事件で容疑者として取り調べられた甲斐睦雄が所有する土地があり、産業廃棄物が棄てられて積まれていることは、地元警察は把握しとります」

「…………」

「それに加えて、落下してきた土砂の中には、ソーラーパネルも幾つか、セルの状態で混じってたとです……ご存知のとおり、セルとは太陽電池の最小ユニット。それを縦横に繋いだものがモジュール。さらに、数十のモジュールをまとめたものが、アレイといって、そこからは巨大な電力を生みます」

「何の話をしているのだ」

不愉快そうに加藤が言ったが、大岡は軽く頷いて、

「ちょっとだけ辛抱して下さい」

　と微笑を浮かべ、弁舌を捲し立てた。

「日本の緯度では丁度、三十度くらい角度をつけると、太陽が垂直に当たるばってん、あの山は、ソーラーパネルを置くのに丁度よか所だということです。そこに、甲斐は設置したまま放置しておったもんでね、それごと流れてしもたです。もちろん、一部ですがね」

「で、なんだ……」

「まさか産廃物として置いてたわけじゃないでしょうが、CO_2を出さない太陽光パネルとて安全ではなく、その材料には有害物質が含まれとるので、いずれ廃棄などになったときには、それなりの手間がかかります。もっとも解体するのに何十年もかかり、使用済み核燃料を半永久的に封じ込めにゃならん原発とは比べられないほど安全ですけれどね」

　大岡は捜査員たちの前で滔々と話を続けた。

「ソーラーパネルは家庭用のもあるばってん、二十年、三十年と使って、壊した建物と一緒に廃棄してはだめたいね。まあ、これは些細なことで、問題は事業用太陽光たい。現実に設置はしたものの、立ちゆかないので事業から撤退しても、コストがかかるから廃棄処理をしてないケースが既に出とっと」

「…………」

「甲斐の場合も同様たい……ソーラーパネルには、鉛やカドミウムなどの有害物質が含まれてるから、廃棄物処理業者は、水漏れを防いだ施設で最終処分をして、埋め立てなきゃならん。その害を及ぼす物が、熊本の水源とも言える川に、土砂と一緒に落ちて壊れているのだから、調査するのは当然じゃなかかね」

まるで政治家のように、大岡は変な熊本訛りで演説した。

「幸い今回は〝低濃度〟ということで、水資源に影響はなかばってん、まだ山上には数ヘクタールものソーラーパネルがあるとよ。何とかして撤去するなり、補強するなりせんと、また同じような災害が起きるたい」

「…………」

「雨水がそのまま流れるとに、迂回路を造ったり、貯水タンクを備えなきゃならんが、その程度で解決するわけがなか。地土の権限ということで、無許可状態で設置したことが、最大の欠陥かもしれんたい」

そこまで大岡が話したとき、加藤は面倒臭そうに手を振りながら、

「自然エネルギーの会合じゃない。肝心の話をしてくれないか。百舌目寿郎と赤星二郎……このふたりを殺した犯人は誰なのだ。ソーラーパネルが関係あるとでも言うのか」

と苛立って言った。

「おっしゃるとおりです、監察官」

大岡が明瞭に答えると、捜査員たちは驚いたように顔を見合わせた。

「これを見てくれんね。ええとですな……」

大岡はホワイトボードに貼ってある目丸地区など、土砂崩れがあった現場辺りの地図に、赤と青のマジックで印を付けた。

「この赤いので囲んだ所が、百舌目家の所有林、そして青い方が甲斐のもの……広さでいえば遥かに百舌目家の方が多いのですが、水源近く……この辺りは、〝逢魔が滝〟という名所がありますが……肝心の水源の方は、甲斐が地主となっておるとです」

「――逢魔が滝……」

「ええ。満月の夜には、闇の中に虹が浮かぶという噂の滝たい。私は行ったことがなかとですがね、なかなかの絶景らしか」

「そんな話はいい。で、その山林の所有と事件が関係あるのか」

また苛ついて加藤が訊くと、大岡は少しばかり睨み返して、

「落ち着きのない人たいね……捜査本部で担当官が事件の説明をしているとに、そぎゃん口を挟まんでもよかと違うね」

「本部長の熊本弁を聞いていると、なんか苛々してくるんだよ」

それはみんなも同様みたいで、一同は小さく頷いていた。だが、さして気にもせず、大岡は事情説明を続けた。

「つまり百舌目家と甲斐は、水源の領有を争っていたとです。結果として、甲斐が元々の地主から買い取ることができた」

「………」

「元々の地主……それが誰か気にならんとね」

大岡は捜査員一同に投げかけるように訊くと、浜町署の柳がすぐに返した。

「国じゃないですか。あの辺りは、ほとんどが国有林です」

「そのとおり。さすがは地元警察……どういう経緯かは知らないが、持っていても買い手が付くとは思えない場所で、保安林指定を受けてしまうと、それこそ何も出来なくなってしまう。でも、百舌目家が出した条件よりも遥かに悪い甲斐の方に売られてた」

「おお……」

捜査員たちから小さな溜息が洩れた。

「理由は分からんばってん……『マザーユニバース社』のメガソーラー建設という目的が、『温室効果ガスの排出をゼロにする、カーボンニュートラル、脱炭素社会の実現』という政府宣言に合致したとのことたい。それで、国は甲斐に売った節があるたい」

大岡はチラリと加藤を見てから、

「お気づきのとおり、国有林野事業とは関係がなく、環境省絡みということでしょうかね。国有林からの材木供給量は二割以上を占めてるらしいが、木材の安定供給とか、地域の林業活性化とは関わりなかちゅうことかいね」

と疑問を投げかけた。

「実は……私は、九州理科大の多賀教授とは大学の同窓でね。もちろん学部も学年も違うが、大学のOB会を通じて、数年前に知り合うたと……ま、そんな話は今はどうでもよかですが、この多賀教授ってのが林学博士で、目丸地区で起こっていた〝不都合な真実〟を調べてたとたい」

「不都合な真実……それはなんだね」

加藤が訊くと、大岡は待ってましたとばかりに、

「あなたが今いる北九州には、世界遺産登録を目指す吉野ヶ里遺跡がありますな。弥生時代にできた集落で、卑弥呼の時代には宮殿として使われた古代遺跡たいね……ここにメガソーラーを造る計画があったが、多賀教授も反対派として活躍しとったばってん、最高裁は設置してよか、と判断したと」

「………」

「あんたはどう思うね、加藤監察官」

「裁判所の判断に従うのが、国民の義務でしょ」

「そうですか……そうですよね。よく分からんばってんが、『魏志倭人伝』の時代の遺跡を、現代の裁判で決するというのも、なんか違和感ばあるとじゃが……メガソーラーのために国有林を売ったちうのも、違和感はなきにしもあらずでね」

さらに大岡が続けようとすると、加藤は強い口調で言った。

「さっきから関係のない話ばかりを……」

「大ありたい」

大岡がすぐに言い返した。

「令和元年に改正されたばかりの『国有林野の管理経営に関する法律』によれば、国有林伐採を民間に開放したつこつたい。もちろん、これまでも、国有林の伐採作業は民間の事業者が行ってたばってん、これからは毎年、その箇所ごとに、入札して選定するたいね。それが、〝樹木採取権〟たい」

「………」

「なのに、伐採と関係ない『マザーユニバース社』はなんで、入札もなければ、ろくな調査もなくて選ばれたのでしょう。しかも、坪単価数十円どころか、一円ですたい。

一円ですよ！　一万坪でも一万円ポッキリ！」

安売り通販の社長のように声がひっくり返った。

「なんだか腑に落ちないでしょ」

「私たちの事件捜査とは関わりない」

「いえいえ……甲斐が犯人で、その犯行動機が、この国有林売買に関わることならば……売買じゃなかね。国から、只同然に貰うたようなもんだけんね」

「…………」

「しかも、こん熊本の大切な水源ば甲斐が買うたのが、事件の発端だとしたら、きちんと調べなきゃならんとでしょ」

加藤は何か反論しかかったが、大岡の性格をよく知っているのか、腹立たしげな表情をしながらも、今度は黙って聞いていた。

「――この事故のことを取材に出向いた、毎朝新報の一色駿作という記者と連絡が取れなくなっとるとです」

わずかに刑事たちの間で、どよめきが起こったが、大岡は閑話休題とばかりに、

「ええと……一色記者は熊本支局に赴任して来たばかりで、阿部支局長の話によると、かつては特命報道チームにいた辣腕記者で、此度の百舌目家に纏わる殺人事件でも、熱心に取材をしているそうです」

「つまり、此度の土砂崩れが、百舌目家の事件と関係あるのですか」

捜査員の中の誰かが発言した。それも含めて説明すると、今度は柳刑事が続けた。

「百舌目家の事件関連で、すでに話には出ておりますが、寿郎は多額の借金をしてまで、莫大な森林を買い漁っています……この地図にあるとおり、山都町の清和から、国見岳近くまで買っております。これは甲斐も関係している『マザーユニバース社』の敷地、そして国有林の一部も取得しております」

刑事たちは不審に思いながらも、黙って聞いていた。

「その一角に、ご存じの方も多いと思いますが、内大臣がありまして、その目丸地区にある温泉宿にて、足止めを食っていると思われるのが、先ほど話に出た九州理科大学の方々です。まったく連絡がつきません」

誰ともなく、ざわついた。

「阿部支局長がかけても、もちろん我々がかけても連絡が取れません。連絡を受けて、直ちに救急にも報せて向かったのですが……津留橋が落ちているものですから、そこまで行くことができません。署員が緑川ダムの方から迂回して向かったのですが、そしたら……」

柳は声を強めて続けた。

「なぜか、福岡県警の方々がおりました」

「福岡県警……」

さらに一同はざわついたが、加藤監察官だけは冷静な顔で、

「県警本部長が応援に行くと判断してのこと……と聞いている。この辺りは国有林も多いし、熊本地震や球磨川の氾濫などを考慮しても、九州全域を所管するから当然だ」

と言うと、大岡は小首を傾げた。

「ならば、私にも一言あってよかと思うばってんが、まあよかたい。私はどうせ警察庁では異端児で、あちこちの県警を盥回しされてる身だけんね」

大岡は指を折りながら、

「北は札幌から南は熊本。数えたらもう……ま、そりゃよかか。さ、柳君、続けて」

「はい——ええ、先日来の豪雨のせいで、別の土砂崩れも発生して、行き止まりになっているので、健軍の自衛隊が出向いて復旧作業に当たっていますが、とにかく目丸に辿り着くことができないのです」

「宮崎側から廻ってはどうかね」

やはり捜査員の誰かが言ったのに、柳刑事は大きく頷いて、

「そうしようとしました。しかし、県境に向かう道もまた……土砂崩れかどうかハッキリしませんでしたが、宮崎側も自衛隊によって作業が行われており、通れないとの

ことでした。宿に電話を入れても、通じなくなってます」

　と言ってから、さらに語気を強めた。

「何らかの異常事態が起こっていると思われます。一刻を争うことかもしれませんので、他の課や自衛隊にも頼んで、目的地に行きたいと思うのですが、よろしくご協力下さい」

　その話を聞いていた黒田らは、報告が遅いと文句を言った。

「確認も取れない、連絡も取れないでは、動きようがないではないか」

「福岡にある大学や家族に連絡を取りましたが、やはり連絡がつかないとのことです。他に二名が同行しているそうですが、いずれの携帯も不通だとか……ですから、宮崎県警にも協力要請し、国見岳の反対側から行くことを許可して下さい」

　柳の言葉を受けて、捜査員たちを見廻しながら、大岡は大見得を切るように、

「此度の土砂災害を一刻も早う解決せにゃならんと思うとる。それが、今回の百舌目家絡みの事件とも、何処かで繋がっていると考えておる。先に言うが、証拠はない。だからこそ、百舌目寿郎殺害事件の捜査本部として、証拠を摑んで欲しい。そして、被害者とその家族の無念を晴らす！」

　と何処かで聞いたことのある科白（せりふ）を大声で張り上げた。

　刑事たちの間に緊張が走ったが、黒田と細川は少し立場がないとばかりに、表情を

歪めた。しかし、大岡は堂々と命じた。

「越境捜査にならんよう、宮崎県警本部にはすでに連絡を取っとるたい。ばってん、浜町警察の刑事課は人手不足だけん、数人の応援を出してやるがよか」

　大岡の言葉に刑事たちは呼応したが、ずっと聞いていた加藤が声を発した。神経質そうなか細い声だった。

「——相変わらず、かなり強引だな。それは無理筋というもので、まずいぞ……」

「何がまずかね」

「まったく確証のないことだろ。音信不通なんぞ、どうとでもなる」

「放っておけとでも？」

「私は規則について話しているのだ。捜査というのは、たとえば一一〇番通報とかがあって、事件だと確信するものがあるとか、現行犯とかがあって捜査に入る。大岡本部長の遣(や)り口は、まるで想像だけで動いているようだ」

　毅然とした態度で、加藤は大岡を凝視して言った。

「予見と言うて欲しかね……規則を守って人が死ねば、あんたけ本望ちゅうとね。私はそれはでけん」

「…………」

「それと、もうひとつ。規則ちゅうなら、監察官には〝捜査権〟はなかとです。捜査本部の捜査方針に口出しするのは、それこそ越権行為と違うと？」

「――分かった。この件については、今後の監察事項としましょう」

「ご随意に」

「会議が終わったら、ちょっとよろしいですかな、大岡県警本部長」

と言ってから、その場から立ち去った。

黒田と細川は何となくマズイという顔で、大岡に囁いた。

「警察庁の長官官房人事課生え抜きの監察担当の加藤さんですよ……次期、首席監察官候補じゃないですか。不興を買ったら、出世どころか、ありもしないことで警察を辞めさせられてしまいますよ」

「別に私はなんも悪かことしてなか。それとも何か問題が？」

「あ、いえ……」

「君たちが見なきゃいけないのは、監察官でも私でもなか。事件たい。事件の真相たい。よろしゅう頼んだばい」

会議場を出て行くと、加藤が待っていて、署長室を借りたいと申し出てきた。ふたりだけになった途端、加藤は渋い表情で、

「今日の会議はなんですか」

「……というと」

「目丸のことは、此度の殺人事件と関係があるとは思えませんが」

「それは、これから調べますよ」

「我々、監察官は言うまでもなく、警察官の非違事案や犯罪の摘発だけではなく、服務規程や日頃の捜査方法についても、監察してます。刑事事件というのは、証拠を積み重ねていって、犯人を検挙しますよね」

「ですたい」

「けれど、大岡本部長は、情報収集、しかも裏付けのないものからでも、捜査をしようとしている。まるで、公安のやり方だ……ああ、そういえば、あなたも公安部にいたことがありましたな」

「同じ警察官です」

「いや。我々キャリアは行政官であって、捜査官ではないことを忘れないで下さい。あなたは本件の捜査本部長ではないし、余計なことはせずに、現場に任せた方がよろしいかと思いますよ」

「なるほど……よう分かったとたい」

大岡がニコリと微笑みかけると、加藤は訝しげな表情になって、

「何が分かったのです」

「今般の百舌目寿郎殺人事件や、一色駿作という記者が探ろうとしていることには、

あまり触れるな。そう聞こえたとです」

「………」

「あの記者は以前、警視庁と暴力団の癒着を、内部告発から拾って暴露した奴たい。しかも、〝ジンイチ〟の監察……警務部人事一課監察係が、揉み消そうとしていたことまで、しつこく調査報道したと。そういう記者だと承知の上での忠告ですな、こりゃ」

まるで喧嘩を売るような口振りでありながら、大岡はハッキリと言った。

「よく分かったとです。私も出世のしたかもんでね、捜査本部には二度と顔ば出しませんので、許してちょうだい。上には、言わんで下さいや」

両手を合わせて、大岡はお願いをする仕草をした。だが、その目の奥は、異様なほどギラついていた。

3

目丸の旅館では、多賀教授たちは救援を待つこともなく、森林調査を続けていた。甲斐の本当の目的の証拠を摑むためである。

駿作もそれに同行するつもりだった。百舌目寿郎と赤星二郎が殺害された原因が、甲斐が関わる『マザーユニバース社』にあるとしたら、大きな特ダネになるからだ。『マザーユニバース社』とは、アメリカやフランス、ドイツなどの複数の国の共同企業体が、次世代エネルギーを作るために出資した法人である。実態は、様々な国の企業を〝買収〟する組織と言われている。これまでも世界中の不動産や自動車製造会社、製薬会社、医療用品会社、防衛設備会社、被服会社、娯楽施設などを節操なく買収しては、株価を上げて手放すことを繰り返していた。

共同企業体とは、複数の異なる企業等が共同で事業を行う組織のことだが、土木建築業界では、ひとつの工事を円滑に行うために、幾つかの企業が受注して施工することが多い。『マザーユニバース社』はそれを、異業種に発展させている。当然、地方公共団体も絡むケースが多く、官公庁の規則に従っている。

「甲斐さんの新しい会社は、この『マザーユニバース社』の傘下のひとつってことですか」

駿作が問いかけると、多賀は頷いて、

「新聞社の君たちの方が調査能力があると思うがね……水源地取得を狙った甲斐の思惑は、水道の民営化が可能になったことへの対応と思われるのだよ」

「民営化……一時、話題になりましたが、どうなんですかね」

「水道の民営化は水資源の衛生的な保存が危ぶまれ、料金の高騰にも繋がったので、欧米ではすでに失敗しているじゃないか」

「ですね……」

「それをあえて日本に導入するのは、水道管設備などの老朽化による維持費の負担が増えたことや、合理的なインフラ整備をするのが理由だよ。でもね、水は、電気やガスと違って、直接、生命維持に関わるものだから、私的な企業に任せて良いのかという不安が、国民の間には広がっている。だから、自治体も腰が重い」

多賀教授たちはもちろん、水道民営化の是非に関わっているわけではない。だが、森林による涵養、地下水脈、根本的な水資源問題などを提案することで、県や市町村の合理的な判断を惹起(じゃっき)しようとしている。〝三安〟ではないが、「安心、安全、安価」な水を、公共財として将来に亘って享受することができるかどうかは、国民の生命を守る上で、大切なことである。

「先生は森林を通して環境問題に取り組んでるとのことですが、このままでは日本は危ないってことですか」

駿作が素直に質問をすると、多賀教授は当然だと不安げな表情になった。

「日本だけではなく、世界中のことを心配してます。野生林や植林もそうですが、中国や中東、アマゾンの熱帯雨林ですら、もう何年も違法な伐採が深刻な問題になって、放火の横行まで……何百年もかけて森林が貯めていた二酸化炭素が、また一気に放出されてしまいます。環境保護よりも開発を優先してるからです」

「温暖化か……」

「私も、アラビアでマングローブを育てた人のように、中国の砂漠地帯に植林を試みました。色々な問題もある水源のことなんかも……できれば、残りの人生を森の復元にかけたい。自分も森を壊してきた一員として恥じている」

多賀は真剣にそう思っているようだった。駿作も憂鬱な感じがしてきた。

「人間が木を植えなくては、この地球が滅んでしまうなんて、なんだか本末転倒な話のような気がします」

「ツケが廻ってきたのだよ。日本人なんか、アメリカに次ぐ紙喰い虫だ。しかも、余所の国の木から紙を作ってるようなものだから、もっと真剣に取り組まなければ、世界の恥だ。ただでさえ嫌われてるのに、日本は世界中の悪者になるような気がする」

決して明るい未来像を描いている様子ではなかった。そんな多賀の顔つきを見ながら、駿作は尋ねた。

「で……甲斐さんや『マザーユニバース社』の本当の目的ってのは……」

「去年の今頃、ちょっとした異変に気付いたんだ……小さなクワガタなんだけどね。ミヤマクワガタとかノコギリクワガタくらい見たことがあるだろう」

「子供の頃は、結構、追いかけましたよ」

「そのクワガタが、殺し合ってるのだ……自分のエリアから追っ払ったり、メスを取り合ったりするので喧嘩はするけれど、負けて逃げたら、それで終わり……でも、死ぬまでやっつけて、それに他のクワガタも混じってきて、入り乱れて戦って、しまいにはぜんぶ死んでしまうのだ……」

「虫の世界ではよくあることではないのですか」

「いいや。自分の種を、絶滅させるようなことはしない。どんな昆虫も動物もね」

「でも、パラワンとかスマトラには、何十センチどころか、一メートルもあるオオヒラタクワガタがいて、しかも猛毒だってのもいますよね。クワガタって元々、凶暴ですよ」

駿作はクワガタの喧嘩の何が問題なのか、すぐには理解できなかったが、多賀教授は親しみを込めて笑って、

「アハハ。クワガタに詳しいとは思わなかったよ」

すると、助手の沢井和典が横合いから補足するように言った。

「私は樹林昆虫学も少し齧ったので、言わせて貰うと、その異変に気付いて多賀教授に話して研究をしたら、なんらかの科学的な変化によって起こったのではないかと判断できると思いました」

「科学的な変化……」

「例えば化学物質とか薬物とか……酸性雨になるだけでも、生態系が変わるほど昆虫の性質まで変わりますからね。環境の変化で異常行動する動物や魚類、昆虫などはよくあることです。で……サンプルなどを集めて確認したら、この国見岳周辺のクワガタも、おかしいと分かったんです」

「危険なクワガタ、か……なんか見出しになりそうだな。その変化した理由は、何か分かったのですか」

駿作の問いかけに、今度はガタイのいい大学院生の宮田拓磨が言った。

「多賀教授はある仮説を立てました……どんな動物でも昆虫でも、恐怖に駆りたてられたら本能的に攻撃する。その恐怖に駆りたてられる何かが、クワガタに取り込まれたのではないか」

「恐怖、ですか……」

「ええ。恐怖によって攻撃性が強くなるのは、人間だって同じです。僕は心理学は詳しくありませんが、一定の恐怖心を煽ると、冷静ではない行動を始めます。個人的に言うなら、そわそわしたり……ちょっと違いますが、マスクや消毒液不足で買い占めに走ったり、ワクチン不足を詰ったりするのも、一種の恐怖心による過激な行動とも受け取れます」

「なるほど……疑心暗鬼になれば、とんでもない行動を取る。たとえば、甲斐さんは、百舌目寿郎さんが森林を買うということに、恐怖を感じてたのかも」

駿作は疑念を抱きながら、事件解決の糸口を探ろうとした。

「俺も取材したことがあるけれど、たとえば命の元とも言える水源近くや自衛隊の駐屯地近くの土地、沖縄の重要な海域近くの土地を、外国企業が買ったことで、日本人は何か事が重大になるのかと不安に感じる……これも恐怖によって湧き起こる心理なのですかね」

「かもしれないね」

多賀教授は、人間も昆虫も大差ないとでも言いたげに頷いた。

「繰り返しますがね、森林が濾過して蓄えた水のお陰で、人々は飲み水を得られるし、農業用水にも使われる。でも、この山の水源も、外国企業に買われてるのは事実なんだ」

たしかに、北海道などでは問題になっている。特に中国企業による水源を含んだ山林の買収が後を絶たない。しかも購入の仕方が巧妙で、日本の会社や地元の一般人に一旦、転売した後に買い戻すという形が多いのである。

今や北海道だけではなく、北陸や山陰、九州や沖縄などの山林や農村、漁村などの僻地、限界集落などを買い漁っている事実がある。文楽の里でも同じような話を聞いた。本来の地価の何十倍もの値段を提示されれば、地主は売ってしまうであろう。

しかも、相手は誰彼、構わず処分することができる。我が国の法律では、地主が外国企業や外国人に売るのは、正当な経済行為であるからだ。財務大臣も憲法二十二条と二十九条によって、経済活動の自由が保証されていると答弁したし、ほとんどの政治家には関心がない事案だ。だが、多くの先進国では、外国企業による買収は、国土の数パーセントに至らぬ範囲とか地域などの制限を設けている。外国に侵略されないようにする対策、つまり国土防衛のためである。

ところが、日本には売買を制限する法律がない。それどころか、政府は、二〇一六年から二〇一九年にかけて、農地法や種苗法、漁業法、水道法、国有林野管理経営法、入管法などの改正や、森林法律の制定を立て続けに行った。

「つまり、国を売るような重要な法律が、多くの人が知らない間に決まったということですか?」

今度は、綸子が訊くと、外国資本の共同企業体が国土も含めて、色々な買収をしてきたことを取材した駿作が答えた。

「農地は、法人による所有が認められたんだ。以前は、農業従事者が五割以上いないと、農地を所有できなかった。でも、今はたったひとりが所有して、これは外国人でもいいんだが、何十人もの人を雇うことができるようになった。それを利用して、大手企業が農業経営に乗り出したんだ」

「悪いことなの？」

「食料難のご時世だからね、後継者不足の農家に頼ってばかりでは先細りだ。だから、農業企業ができて、外国人労働者も雇えるようにしたのだ。けど、その制度の裏では、外国企業が自由に農地を買い漁る現象も起きたんだ」

「農地まで……じゃ、お米や野菜はどうなるのかしら」

「君の方が詳しいかもしれないが、種子法が廃止されることによって、簡単に言えば、種の特許を持ってる会社から、種を買うしかなくなる。だから、日本古来のものであっても、勝手に作付けすると賠償させられたり、刑事罰に問われたりする可能性もある」

「ええ、そうね……」

「漁業だって、そうだ。今までは、漁協が優先的に漁業権を持っていたけれど、廃止された。企業の参入を促進するのが目的なんだが、隙間を縫うように、何百艘もの中国船などがどっと押し寄せて、漁をしたりしている」

　呆れ果てたように駿作が言うと、綸子も深い溜息をついた。

「たしかに、私たちの暮らしの基盤が足下からぐらついてきたってことね」

「深刻なのは、君たちにも関わりがある、この森林と水源だよ」

「ええ……」

「国有林の伐採権を販売できるようになった。しかも、大規模な面積で。山ごと買うなんてことも当たり前……」

「でも、一色さんは、水が欲しければ、採水会社を買収すればいいって言ったじゃないですか。山ごと買っても、掘削や流通に莫大な費用がかかるって」

「そうだよ。国内の優良企業が、きちんと林業や水源を護ってくれるならいい……でも、北海道のニセコやトマムなどスキーリゾート地周辺の村々を、中国企業が買収してきたように、この国見岳をぜんぶ外国企業が所有したとしたら、どうなるんだろう……夜の虹を見に行くこともできない」

「本当にそう思う……」

不安げに見る綸子に、駿作は頷いた。

「決して大袈裟な話じゃないと思う……事実、水道法の改正によって、民間企業の上下水の運営が実施され始めた」

「でも、インフラ整備を良くするためだとか。古くなった水道管を換えるとか」

「今でも、電気やガスだって民間会社だ。でも、公益性はきちんと担保されてる。水道は行政が技術を蓄えてきたと言われてる。それは、損をしても安全で美味しい水を届けるという使命感があり、税金で補塡されてきたからだ。でも……」

「企業だとそうはいかないの？」

「優良な会社だから心配ない——と言われても、企業は利潤を追求するから、設備を充実させれば水道料金は上がるし、もし投げ出せば、その地域は水道が機能しなくなる……飲み水を特定の企業が持つことになれば、命に関わることだ」

「怖いわね……」

「もっとも、水道行政には地方自治体が関わり続けるし、民間に委託するかどうかは、その首長や議会の判断にかかってる。外国企業がもし買ったとしても、勝手に営業はできない。でも、水源地まで押さえられたとしたら……」

「…………」

「今の法律では、水源から出る水の流れを止めたり、汚染したりすることはできないだろうけど、将来、どうなるかは分かったものじゃない……現実に西欧では、民間の水道事業は破綻してきている。やはり、国土と国民を守るためには、やっちゃいけない法律の改正だったと俺は思うけどね」

駿作は諦めの表情になって、

「水源地などは、地方の自治体などが買おうとしても、その額よりも外国企業の方が遥かに高い金額で求めてくる。もし、地主が承諾すれば、所有権は外国企業や外国人に移ることになる。感傷的なことじゃなくて、国防問題として考えなきゃいけない」

「難しい話は分からないけれど、日本の政治家が国土や、国が造った港湾や道路、水道などのインフラを外国に渡すとは思えないわ」

「――君はいい人だ。でも、政治家は悪いことを、悪いと思ってない奴が多いぞ」

苦笑しながら駿作は続けて言った。

「日本の基地周辺の土地とか、尖閣諸島のあちこちの島の重要な所を買ってる中国企業もある。企業といっても、中国政府が許可しないとできるわけがないだろう。嘘か本当か分からないが、将来は北海道に、五千万人移住させる計画があるとか。つまり、租界だよ。その昔、イギリスにやられたのと同じような方式かな」

「嘘……」

「もっとも軍事的にではなく、経済的にね……日本の人口の半数近くだ。水源や河川を含んだ広大な土地を買収すれば、水や食料、そして太陽エネルギーや風力で発電もできるだろうし、大勢の移民が来て暮らすことができるだろう」

「実現したら凄いことね……」

「そういや、入管法なども変わったから、在留資格が増えたし、一定の年月住んでいると、選挙権こそないものの居住権はあるから、住民自治を行使できる。外国人に住民投票権を与えた自治体もあるくらいだ。京都では、町屋を通りも含めて、町ごと買った中国企業があるらしいし、畏れ入ったね」

「………」

「これらの中国の計画は、〝一帯一路〟と相まって、二〇三五年までに完了するらしいから、あと十三、四年しかない。しかも、香港は予定通り、二〇二〇年の六月に〝香港国家安全維持法〟によって事実上、中国本土と同じになっちゃった。台湾も狙われてる。まさに百年の計で動いている国なんだよね。どこかの国のように、目先のことで、うろちょろしてない」

一同して深い溜息をついたとき、宿の女将が部屋まで来て、

「多賀先生。警察の人が迎えに来てます。車は土砂に流されたけれど、これで、なんとか帰れそうですね」

と明るい声で言った。

「警察……」

「ええ。福岡県警の方と名乗ってましたが」

多賀は頷いて玄関に向かうと、沢井と宮田もついていった。綸子も後を追った。

「――多賀勇さんだね」

福岡県警の年配の刑事は、警察手帳を見せもせずに、

「分かってますよね。もう逃げられません。逮捕状は出ています。大人しく我々と一緒に来て下さい」

と横柄な態度で言った。

「何の話ですかな」

多賀は堂々と事情を訊いたが、刑事は「研究費横領の罪」だと簡単に説明した。

「横領……私が何を横領したと」

「ですから、国から、あなたの研究室に出ている去年の千六百万円の研究費のうち、半分ほどを個人で使ったという疑いです。大学から告発されているのを知って、このような山の中を逃げ廻っていたのでしょ」

「バカなことを……」

「言いたいことがあれば、私たちの取り調べの中で反論して下さい」

まったく身に覚えがないと多賀が言うと、証拠は揃っていると刑事は述べた。宮田がカッとなったように、

「ふざけるな。先生がそんなことをするわけがないじゃないか。これは何かの罠だ。先生が吉野ヶ里遺跡のメガソーラーに反対をしていたことへの嫌がらせだろうッ」

と大きな体を揺すって言った。

沢井も一緒に庇うように刑事の前に立った。が、刑事は半ば強引に、後ろに控えている警官ふたりに連行するよう命じた。旅館の門の外には、パトカーが停まっている。

綸子が思わず、「待って下さい」と止めに入ろうとしたが、その前に多賀教授自身が落ち着きなさいと制した。だが、今度は駿作が前に出てきて、

「毎朝新報の一色という者です。所属警察署と部署を教えて下さい」

「──毎朝新報……」

「もちろん、お名前もお願いします。警察手帳も」

「福岡県警本部刑事部二課の村上という者だ」

面倒臭そうに村上と名乗った刑事は、手帳を開いて見せた。

「何か文句があるかね」

「逮捕状は出ていると言いましたが、それも見せて下さい」

「緊急だったので手元にはない」

「だったら持参して下さい。この方は著名な学者さんなんでしょ。逃亡の虞はないと思いますがね」

「逃亡しているから追ってきたのだ」

「おかしなことを言わないで下さい。俺も……まあ、いいや。後ろの警官さん……昨日、俺が通ろうとするのを止めましたよね」

駿作が声をかけると、「あっ」と見やって、

「あんた、ここに来てたのか」

と声をかけてきた。

「てことは、もう緑川ダム方面への道は通れるってことですよね。だったら、俺たち

も自由に帰りますから」

逆らうような態度の駿作に、村上は摑みかかる勢いで、

「新聞記者だからといって、捜査の邪魔はできんよ。下手をすると、あんたも公務執行妨害で緊急逮捕しなきゃならない」

「いや。こんな逮捕の仕方はないと思いますよ。そもそも、横領ってなんですか。ご当人は青天の霹靂って顔をしてますが、せめてその証拠でも見せて下さいませんか」

「――もういい。とにかく、多賀教授だけは来て貰いますよ」

村上の言葉に従うように、警官が踏み込んで来ようとすると、駿作は立ちはだかり、

「携帯を落としてしまいましてね。宿の電話も線が切れたようで不通なんです。警察無線なら使えると思うので、連絡を取ってくれませんかね」

「誰とだ」

「熊本県警本部長の大岡警視長です」

あえて階級を言ったのは、警察組織の中ではそれがすべてだからだ。村上が出した手帳では、巡査部長に過ぎなかった。おそらく上から命じられて来ただけであろうが、警視長などは遥か雲の上の人である。

「こっちは福岡県警ですからね……」

なんとなく嫌がった村上に、駿作はすぐに返した。

「だったら、福岡県警本部長でもいいし、おたくの上司の県警刑事部二課長でもいいですよ。連絡を取って下さい」

「その必要はない」

「あります。逮捕状もない、何の容疑かも中途半端、巡査は連れているとはいえ、刑事のくせに単独行動なんておかしいでしょ」

「緊急だからだ」

「こちらも緊急事態ですから、あなたの上の人と話したいと言ってるのです」

「もういい――」

とばかりに、村上自身が新聞記者の若造だと思って押しやって、多賀教授に近づいた。駿作はその刑事の腕を掴んで、

「公務執行妨害で逮捕して下さい。どうぞ、今すぐに」

「おまえさんね。いい気になってると、新聞記者でいられなくなるよ」

「ご忠告ありがとうございます。でも、あなたも警察を辞めなきゃいけませんよ。今時、こんな乱暴なことをしていると」

「なんだとッ」

わずかに気色ばんだ村上を、駿作は凝視しながら言った。

「こんなことは言いたくないですが、私の父親は、与謝野哲郎です……聞き覚えはあ

りませんか。検事総長です」

「えっ……」

綸子たちも吃驚した顔で見た。駿作はあくまでも悪びれる様子はなく堂々と、

「もっとも母親とは離婚してますがね。私は母親の姓を名乗ってます」

「…………」

「嘘だと思うなら、どうぞ法務省でも検察庁にでも連絡して訊いてみて下さい」

「つまらん嘘をつくと……」

「ですから、訊いてみてください。警察無線で。俺が直に話しましょうか……どうぞ、確かめて下さい。待ってますから」

村上はパトカーに戻って、何やら真剣に話している様子だった。しばらくして戻ってくると、掌を返したように、

「――これは失礼なことをしました……私も上からの命令で動いてますので、ご容赦のほどを……」

「分かってくれたら、それでいいのですが、この多賀教授を庇ったわけではありません。容疑が本当なら、後でしかるべき対応をして下さい。刑事訴訟法上の手続きの話です」

「ごもっともです」

「で……多賀教授を緊急逮捕せよと命じたのは、誰なんですか。今、上役と言いましたが、福岡県警刑事部二課長ですか」

「いや、それが……いや、これ以上は……とにかく退散します。すぐに熊本県警に連絡して、道が復旧したことを伝えます」

　妙に馬鹿丁寧になって、村上たちは立ち去った。すると、綸子が近づいてきて、

「そうだったんですか……」

「え……？」

「検事総長の……」

「もっとも仲はよくありませんがね。連絡がついた親父（おやじ）も仕方なく、知らん顔はできなかったのかも」

　なんだかバツが悪そうに苦笑する駿作を、綸子は少し呆れ顔で見ていたが、多賀たちはあらぬ疑いに巻き込まれずにホッとしながら、駿作に感謝していた。

第六章　優しい殺意

1

熊本城下から国道五十七号線を四十キロほど走り、〝でこぽん〟で有名な宇土半島から、明治の風情が残る三角(みすみ)西港を経て、天門橋(てんもんきょう)を渡ると大矢野島(おおやのじま)。いきなり天草の雰囲気が広がる。たまたま天気が良いせいで、道路からも穏やかな海原と瀬戸内海のような島影が美しい。

大矢野は、天草四郎(しろう)による「島原(しまばら)の乱」の地である。キリシタン大名の小西行長が支配した天草では、多くの領主や農民たちがキリスト教を信仰し、平和な国が広がっていた。

小西行長は宇土で、後の長崎のような国際港をイメージした国造りをしていた。東シナ海に繋がる不知火海(しらぬいかい)や天草の島々は、漁労が盛んであったが、古来、港としても優れており、海運が盛んであった。小西行長は、異国の帆船が無数に往来する情景を思い浮かべていたに違いない。だが、その夢も叶わなかった。豊臣秀吉の朝鮮出兵の折には、共に先鋒として戦った加藤清正から攻撃を受け関ヶ原の合戦後に宇土城を奪われてしまったのだ。

この二人が朝鮮出兵前に落とした本渡城は今は殉教公園となっており、島原の乱の戦死者を殉教戦千人塚を築いて祀っている。天草には他にも、富岡吉利支丹供養碑などキリシタン一揆による死没者を祀る史跡がいくつもある。

富岡港近くの丘陵には、唐津藩主が築いた富岡城が美しく佇んでいる。ここはキリシタンの激しい攻撃に耐え、江戸時代を通じて代官所の陣屋として使われていた。

駿作が危機に直面しているとは知らず、母親の晶子は物見遊山に浮かれていた。

しかも、大学助手で学芸員でもある二の丸清花の丁寧な案内付きである。天草の海の幸を堪能しながら、女ふたりの気儘旅である。

「本当に熊本って凄いわよねえ……阿蘇の草千里のような雄大な景色があれば、歴史情緒溢れる城下、そしてキリシタンの名残を秘めている天草諸島がある……これだけバラエティに富んだ県て、他にないと思うわ」

晶子がしみじみ旅情に耽っていると、清花は他にも、北の荒尾や玉名、山鹿や菊池、そして県南の八代や人吉、球磨など、それぞれに地域ごとに趣があり、興味深い歴史もあると話してくれた。

本渡には行ったことがあり、イルカウォッチングもした経験があるから、一気に妙見浦や大江天主堂を経て牛深の方までSUVを走らせて貰った。牛深の〝ハイヤ節〟は、江戸時代の海運によって全国津々浦々に伝わり、〝佐渡おけさ〟のルーツであることは有名である。

途中、下田漁港近くに立ち寄った。『五足の靴』文学遊歩道の文学碑に立ち寄るためである。五足の靴とは、明治四十年（一九〇七）に、与謝野鉄幹、北原白秋、吉井勇、木下杢太郎、平野万里の五人の文人が、訪ねて来たことに由来する。

下田漁港には、下田温泉がある。一時期は寂れかかっていたが、最近は盛り返して、東シナ海の夕陽が拝める湯治場として、若いカップルも沢山訪れている。

「――下田といえば、伊豆を思い出すでしょ。昔ね、サスペンスドラマで誘拐された人が、通りがかりの道路の看板を見て、『下田温泉に連れて来られたようです』と警察に報せたために、あさっての方を捜査していた設定があったわ。本当は天草だったの……笑っちゃった。あはは」

屈託のない顔で言う晶子に、ハンドルを握っている清花も合わせて笑った。

「今だったら、スマホの位置情報ですぐに分かりそうね……でも、うちの駿作、行方が分からないままなのよ」

「えっ……」

ほんの一瞬、ハンドルが乱れた。

「大丈夫？　ちゃんと前を向いて走ってね。カーブも多いし」

晶子は前方注意と指をさしてから、自分はアイスを食べていた。阿蘇よりもさらに奥地とも言える国見岳と天草の牛深とは、北海道と沖縄くらいの気候の差がある。

「駿作はもう三十過ぎたのに、まだ嫁さんも貰ってないのよ。あなた、どうかしら」

いきなりの言葉に、清花は笑って返すしかなかった。

「だめ……？」

「いえ。とても素敵な方だと思いますけれど、まだ数回しか会ってませんし」

「ですよねえ……でも、うちの子は正直な人じゃないとダメなんです」

「…………」

清花の表情がほんの微かに曇った。

「本人もバカ正直というか……だけど、思ったことを口に出すタイプではないんです。でもね、曲がったことは嫌い、悪いことは許せない、人として間違ったことは正したいって感じで……先祖が先祖ですからね」

「御城奉行だったとか……どういう職なのか、私はあまり詳しくありませんが」

「諸国の城の造りを見て廻るだけよ。ほら、江戸時代は一国に一城しかだめだったでしょ。だから……でも本当の狙いは、江戸城天守を再建するための参考に調べてたの。そこが、大目付とは違うところ。別に大名の動向を監視してたわけじゃないの。今の監察官みたいに」

「――警察のことも、お詳しそうですね」

「先祖が旗本だったせいか、明治時代からは警官になったのが多くて、川路利良さんとも親戚だったのよ」

「あの〝警察の父〟と呼ばれた……」

「そう。元々は薩摩藩の与力だったかな、西郷隆盛の下で、鳥羽伏見の戦いや彰義隊との戦いで武勲を上げて、最初の警視総監になった人……きっと嫌な奴だったんだわ」

「立派な人ですよ」

「歴史的に名を残したからって、良い人間とは限らないわよ。今の政治家だって、悪そうなのばかりが偉くなるじゃない」

「ですかねえ……」

「とにかく、代々、警察官でした。なので、私の父は、熊本県警本部長の大岡さんの先輩にあたるわねえ。先祖の家もご近所だったし、ちょっと知ってるの」

「警察関係でしたか……」

「しかも、私の元夫は検察官……今や検事総長様々」

「えっ、そうなんですか！」

驚いて横を見ると、晶子はまた前方を指して、

「でも、嫌な人間よ。女ひとりを守れない人が、国家の治安を守れますか。浮気をして嘘ばかりついていた人に、法の正義や人倫、道徳を語る資格がありますか」

「――そうですね……あ、でも、てことは、一色駿作さんは、検事総長の息子さん」

「生物学的にはね。彼からの親としての教育はまったく受けてませんから、私の先祖代々の正義心が素直に育ったんでしょうね」

晶子は息子を謙遜するどころか、誉めてばかりである。そうやって嫁を探しているのであろうなと、清花が思ったとき、

「別に押し売りしてるわけじゃないわよ。私みたいな姑は、いやだなって思った？」

まるで心の中を読んだかのように、晶子は言った。

「いえ、私はそんなつもりで……」

「正直に言って下さいな。正直は罪になりませんよ。でも、人にバカだとか、ぶさいくだとは言っちゃダメですよね」

「私は……」

「ごめんなさい。あなたのことを言ったんじゃないですわよ。こんな可愛らしくて、

賢い人は、うちの子にはやはり勿体(もったい)ない。阿部支局長のような理知的でダンディな人が、お似合いでしょうね」

「あの、私、別に阿部さんとは……」

「いいのよ、隠さなくて。女はちょっとした仕草とか目つきで分かるんです。うふふ……私も恋多き女と言われた頃がありましたから、分かるんですの」

また清花が脇見をしそうになったので、晶子は前方を指した。

国道から下田大橋を渡って、少し海岸の方へ道を入ると、名勝の妙見浦が見渡せる断崖絶壁があった。高さも幅も二十メートル以上の妙見洞門も見える十三仏(じゅうさんぶつ)公園がある。

明治の終わり頃、小崎龍洞(こさきりゅうどう)という信心深い人が各地の神社仏閣を巡礼して、この地に来てお堂を建てたのが由来だ。四国八十八ヶ所とも関係あるとのことだが、清花は知らないという。

「――ああ。絶景かな、絶景かな！」

夕陽はまだだが、東シナ海の淡い色合いの海と大きな波、そして吹き飛ばされそうな風を受けて、晶子は満足そうに両手を挙げて、子供のように叫んだ。

「おおい！　海よ、風よ！　私を何処かに連れてってえ！　……って感じよね」

自分の母親よりも年上の晶子の屈託のない姿を見て、清花は本当に吹き出した。なぜだか知らないが、笑いが込み上げてきた。

「いい顔してるじゃない。あなた、そんな笑顔がお似合いよ。愛想笑いじゃなくて、しぜんに出てくる、その笑顔。あら、えくぼもあったのね、素敵」

晶子はそう言いながら、与謝野鉄幹と与謝野晶子の石碑の前に立った。

――天草の十三仏のやまに見る　海の入日とむらさきの波

――天草の西高浜のしろき磯　江蘇省より秋風ぞふく

「あなたはどっちが好き？」

横に立つ清花に、晶子は訊いた。少し考えてから、鉄幹の「海の入日とむらさきの波」が絵に浮かんでくると答えた。

「私はね、やっぱり晶子のが好き……天草では、江戸時代に白磁の原料の〝陶石〟が採掘されたでしょ。かの平賀源内が『天下無双の土』と言った白く透明な……その高浜焼の陶器を、晶子は窯元で見たんでしょうね」

「…………」

「高浜のしろき磯……江蘇省といえば、青磁器の名産地よね。それが、激しくぶつかりあってる気がするの。しかもね、窯の中では、火割れといってひびが入るでしょ。火の勢いが凄くて、窯の中で一瞬にして割れる。でも、その音は聞いても、見た人はいない」

「はい……」

「灼熱の窯の中のように、晶子の心の中には、何か激しいものが弾けたことを、表現しているのね、きっと……人には分からないような、何か凄いものが」

晶子は遠い海に目を移して言った。

「この歌碑に並んだ歌は、同じ所にいながら、夫婦で別々の感情を表してるわ」

「――そうなんですね……お母様は、よくご存じですね」

「短歌は情景に託された心の中を詠む文芸なのよ。だから、素直じゃない人には難しいのかもしれない……あなたも、人には絶対に言えない、心の中を歌にしてみたら、如何かしら……」

「………」

「自分の心にだけは正直にならないと、きっと悔やむわ……あなたはまだ若い。いくらだって、やり直せるじゃないの」

その晶子の優しい声に、断崖に打ち寄せる波の音を聞いていると、清花はなぜか素直になってくるような気がした。海風と強い風、眩むような断崖に立つと、どんな人でも少しは不安になる。その揺らぐ心が、正直な思いを吐露させるのだ。

「――あの、私……」

「私……なに？」

晶子は相手の言葉を繰り返して、そっと側に寄り添った。

「さっき、おっしゃったように……私、阿部支局長と愛人関係にありました……ちょっとした弾みでした……随分年上でしたが、東京から来た新聞記者だし……地方のことを案内しているうちに……」

清花は訥々と話し始めた。

「でも、妻子ある人とはいけないと思ってました……私は別れたかったけれど、阿部さんは熊本支局長の任期を本社に頼んで延期までしてくれました。なのに……」

「なのに……？」

「いつしか、恋心は冷めてました……灼熱の中で割れたのではなく、氷になって砕けたのかもしれません」

耐えるように唇を噛みしめた清花の顔に、強い風が吹きつけて、髪が乱れた。その肩にそっと手をあてがうと、清花は我慢していた涙を少しこぼし、

「私も両親が離婚したので、自分が頑張らなきゃって……大学の先生や仲間にも恵まれていますが……でも、ずっと嘘をつき通しているようで、いやだったんです」

「そんなあなたを、阿部さんは利用したわ」

「利用……」

「ええ、そうよ。本当は、あなたも気付いているでしょ……」

「…………」

「もしかしたら……あなたが殺人者にされたかもしれないのよ……知っていることだけでいいから、本当のことを警察に話した方がいいわ。そしたら、百舌目家のことも、阿部さんの本当の狙いも、分かるはずよ……」

「本当の狙い……？」

「阿部さんも本当は悪い人間ではないと思うわ。でも、正直になれない状況だってあると思うの……人間は弱いから」

晶子と清花はまるで母娘のように、東シナ海からの風を受けながら、いつまでもその断崖から動かなかった。

やがて淡い紫色の海に変わっていった。

2

駿作が毎朝新報の熊本支局に帰って来たとき、窓から見える熊本城の天守は雨に煙っていた。市内は大丈夫だろうが、やはり山間部のことは気がかりだった。

「おい、〝駄作〟……おまえは昔から鉄砲玉と言われたが、連絡ぐらい寄越せ」

阿部支局長は乱暴な口調で迫った。わずか二、三日なのに、もう何年も会ってない人のように、駿作には感じられた。

「すみません。携帯を落としたもので」

「それでも工夫して報せるのが、記者だろうが……まあいい。九州理科大学の多賀教授らと一緒だったそうだが、どうなのだ」

「どうなのだって……何がですか」

「様子だ。そもそも目的は何だったのだ。あんな辺鄙な山の中に」

「原生林調査のことでしょう。それに加えて、今般の土砂崩れから、大変なことを多賀教授は見つけ出しました」

「大変なこと……？」

怪訝な目つきになって、阿部は駿作の机の前の椅子に座った。

「どう大変なのだ」

「甲斐睦雄のこと、もう一度、洗った方がよさそうです。俺もずっと怪しいと思っていましたが、多賀教授の見解も含めて考えてみたら、腑に落ちることが沢山ありました」

「簡単に報告してみろ」

「明日の朝刊に間に合うように記事にしますから、後でチェックしてください」

「いいから、話してみろ。記事にするかどうかは、それから判断する」

「一言では語り切れません。でも、あえて言うなら、甲斐が関係している『マザーユニバース社』の水源買い取りや自然エネルギーの利権絡みで、百舌目寿郎さんと赤星二郎さんは殺された可能性があります」

「――なんだと……」

「ですから、そのことも含めて、土砂崩れが起こった山の上の状況を……」

「それは、やめておけ」

「えっ……」

振り向く駿作に、阿部は呆れ顔を見せつつ、

「週刊誌じゃないんだから、想像で書くのはよくない。それに、『マザーユニバース社』といえば、総理も与党幹部もお墨付きの優良企業だ。二〇五〇年のカーボンニュートラル社会を目指す、国際共同企業体の旗振り役だ」

「だからこそ、ニュースになるんじゃないですか」

「そこに絡めるなら、よほどの証拠がないとな。官邸からクレームがついたときに、対処できるほどのな」

「ですから、それは多賀教授が……」

「補助金横領の疑いがある人間の言うことを、世間が信じるかな」

阿部が当然のように言うと、

「支局長はご存知だったのですか……多賀教授のその話……」

「え、ああ……もちろんだ。九州じゃ有名な噂だ」

「それこそ噂を信じちゃいけませんよ。俺は先生に色々な話を聞いて、心酔することも多々ありました。もちろん、自然環境に関する話にです。その上で、甲斐睦雄の周辺を少し調べてみると、やはり此度の殺人事件は、百舌目家の財産云々ではなく、動機は別なところにあったと確信しました」

「――そうか……そこまで言うなら書いてみろ。但し、記事にするかどうかは俺の判断だけではなく、本社編集部長らの判断があるから……分かってるな」

「もちろんです」

駿作はニコリと微笑んで、

「その前に、携帯を停止して、再登録などをしてきますので、ちょっと失礼……」

と飛び出して行こうとすると、刑事ふたりが入ってきた。

熊本県警刑事部捜査一課の高橋警部補と熊本城南署捜査一係の小松巡査だった。もちろん阿部も駿作も顔見知りだが、ふたりとも異様な緊張を孕んでいた。

「阿部支局長……ご足労ですが、城南署まで来ていただけますか」

高橋が言うと、阿部はキョトンとした顔で、

「私が何か……」

「ここではなんですから、どうか」

頼むとハッキリした声で、高橋は付け足した。ふたりとも屈強で、有無を言わせないという感じであった。

――何事だ……。

と駿作の方が不安になって見ていると、

「あなたにも後ほど訊きたいことがありますが、まあそれは……」

曖昧に高橋は言ってから、阿部を半ば強引に連れ去ろうとした。どうやら、駿作の父親が検事総長であることを耳にしている様子だったが、今度も駿作は黙って見過ごすわけにはいかなかった。

「任意同行としても、理由は必要なのではないのですか、高橋警部補」

「――まあ、そうだが……」

「部下の私にも言えない容疑が、阿部支局長にあるのですか」

高橋は少し唸って、阿部とは知らぬ間柄ではないからと、事情を簡単に話した。

「実は先日の崩れた土砂の中から、腐敗死体が見つかった話は、浜町署の者がしたと思うが、その後の調べで、実は以前、甲斐睦雄の会社で働いていた者だと分かった」

「えっ……」

「『マザーユニバース社』グループのひとつとして、『甲斐バイオテクノ』を営んでるが、そこの従業員だった……遠藤光一という男だ」

「間違いないのですか」

　駿作が問いかけると、高橋は大きく頷いて、

「独身の四十男だが、市内のアパートの大家から、家賃未納のままいなくなったと、地元警察には届け出がされていた。当人の持ち物や衣服、部屋に残っていた当人の毛髪などからDNA鑑定をした結果、一致した」

「甲斐さんは、いなくなったということを知らなかったのですか」

「その前に会社を辞めているからな……甲斐の話では、元々、仕事も熱心ではなかったとのことだ。家族はいないので、亡骸はこっちで荼毘に付すことになるが、その前に色々と調べなきゃならんことが残っている」

「色々とは……」

「土砂崩れで亡くなったのではなく、崩れた土砂の中に……たとえば産廃物の中に、この男が棄てられていた可能性がある」

　高橋の衝撃的な言葉に、駿作は新たな事件の展開だと受け止めた。

「……で、その遠藤という人が、土砂の中から見つかったことと、阿部支局長と何か関係があるのですか」

「あるかないかを、これから訊きたい」

「どういうことです……百舌目さんや赤星さんのことと関わりがあるということですか」

駿作が執拗に訊いたが、高橋はそれには答えず、阿部に問いかけた。

「支局長……どうしますか」

「この遠藤という男は、甲斐の何らかの秘密を知って殺された……と警察では見てるんですよ。額に鈍器で殴られた痕跡もあるのでね」

「………」

「殺人だとしたら、捜査本部に被害者として加えなければならない。それに……万が一、あなたがそれを知っていたとしたら、えらいことになりますよ」

高橋は阿部を覗き込むように言った。すぐに阿部は知らないと首を振ったが、高橋はさらに畳み込むように訊いた。

「赤星さんは、〝十六夜会〟の幹事をしていた。その由緒ある会合に、あなたは全国紙の支局長として出てましたよね」

「なんです。その〝十六夜会〟というのは」

駿作が尋ねると、高橋はすぐ答えた。

「地元の名士の集まりだよ。ご先祖は加藤清正に遡るらしいがね」

清正公には、十六将という優れた武将がいて、朝鮮出兵や関ヶ原などで数々の武勲を立てた。その加藤十六将とは、加藤重次、庄林一心、木村又蔵、森本一久、斎藤利宗、飯田直景、赤星親武ら、側近中の側近で、その子孫たちが今も交流しながら、熊本城下の料亭で定期的に会合を開いているとのことだ。

「赤星さんもその子孫のひとりということだ。ちなみに、甲斐は、加藤清正が来る前に肥後を支配していた阿蘇氏の重臣・甲斐一族の末裔らしい。戦国を通して、薩摩日向の島津家や豊後の伊東家などと比肩するほどの名族で、今も名士であることは変わりない」

「現代でもそういう人脈交流があるのですね。俺は縁がないが……」

駿作はそう言ったが、高橋は大岡から聞いて知っており、幕府御城奉行の末裔だとのことで、わざとらしく敬礼した。

「その〝十六夜会〟では、やはり熊本藩関連の子孫である二の丸清花さんも、世話役をしていた。学芸員でもあるからね」

二の丸清花の名前を聞いて、嫌な予感がしたのか、阿部の表情が曇った。その顔色を見てすぐに、高橋は言った。

「彼女が色々と話しましたよ……一色さんのお母様に説得されてね」

駿作の顔をチラリと見て、阿部は何かを察したように、

「行きますよ」

と穏やかに言って、素直に高橋たちに従った。

城南署は支局から下通商店街を歩いた先にある。コロナが蔓延する前は、毎日のように飲み歩いていた町である。通りは日本一広く、その両側には、東京や大阪の繁華街顔負けの飲食店がずらりと並んでいる。しかも美味い。

阿部は支局長として地元の人たちからも歓待され、厚遇された日々を夢のように思い出していた。阿部と高橋が歩いていると、警察と記者であることを知っている人は、「事件ですか」などと声をかけてきた。

答えることもなく、頭の中が真っ白になったまま、阿部は歩いた。

二階取調室に入った阿部は、高橋からこの数日の行動を訊かれた。ほとんど支局にいた以外は、すぐ近くの水道町にある自宅マンションにいただけである。

「しかし……あなたは、この間、どなたかと頻繁に電話連絡をしてますよね」

高橋が訊くと、阿部は困ったように俯いた。

「え、それは……」

「簡単に通信履歴が分かることは、承知してるでしょ」

「…………」

「あなたが連絡を取り合っていた相手は、甲斐睦雄さんですよね。一度は殺人容疑者としてあがった人物と、どうしてこんなに頻繁に連絡を取り合っていたのですか」

通信記録のデータを記したペーパーを、高橋はテーブルに置いた。

「――私はね……実は甲斐さんが真犯人ではないかと睨んでいたんです。だから、接触を試みてたんです」

「ほう。どうしてです」

「高橋さん……冷静に考えてみて下さい。うちの記者が身を挺して調べてきたとおり、百舌目寿郎さんが、国見岳近くの水源などを買い漁っていたのは、おそらく甲斐がやっている『マザーユニバース社』に占拠されたくないからでしょう」

「占拠……」

「警察でも調べてるでしょ。甲斐さん……いや甲斐はなかなかの策士で、〝十六夜会〟のメンバーを『甲斐バイオテクノ』の役員にしてます。それぞれが地元で議員をしていたり、医師や弁護士、有名な製薬会社や造り酒屋、菓子屋などのオーナー、農協幹部など立派な方たちばかりです。『マザーユニバース社』は、全国の地方名士のグループ企業の集合体じゃないですか。だから、総理や政府関係者、国会議員などにも繋がりがあるのです」

阿部は新聞記者として、これまで関わってきたことを伝えた。

「錚々たる顔ぶれが役員の共同企業体がポンと金を出して、二束三文の山林の土地に何千万、何億と金を積まれたら、誰だって飛びつくでしょう。しかも、林業もしておらず放棄地同然なんですから」

「ですかね……」

「そりゃそうですよ。甲斐は熊本では、その旗振り役です。自分も製材所を何ヶ所も営んでいた人ですからね、いわば山林のプロだ。その人が、山林を買い取って、新たな新事業をするとなれば、夢があるじゃないですか」

懸命に話す阿部は、いつしか甲斐を代弁するかのように、『マザーユニバース社』の企業理念や設立目的を話した。自然と科学の共存を描き、新たな環境テクノロジーを打ち立てて、様々な環境破壊から〝地球を取り戻す〟という社会貢献をするとのことだ。

「そのために、甲斐は〝十六夜会〟のメンバーや赤星とも一緒になって、林学博士でありながら環境問題の最前線に立っている、九州理科大学の多賀勇教授に白羽の矢を立て、『甲斐バイオテクノ』の顧問のようにした」

「顧問……」

「いや、多賀教授はあらゆる権威や権力からフリーでありたいと、顧問の立場は取らず、あくまでも助言者として協力してたんだ。だから、目丸の温泉旅館も大抵は只で利用させてた」

「それが意見の食い違いで、袂(たもと)を分かつようになった」

「ええ……多賀教授は、『マザーユニバース社』がいかがわしい共同企業体だと勘づいたのですな。環境保護を旗印に掲げて、新しいエネルギーや水道事業を構築するという妄想を掲げて、人々を信じ込ませた。政府の施策と相まって、美しい人類の未来と共存を謳い文句に、規模を世界に広げる夢を語った。株を欲しがる投資家がどんどん増えた」

「…………」

「だが、それも虚像であって、ただ株価を上げることだけが目的で、売り抜けようとする集団だった。そのことに利用されたと、多賀教授は気づいたんだ」

そこまで阿部が語ると、高橋はじっと見据えたまま、

「でも、あなたも『マザーユニバース社』が詐欺同然の会社だと知りつつ、如何にも日本をリードする新しい価値観の会社だと、何度も記事にしていますよね」

「…………」

「しかも、甲斐さんに金を積まれて」

高橋は落ち着いた声だが、身を乗り出して迫った。

「その原資は税金です。補助金によって、起業推進の名目で土地取得をし、あるいは国有林をただ同然で仕入れ、日本中にソーラーシステムが広がるように見せかけ、外国から水源を守ると言いながら、外国企業に売り渡す。その甲斐のビジネスを後押し

した」

さらに高橋は、机を強く叩いて言った。

「新聞という公器を使った詐欺と言っても過言ではないですよね」

首を横に振って、阿部は唇を嚙みしめてから、

「――忸怩たる思いはありますが、私も初めは、甲斐の理想に胸打たれたんだ。まさか、上手いこと利用されるとは、思ってもみませんでしたよ。太陽光発電では、福島での成功例もあるし、二〇一五年のパリ協定を初めとして、低炭素エネルギー社会はまさに世界がとり組んでいることじゃないですか」

と力説してきた。

「水の国である熊本が率先して、新しい水道事業を始めることで、水を富にできる。コンセッション方式で健全な運営をしている地方公共団体もあるでしょう」

コンセッション方式とは、施設の所有権は公的主体に置いたまま、施設の事業運営だけを民間事業者に委託する方式である。平成三十年に成立した水道法改正によって、より強化されたと阿部は付け足した。そして、自分には非はないとばかりに、

「厚労大臣の許可が必要だから、『マザーユニバース社』が独占することなどできるわけがないし、やるかどうかは市町村が議会を通して決めることだ。私立学校への国有地払い下げや大学設置許可や補助金とは問題が違うんだ」

「その分、桁が大きいとも言えますがね」

高橋は公務員の立場上、自説は述べなかったが、

「水とエネルギー資源のビジネス改革はけっこうな話ですが、結局は、労せず誰かが儲ける仕組みを考えているだけではないですか。そのことのために、あなたは……人殺しの手伝いまでしたのでしょ」

挑発するような高橋の言い草に、阿部は逆上したように、

「な、何をバカなッ」

と怒鳴ったが、傍らの小松が制するように近づいた。阿部は椅子の背もたれに体を預けて、深い溜息をついた。

「もう少し、付き合っていただきますよ……場合によっては、逮捕状に切り替えます」

確信に満ちた高橋の表情に、阿部は絶望的に唇を噛みしめた。

3

その男が、逢魔が滝で発見されたのは、大岡たちが目丸から、宮崎側に捜査に向かっている途中のことであった。甲斐が取得した国有林は、隣県にも及んでいたからだ。

国見岳を挟んで熊本側から険しい山を登ってきた先に、この逢魔が滝があり、瀑布(ばくふ)の下からは宮崎県になっている。滝壺(たきつぼ)には、めったに人が訪れることはない。岩魚(いわな)や山女魚(やまめ)釣りの解禁時期に来る釣り人でも、ここまで岩場の渓流を登ってくるのは至難の業だ。

しかも、滝壺の底から、岩場の奥に向かって洞窟が十数メートルに亘って食い込んでいる。水没している洞窟の内部は、年にもよるが、年中、氷が張っており、鋭い岩肌を覆っている。つまり、洞窟の中は冷凍室のようになっているのだ。

そのため、その洞窟から発見された男も、死んだのはどのくらい前か分からないが、遺体は水死体独特の膨張はあるものの、むくみ程度であって不思議と綺麗(きれい)だった。

革靴が淀(よど)みでぐるぐる廻っていたのを、捜査員がたまたま見つけたために、大岡が指揮をして宮崎県警の協力のもとで、捜索した結果、逢魔が滝下の洞窟から、スーツ姿の男が発見されたのであった。

財布や名刺は持参していなかったが、冬物の紺色スーツで、襟の内側のネームが、「日下部(くさかべ)」とあったことから、調べているうちに、もう二ヶ月程前から、行方不明になっていた元厚労省幹部の日下部達也(たつや)だと判明した。

発見された場所から、宮崎県警が捜査し、大岡にも報告がされた。

日下部は、今回見つかる三月程前に、原因は分からないが、依願退職という形で、早期退職している。退職金はすでに払われており、審議官をしていたほどの人物だし、特にトラブルがあったわけではなかった。

遺族からは、現住所の管轄警察署に行方不明になったと届け出が出されていた。行方不明届けの時の警察の対応は、意外と冷たいものである。写真を提示しようとしても、

「これはあまり参考にはなりません。むしろ、似顔絵とか体の特徴、怪我や手術、火傷などの痕跡、ほくろとか痣とか、そのようなものの方が役に立ちます」

と言われる。

万が一のときの死体確認を想定したもので、行方不明者が何処へ行ったかなどは、事件が起きない限り、警察が率先して探すことはないのだ。

家族には、上意下達が徹底している役人が嫌になったので、子供がふたりとも高校生になったのを機に、違う仕事に挑戦したいとの説明をしていた。いわゆるキャリア官僚ではあるが、何処か大学か民間企業の研究機関で働きたいとも、妻には話していた。だが、具体的に決まっていた転職先はなく、退職した直後は日がな一日、家でごろごろしていたという。

少し異変が起きたのは、辞めてから一月近く経ってからのことだった。高校時代の親友と会ってから、憂鬱そうになったと、妻は感じていたらしい。

日下部は信州の伊那出身で、高校の頃から登山には慣れ親しんでおり、親友とは登山部仲間だった。日下部とともに日本百名山のうち幾つかを登頂しており、自宅にも何度か来たことがあり、妻もよく知っているという。

その親友というのが――毎朝新報熊本支局長の阿部誠一なのだ。

阿部は昔からジャーナリスト志望だったが、日下部は医者になって、山小屋の診療所や登山家に随行する専門医になるのが夢だった。だが、実家のことや将来を見据えて、厚労省の官僚になることを選んだ。医学部にいって技官として採用される道もあったが、日本の医療行政にも関心が深かったので、この職を選んだ。それが、妻の話だった。

親友の死体が発見されたと、熊本城南警察署の取調室で聞いた阿部は、衝撃を隠せなかった。

「――本当ですか……何処でですか……」

阿部の前には、県警本部から出向いてきた大岡が自ら、話を聞いていた。県警刑事部長の黒田と署長も同席している。地元の警察や消防、行政府の長と新聞社支局長は、よく顔を合わせている。時に食事や酒席を共にして、情報の交換もする仲だ。

警察関係ならば、本部長と仲良くしていればオフレコで情報も入る。だが、オフレコは絶対に記事にしないという〝紳士協定〟があるため、どんな重大事件であっても、スクープにすることはできない。それが掟（おきて）だ。

しかし、もし権力側に何らかの不祥事があったとなれば、果敢に取り組むのもまた、報道を担う者の掟である。とはいえ、記者クラブなどは、外国人記者から見たら不思議で、談合グループにしか見えない。だが、権力側と喧嘩をして情報をシャットアウトされる方が、マスコミとしては危険とも言える。

お互いが味方だと思わなければ、本音は言わず、真実も語らない——という日本独特の風土や慣習がジャーナリズムにも必要なのであろう。真理を追究するためには、必要な方策なのかもしれない。

また日本には、「あえて汚名を着る」という忠誠心もある。

自分が悪者になって、真実が暴かれ、不正が正され、世の中が良い方向に向かえば、それでよいという考えだ。自己犠牲と同じだが、逆に自分の保身のためだけに、虚偽を押し通す者がいるのも事実だ。

阿部は本来、権力の不正を暴く立場にある。だが、今は逆に、権力側の大岡が、表現の自由を担う記者の犯罪を暴こうとしていた。

「一体、何処で見つかったのです……日下部……達也の死体は」

阿部は明らかに狼狽（ろうばい）している。

「心当たりはなかとね」

大岡が冷ややかな口調で訊くと、刑事部長や署長も険しい顔で見守っていた。

何度か酒を酌み交わした仲である。もちろん仕事上の付き合いとはいえ、お互い心を許しあっていると思っていた。だが、「残念だよ」と大岡は言ってから、

「逢魔が滝、だ……もちろん浜町の飲み屋の店の名ではなかとよ。阿部さん、あんたは百舌目恭一郎さんのことで、何度かその店にも足を運んでたようだが、ま、それはいいとして、覚えがあるのではなかとね、逢魔が滝に……」

阿部は小さく頷いて、囁くような声で言った。

「──夜の虹……見に行ったことがあります。学生時代のことです。もっとも、虹は出ませんでしたが」

「ああ、名所らしかね。私は山歩きが苦手で、絶対に行かない所ばってん、その滝壺で見つかったと……驚いたとね」

「はい……」

「身許が身許だから、宮崎県警と共同で調べたところ、すぐに判明しましたが……どうして、そんな所に行ったと思うと？」

「さ、さあ……」

「さあ……親友が死んだのに、さあ……って、あんた、どんな神経をしてるんだね」

大岡は熊本弁もどきから、〝東京弁〟になって真顔で詰め寄った。

「あまりにも突然で、本当に吃驚して、なんと答えてよいか分かりません」

「法医鑑定の結果、崖の上から転落し、頸部や頭部、腰部や下肢など、体全体を強打したための即死と見られる。外傷は残っていたものの、氷の洞窟に入っていたため、きちんと検視できるほどの遺体として残っていたらしい。なんか、執念を感じるのは私だけじゃない。捜査に関わった者は、みんな仏さんの思いを真摯に受け止めたはずだ」

「…………」

「崖の上には、最近の連日の豪雨もあったし、めぼしい痕跡は残ってなかったが、その辺りの草花の種子などが付着したり、革靴の足跡も幾つか残ってたらしい……それはすべて、流れてきた革靴と一致したが、他の足跡はまったくなく、他殺は考えられん」

「そうですか……」

「ほっとしたかね、阿部さん」

大岡が睨みつけるように言うと、阿部は気弱げな目で、

「どういう意味ですか……私が達也を殺したとでも思っているのですか。仮にも親友ですよ。そんなこと……」

するものか、という言葉は息と一緒に消えていた。その阿部に、今度は刑事部長の

黒田が横から話しかけた。

「日下部さんの奥様の話では、ご主人がいなくなる少し前に、あなたと会ったらしいね」

「え、ええ……」

「阿部さんが東京に所用で帰ったとき、赤坂の馴染みの小料理屋で」

「はい。そうです」

「その時は、どのような話をしたんです」

「どのようなって……たわいもない昔話ですよ」

「昔話……官僚を辞めた直後にですか」

「もちろん、どうして辞めたとか、これからどうしたいか……なども話してました」

「それだけですか。店の主人の話では、けっこう深刻そうな話だったように見えたとか。ええ、すぐにうちからも刑事を送って聞き込みをしてますよ。それくらい分かりますよね」

黒田は何もかも正直に話した方がいいぞ、とでも言いたげに睨みつけた。阿部は首を横に振りながら、

「酒も入っていたから、一々、何を話してたかなんて、覚えてませんよ。たしかに、退職した後だったから、浮かれた話はしてなかったかもしれません」

「どうして辞めたんですか」

「え……？」

「日下部さんがですよ。私もテレビで見たことがありますが、薬害問題なんかでも、エリート官僚にありがちな偉そうな感じはなく、むしろ真摯に明瞭に答えていましたね。どうして、辞めたんでしょうか。親友になら、辞めた理由くらいは話したんじゃないですか」

「同級生だからこそ、仕事上のことはあまり話しませんよ」

「では、自殺の動機に心当たりはない」

「ええ……ありません」

「どうして自殺したのかは、気になりませんか」

「そりゃ……でも、人それぞれ何かを抱えて生きてますから……まだ子供たちも、これからだというのに」

　阿部が心配そうに言うと、黒田はもう一度、尋ねた。

「その子供たちのために、退職金は確保しているんです。そういうケジメは付けているような気がします。でも、死ぬ理由が見つからない。日下部さんの家には、パソコンはなく、すべて処分したらしいです」

「処分……」

「自分でしたのか、どうかは分かりませんがね。不思議でしょう。そして、厚労省の方に問い合わせても、彼が在任期間中に扱ったパソコンのデータも処分されているんです。それが官庁のルールらしいですね。引き継がないんですね。警察では、担当が代われば、きちんと引き継ぎますがね」

「――私には、分かりません……」

どう答えたらよいのか、阿部は困惑しているようだった。

「では、質問を変えるばい」

大岡が椅子に座り直して、改めて阿部と向き合った。県警本部長ら幹部たちが、取り調べをするのは異例中の異例である。だが、これまで〝見当違い〟の捜査をしてきたため、名誉挽回のつもりであろうか。

「この前、担当刑事が取り調べたことばってん、もう一度、訊くばい……やっぱり、苛つきますか、熊本弁もどきは」

「…………」

「阿部さん、あなたは熊本文科大学助手の二の丸清花と愛人関係にあった」

「愛人というほどでは……単なる大人の付き合いというやつです」

「戯れ言は言わん方がいいぞ」

恫喝するように大岡は言ってから、質問を続けた。

「その二の丸清花を唆して、百舌目寿郎を殺させようとした。凶器に〝ニッカリ青江〟を使ったのは、上条綸藤こと、綸子の犯行に見せかけようとした……そこまで言わなくても、犯人をぼやかそうとした」

「…………」

「二の丸清花だからこそ、展示会場の倉庫から名刀脇差しを持ち出すことができた……そして、それを赤星二郎に渡し、百舌目寿郎を呼び出して殺させた」

「私は、そんな……」

「彼女がそう証言している。嘘をつく理由があるかね」

「…………」

「もっとも二の丸清花は、寿郎さんに嘘をついて呼び出した。〝ニッカリ青江〟を、孫娘の綸子と一緒に見ようと誘ったらしい……寿郎さんは嬉々として来たらしいからね。彼女は寿郎さんが殺された後、利用されたと気づいたが、怖くなって黙っていた」

大岡は阿部の顔を覗き込むようにしながら、

「赤星については、捜査本部も目をつけていた。ところが、その矢先、彼は毒殺された……彼にこっそり遅効性の薬を飲ませたのは、やはり甲斐に違いない」

「…………」

「珍しい毒ですがね……あなたが用立てたのでしょ」

大岡はその出所も調べてあるという目つきで、阿部に迫った。

「そのリシンという毒は、日下部さんから、あなたが取り上げていたもの……そうでしょ」

「…………」

「日下部さんは、自殺をしようと思って、自分で作っていた。彼にとっては簡単にできることでしょうな……だが、あなたは『自殺なんかしちゃダメだ』って、飲み屋で会ったとき、取り上げたんじゃないですか。親友思いだから……」

阿部は何とも答えなかったが、俯いたまま何も言わなくなった。大岡は追い込むように、

「そもそも、百舌目家の内紛に見せかけたかったのに、赤星さんを殺したために起きた誤算だな。甲斐が疑われたのは」

「…………」

「それで、まずいと思ったのか、すぐに恭一郎の仕業だと見せかけるために、例の〝小ザル〟を使った……赤星の控室に、文楽人形の芯串に使う〝小ザル〟と呼ばれる小さな把手(とって)を捨て置いた。鯨のヒゲで作った糸を操る部品だけど、阿部さん、あんたには思いつかない物だ」

「………」

「最初の現場検証ではなかったものが、再度検めたときには落ちていた、私は却って怪しんだわけだ……文楽に詳しく、人形遣いの恭一郎の屋敷や城内の屋敷に出入りできる甲斐なら、それを使おうと考えても不思議ではない」

「──甲斐さんは認めたのですか」

「まだ浜町署で取り調べ中だが、知らぬ存ぜぬだ。もちろん、赤星やあんたに百舌目寿郎殺しを手伝わせたこともな」

阿部はほんのわずか安堵したような顔になったが、大岡は無駄な足掻きだと機先を制するように言った。

「正直に言わなければ、あんたは親友の日下部達也さんを二度、殺すことになる」

「二度……」

「そうだ。もしかしたら、日下部さんはあんたに自殺を止めて貰いたかったのかもしれない。そうでないとしたら、正義の実現をモットーとしている新聞記者のあんたに、何かメッセージを残したのではないかね」

「………」

「しかし、それも揉み消すかのように、甲斐と組んで、自分たちの利益のために殺人を犯したとなれば、日下部さんの思いも破り捨てたことになりはしないかね」

大岡の言い草は、まるで日下部の遺書でも残っているかのようだった。阿部はそう感じたが、口には出さなかった。

「自殺しなければならないほど、日下部さんは何に追い詰められていたのか……本当に心当たりがないのかね」

「――ありません……彼の死が、今度のことと関わりがあるのでしょうか」

「今度のこと、とは？」

逆手に取るように、大岡は訊き返した。

「ですから……百舌目さんや赤星さんが殺されたこととです」

「そりゃあるだろう」

「…………」

「ふたりを殺せと教唆したのが、あんた。動機は、甲斐の〝犯罪〟を遂行させるため」

「犯罪……」

「言わんでも分かってるだろうが。そして、日下部さんが自殺を選んだのは、甲斐の〝犯罪〟を暴こうとしたけれど、上から揉み消されて、力及ばず……その絶望感からだろう。ぜんぶ、あんたと関わりがあることだ」

大岡は、阿部が殺したと断言するかのように、日下部の死を悼んだ。

「いい加減にして下さい！　私を巻き込まないで下さいよ……清花の話なんか大嘘だ……たしかに男と女の関係にはありましたがね。私に振られたもんで、嫌がらせに出鱈目を言ってるんですよ」

「あんたも随分と往生際が悪いな」

「知りません」

阿部は憤懣やるかたない顔つきになったが、大岡はさらに責め立てるように、

「あんたは自分や甲斐から目を逸らせるために、それこそ出鱈目な記事を書いた。毎朝新報熊本版にあなたは記名記事で、百舌目家の遺産譲渡のことや事業の失敗などについても触れている。ハッキリとは書いてないが、まるで恭一郎氏が真犯人であるかのように」

大岡はいきなりドンと机を叩いた。その掌の下には、新聞記事のコピーがあった。

『熊本で屈指の名家の当主、百舌目寿郎氏が殺害された事件は、県民の耳目を集めた。

人間国宝を出した名家に一体、何があったのか、事実を検証してみたい。

百舌目寿郎氏が、三人の子供らに財産分配の話をしていた直後の事件だけに、名家の内紛との見方もある。百舌目寿郎氏は、地元の観光協会に遺産の一部を寄贈する篤志家であり、文楽人形の伝統を残すために長年尽力をしてきた芸術家でもある。

芸術の継承は一番弟子に委ねたが、この一番弟子も実は、寿郎さんの実子であるこ

とが公になった。その一方で、長男の恭一郎氏は自ら、実子ではなく捨て子であったことを告白した。

このような複雑な家族関係の中から見えてきたことは、財産争いの一面である。また、寿郎氏が弁護士を介して、贈与しようとしていた相手までもが殺害された疑いがある。その殺害現場近くには、恭一郎氏のものと思われる〝小ザル〟という文楽人形の部品が落ちていたとの報もある。

真相や真実はまだまだ不透明だが、ふたりもの尊い命が奪われたのである。今後とも調査報道を続けたい』

それを読み上げた大岡は、新聞コピーを阿部の面前に突き出し、

「立派な名誉毀損ものですよ。こういうのを、誘導記事というのではないかねえ」

「…………」

「でもね、阿部さん。警察をバカにしたら困る。甲斐さんが不起訴になったのは、捜査を継続するため、私の考えを検察側に伝えたからです。他にも、私はおかしなことに気付いていたからね」

「なんですか……」

「東京から、熊本に赴任したばかりの記者が、行方不明同然になっているのに、警察にも報せて来なかったことです」

「それは……私も心配しておりました」

「嘘はいかんな。一色駿作さんは、多賀教授から取材したことを記事にしようと思ったが、あんたは無視しようとした」

「えっ……」

「一色さんに聞いたよ。実は、目丸の宿から帰って来る途中、支局長のあんたよりも先に、私に連絡が来た……おそらく、お母さんから聞いた清花さんの話で、あんたのことを疑ったんだろうね」

「………」

「特に『マザーユニバース社』のことを記事にされたら困るのは、甲斐のみならず、あんたもヤバいからね……今頃は、駿作さんも甲斐さんを〝取材〟しとると思う」

大岡は前のめりになって、

「我が熊本県警も知らんところで、福岡県警が動いたのも、あんたが情報を流したから……そうですよね、阿部支局長」

と詰め寄ると、阿部は思わず立ち上がり、

「何の話だ。私は何も知らない！」

声を荒らげたが、その両肩を小西署長が押さえて座らせた。取調室の外には、捜査本部の刑事たちが数人、何かあったときのために待機しているが、荒らげた声を聞き入ってきた。が、大岡は大丈夫だと言って、阿部に向き直った。

「――阿部さん。あなたの思惑通り、寿郎さんは亡くなり、赤星さんも亡くなった……だがね、分からないのは、あなたにそれで何の得があるのか、ってことだ」

「………………」

「木当の動機は、なんです。甲斐のためばかりとは思えないが」

大岡が迫ったとき、ドアが開いて、加藤監察官が入ってきた。一同は振り返ったが、加藤は三人を睨みつけながら、

「警察幹部が、一市民をこのような形で取り調べるのは、大きな問題だ。刑事訴訟法上の疑義もあるし、市民の信頼を大いに損なうことになる。非違事案に該当する。懲戒も覚悟して下さいよ」

と言った。すぐさま大岡は立ち上がり、

「誰の断りを得て、捜査の邪魔をしてるんです。監察官は組織防衛が本分とはいえ、今、この場がそう見えますかな」

「まさに、問題だ。このようなことをするから、警察は密室で冤罪を作るなどと、マスコミに叩かれ、市民に不安を与えるのだ」

「おい。誰にモノを言ってんだよ、てめえ」

急にベランメエ調になった大岡は、加藤に向かって、

「丁度、いい所に来た。あんたも、ちゃんと捜査本部の話を聞け。でないと、そっちこそ出世に響くことになるぜ」

「何を言うか、貴様。その新聞記者を解き放ちなさい。でないと……」

「上にでも何でも報告したらいい。こっちとしては、もう死人が出るのは御免なのでね。それこそ、阿部支局長が殺されて、また真相が藪の中にされちゃ困らあな」

大岡の弁舌を聞いて、阿部はやはり事情を知っているのであろう、悪寒が走ったようにに全身がぶるぶると震え出した。が、大岡は加藤までも、取調室に閉じ込めて、

「なあ、監察官。よく聞いて下さいよ」

と迫った。

加藤は不愉快な顔をしたまま、大岡に向かって、

「何様のつもりだ。名奉行・大岡越前ばりにお白洲でも開くつもりか」

「そう受け取って貰って結構です」

「なんだと……」

「私が一番嫌いなのは、人様に迷惑をかけるってことです。自分さえよければいいという人間が、一番、駄目人間だと思いますよ」

大岡のまなざしが真剣に燦めいた。

4

名月に照らされた熊本城はまた格別である。特に桜の季節がよいが、二の丸公園から見上げる満月は、まるで天守閣を浮かび上がらせるための照明のようだった。

数年前の地震によって、特別史跡である七万九千平方メートルもある石垣のうち、一割が崩落した。他にも、ずれて膨らみができたため、積み直しなどの修復をする石垣を入れると、三割にも広がる。また、国の重要文化財に指定されている十三棟の建造物は破損したり、倒壊したりしていたが、もう観光客を招き入れるほど復旧している。

この城造りのために、加藤清正は七年の歳月をかけたというが、現代の土木建築の技術をもってしても追いつけないほどの城造りの匠（たくみ）の技に、駿作は改めて感嘆していた。先祖も同じ城を眺めていたことに思いを馳（は）せて、その荘厳な美を楽しんでいた。

「――こんな所まで、わざわざ呼び出すとは……なんですかいな」

背中で声がして振り返ると、背広姿の甲斐が立っていた。

「お疲れ様です。明日、熊本伝統工芸協会主催の講演があるとかで、日航ホテルに泊まっていると聞いたもので……あのホテルから眺められる熊本城もまた格別ですものね」

「用件を聞かせて貰いましょうか」

甲斐は少し苛ついて言いかけたが、

「あ、事件のことなら御免ですよ。警察で散々、訊かれましたから。まだ捜査中だし、余計なことを言うなと、警察からも口止めもされてますもんでね」

「俺も〝サッ廻り〟の経験はありますので、心得ております。伝統工芸絡みで文楽のことは結構、お聞きしましたんで、昔の製材所のことや、今、手がけている『甲斐バイオテクノ』関連の新しいエコノロジーのこと、それから『マザーユニバース社』のことです」

「それらも警察で話したので、そっちで訊いたらどうです」

面倒臭そうに甲斐は言いながら、煙草を取り出してライターで火を付けようとした。

「禁煙ですよ、城内は」

「あ、そうだったかね……」

仕方なさそうに甲斐は、煙草とライターをポケットに戻した。

「昔の話でなんですが、甲斐家と赤星家は仲が悪かったらしいですね。甲斐家は阿蘇氏、片や赤星家は加藤清正の家臣。肥後の菊池家とか阿蘇氏にとってみたら、加藤や細川なんて新参の余所者ですからね」

「いつの話をしてるんですか……」

「聞いた話ですが、現代起こっている様々な事件は、先祖の因縁が巡り巡って、絡まってるらしいですよ」

「話がないなら帰らせて貰うよ。明日の準備もあるのでね」

「すみません」

駿作は軽く謝って天守閣を振り返り、

「ちょこっと上まで登ってみませんか。許可は得てますよ。天守閣からの眺めは、たまりませんからね」

「…………」

「この天守閣の特徴といえば、四方に向かった千鳥破風（ちどりはふ）と最上階の唐破風（からはふ）。あれは南北に面してます」

「知ってますよ」

「沢山の部屋には、御鉄砲御間とか御具足之御間、御矢之御間……のように戦道具の名が付けられていて、戦国時代の島津に攻められた頃とか、幕末の西郷軍との戦いで〝難攻不落の城〟と言われた頃を思い起こさせますよね」

「…………」

「実際、江戸時代には、この天守閣には武器弾薬を置いていたどころか、様々な仕掛けというかトリックが施されていたらしいですね。私のご先祖も、この城に来たときに、ちょっとした謀反(むほん)事件があったのですが、この大小の天守を結ぶ廊下が敵を落下させるような罠があったり、地下蔵にも敵襲に備える仕掛けがあったと書き残してますよ」

「ご先祖が……」

「ええ。御城奉行といって、諸国の城を巡ってたそうなんです。小天守の石垣の上には〝忍び返し〟の鉄串があって、登ってきた敵も落下する憂き目にあったとか。御城は本来、籠城するために造ったものですから、色んな仕掛けがあって当たり前ですが、どうせなら、〝びっくり屋敷〟のように観光客も驚かせるような遊びくらい造ればいいのにね」

　楽しそうに話し始める駿作を見ていて、甲斐は思わず苦笑した。自分も熊本城には当然、愛着があるからだ。

「……あんたも城好きなのかい」

「そりゃもう。国宝の城をはじめ、色々と巡りましたがね、俺には一番かな」

「へえ、そうかい」

「甲斐さんも〝みんなで熊本城を造ろう会〟のメンバーで、一口城主なんですよね」

「何口も寄付したよ……私は〝十六夜会〟には入る資格がないので、ちょっと肩身は狭いけれど、眺めるだけで楽しいよ」

甲斐も首を折って天守閣を見上げながら、

「二年前から時々、特別見学通路を使って、見学が出来るようになってて、昨年、令和三年の六月からは天守閣にも登れるようになったと。新しか展望フロアに至るまでには、加藤時代と細川時代の歴史とか城に纏わる伝説、熊本周辺の緻密で精巧なジオラマ模型とかを満喫できるとよ」

「そうですか。では、この満月の城下町を眺めるのは圧巻ですよね、きっと。さあ、行きましょ、行きましょ」

小走りになって、天守閣の入り口である小天守の方へ向かうと、以前とは違ってバリアフリーになっている。熊本城の復旧は、まさに町の復興の象徴だが、四百年も変わらぬ石垣に戻しながらも、新しいものを取り入れている行政の姿勢に、駿作は感心した。

「ねえ、甲斐さん。行政とはかくあらねばなりませんね。政治家は悪いことをしちゃいけないんですよ」

「…………」

「〝政(まつりごと)清ければ、人皆和す〟……が清和の由来だそうですね」

県会議員を目指していることへの皮肉を言ったつもりは、駿作にはないが、甲斐の方はチクリと刺されたような目をした。

「そうでしょ、甲斐さん。大きな災害があっても、良い方向に向かうようにする政治のトップがいてくれたら、人々は安心して暮らせるんだからね」

「――そうだな……」

ふたりは以前よりも、随分と登りやすくなっている城に感心していた。

天守閣の最上階にある展望フロアからは、熊本市街が一望できる。この町に馴染みがない人たちでも、この雄大な風景には圧倒されるのではなかろうか。たしかに都会のビル群がほとんどだが、遠く阿蘇や天草に続く広大な平野を肌で感じることができる。

しかも、拡張現実という技術で作った「ARマーカー」にスマホを合わせると、現代の市街に昔の城下町の町並みが重なるという趣向まである。一瞬にして江戸時代にタイムスリップするのである。

甲斐は大きな月明かりに照らされた城下を眺めながら、

「平成二十八年の熊本大地震では、この最上階の瓦や鯱（しゃちほこ）瓦も落ちたし、地下の石垣も崩落した……まさか、あんな災害が起こるとは思わなかったが、逆に物凄い大地震なのに、修復できる程度の被害で済んだと思えば、この天守閣はやはり頑丈で難攻不落たい」

「ええ……おっしゃるとおりです」

「熊本地震から丸六年経って、甚大としか言いようのない被害を受けた熊本城はもとより、町の至る所で、昔の熊本らしい姿を取り戻している。新しい耐震構造も凄かとじゃ。まさに人間の叡智と自然科学の結集だ」

まだ城内の至る所には、被災の傷痕がある櫓や石垣は沢山あるものの、こうして月下の天守閣から眺めると、この城の美しさが倍増する気がする。

「まさに天守になった気分にごたる……私はあの……城の濠のように流れる白川沿いの家に住んでいたことがあるが、本当に見事な城だった……毎日、仰いで過ごしてた」

「そうでしたか……」

「製材所を縮小して、他の事業を模索していた頃だったが、城を見ているだけで、いやな気分が吹っ飛んで、よしやるぞという気持ちに切り替わったもんたい」

「新しい『甲斐バイオテクノ』という会社を立ち上げた頃ですね」

さりげなく駿作が振ると、しぜんに甲斐は城下を眺めながら頷いた。

「ああ、そうたい……それまでも、製材で余った破片や木屑などを利用して合板を作ったり、バイオマス燃料にできんかと試みたりしてたが、あの東日本大震災で、ますますその思いが募ったとよ」

「俺も東京で経験しました。たまたま仕事で東京湾にいましたが、海全体が波じゃなくて、面となってふわっと浮き上がった感じがして、その後はもう立ってられなかった」

「福島の浪江には知り合いがおってな、原発の近くだ……すぐに避難して、そのまま故郷には帰られんとじゃ……この城下に見えるほどの広か所が、一瞬にして住めない状況になったとだけん、恐ろしかこったい」

「ええ。私も何度か取材に行きましたが、五年ほど前までは、まだ田畑に打ち上げられた漁船が転がっていましたよ」

「だろうな……だから私は、その震災直後に立ち上げていた『甲斐バイオテクノ』がやるべきことがハッキリとしたたい……エネルギーでこの熊本を変える」

「…………」

「熊本には原発はなかけんが、九州には佐賀の玄海と鹿児島の川内にある。万が一のことがあれば、この熊本も大惨事になると。この天守閣にも登れんことになるばい……私は、原発に代わるエネルギーを色々と試みたいと思って、あれこれツテを頼って勉強をし、事業として成り立つかも研究した」

熱く語り始めた甲斐の言葉は、真剣そのものだった。

「それで知り合ったひとりが、多賀教授たい……山林のことなら、こっちが一枚も二枚も上だと思ってたが、あの先生はもっと視野が大きくて、林業を通して水源や地下水の確保はもとより、環境問題やエネルギー問題にも詳しい……だから、色々と教えを請うたばい」

「でしょうね。私も甲斐さんの旅館からの帰り道、色々と聞きました」

「そうね……私は沢山、刺激を受けて、なかでもメガソーラーは武器になると思うたばい。武器というのは、商売になるという意味もあるが、原発に代えて電力を〝ただ〟同然で生み出すことができることにな」

中斐は自然エネルギーに対する思いを熱く語った。

「建設費のコストにしても、他の発電と比べることができんほど安くできる。たとえば、石炭火力ならば八十万キロクラスの発電所が二千二百億円。原発はその倍の巨額がかかる。原発にはそれに莫大な解体費が加わる。さらに賠償措置額というのもかかる。福島の事故だけで、賠償と除染、廃炉などすべてを含むと二十二兆円という試算もある。それは当然、国の借金とか税金とか、我々使う者たちへの料金へと跳ね返る」

「ええ……」

「私は原発廃止論者ではないが、商売として考えても割が合わんたい。特に山の中のような辺鄙な所ならば、家庭用の自家発電として太陽光発電が普及したら、電力会社が抱えているような大きな固定費や需要家費が、料金のほとんどを占めていることを回避できると……しかも、人口減少するとだけん、当然、分散型電源は必要となる」

「それで、百舌目家と競い合うように、山林を買い漁ったのですか」

駿作は確信に迫るかのように言った。甲斐は一瞬、睨むように振り向いたが、差し込んでくる月光に癒やされているのか、短い溜息をついて、「そうだ」と素直に頷いた。

「百舌目寿郎さんは、私もよく世話になった人だし、議会に出るように勧めてくれた恩人でもある……それこそ先祖のように御船（みふね）城や岩尾（いわお）城の城主になって、自分が生まれ育った山村を豊かにしたいと思うたとよ」

「…………」

「ばってん……百舌目さんは太陽光発電にしても水源についても、外国の会社には任せられんと言い出した」

「『マザーユニバース社』のことですね」

「折しも、全国のあちこちで中国企業が水源を買い占めてるなどと、大袈裟なくらい騒いでおった。そこは外国の土地も同然だから、いずれ外国人が住み着いて、有事の際には兵隊になる……なんてアホなことを言い出す奴らもおった」

「あながち出鱈目とは思えませんが」

「私も初めは『そんなバカなこつあるか』と思うとったが、他人事とは思えなくなった。我が故郷の野や山を外国に買われるくらいなら、自分で買おうと思ったとたい……だけんど、ほう……私の『甲斐バイオテクノ』は、外国資本の『マザーユニバース社』傘下だから、私のことを〝国賊〟だと罵るようになったとたい」

甲斐は無念そうに唇を強く嚙んで、

「なんぼ説明したかて、百舌目さんのような古か頭では理解でけん。大地主の力を見せつけるように、私の邪魔ば始めたと……そんなとき、起こったのが、あの大地震たい」

「熊本大地震……震度七が続けてきた……」

「ほんなこつ、たまがった……地震よりも驚いたのが、地下水の減少たい……」

何度も頷きながら、甲斐は自分にも言い聞かせるように言った。

「水道管が破裂したり、地下水に異変があったことは、東日本大震災でも経験し、国でも〝水政策プロジェクト〟が立ち上げられたでしょうが。だが、河川のこと下水のこと、地下水のこと、海水のこと、同じ水でも扱う官庁が違う。厚労省、経産省、農水省、国交省……など九つにも及ぶ省庁が、それぞれの思惑で、まあ話が纏まらんかったと」

「たしか、内閣府に〝水循環庁〟なるものを作る案もありましたよね……地表水だけではなく、地下水や海水も〝公水〟と定義して、地域自治体が管理する……という」

「ああ。あんたらマスコミも、外国資本の会社が水源地を買うことの弊害を報道したのは、こうした水循環基本法を成立させて、国民共通の貴重な財産だというイメージをつけたかったからでしょうが……でも、水の所管庁が国に出来て、それに地方が翻弄されたらたまらんと、本能的に地方は感じたばいね」

「でしょうね……」

「殊に、水の都の熊本なんぞ、誰に言われなくても、地下水の減少はかねてから承知しており、あの大地震によって枯渇しそうになったことで、意識が変わった……だけん、あんたも知ってのとおり、熊本では地下水保全条例がでけて、うまく機能しとるたい。そんな中で……」

　甲斐はさらに言葉に力を込めて、

「水を守るのは、私ら水源近くに住む者の務めだと、再認識したと」

「それで、水事業も展開したのですね」

「ああ……ばってん、コンセッション方式の水道事業が危険という話が出始めたとき、やはり百舌目さんは大反対したと……たしかに〝水道民営化〟に関するリスクをあまり語らなかった政府に責任があるが、改正水道法では、『自治体が監督権限を持つことによって、委託された民間事業者が法外な料金体系を作ったり、安全対策を怠ってはならない』ことになってる」

「ええ……」

「そのために、厚労省の基準に従って、水道施設を良好な状態にしておかねばならない義務もあるとです。だけん、『甲斐バイオテクノ』も水源を保持しながら、水道事業にも参入することになっていたと」

「………」

「それで、PFIちう民間資金等活用事業によって、公共施設の設計や建設、管理、運営をしようと思ったが、やはり背後に『マザーユニバース社』がおるから、地元民ですら警戒するようになったと……もちろん、百舌目さんが、いわば恐怖を煽ったためたい」

「恐怖を煽った……」

「ああ。大切な山の水神様を、甲斐はないがしろにして、水源を独占し、外国に売り渡すつもりだってね。その上で、買い占めた山林を切り開いて、メガソーラーだらけにして、景観を損ねるだけではなく、森林が涵養する地下水も涸らしてしまうと」

「………」

「太陽光発電が、地下水を涸らしてしまう。この村も、白川も緑川も、そして熊本平野も荒野にしてしまう……そういう風評は分かりやすくて、否定的な人が増えてくる」

「でも、世界中では民間に委託された水事業は三割以上もありますが、ほとんどが失敗しているのは事実です。不安は、的外れではないと思いますよ」

「――ふむ……イギリスでは百何十年にわたって、水道事業規制局、飲料水検査局、環境局をうまく組み合わせて、河川、上下水道、その料金や汚染対策などをしてきている。日本だって明治維新から、それをモデルにやってきたじゃなかか」

「でも、日本は民営化はしてません。これからも慎重な自治体は多いと思いますよ。この熊本がそうであるように、〝公共水〟の概念が強いからだと思います。つまり、商売とは馴染まないってことでしょうかね」

「ばってん、今話したとおり、日本は地震をはじめ災害列島たい……激しい台風が水害を及ぼす一方で水不足になる。海水の淡水化技術は進んだけれども、やはり木の根っこや土壌から生まれた水とは違う……水資源は無限ではないということです。だからこそ、私は……私はこの手で、この地域の暮らしに必要な水とエネルギーを守りたい……そう思っていたのですがね」

そこまで言うと、甲斐は満月を見上げた。薄墨のような雲がたなびいている。

「――どうやら、私の独り相撲のようだったな……」

「独り相撲……」

「熊本城の石垣には〝武者返し〟ってのがあってね……下の方は緩やかに見えるから、どんどん登っていくと、途中から急になって、最上部は垂直近くになる。あの〝扇の勾配〟だ……気付いたときには、ステンと落ちる仕掛けたい」

「………」

「私は自分の城に帰ろうとして、その仕掛けを忘れてて、慌てて石垣を登った……そんなごた気がするたい……一緒に行きましょ」

「えっ……」

「あんたは初めから、私にそういう気持ちにさせたくて、この天守閣に呼び出したとでしょ……警察ですべてを話しますたい……御城奉行か、それもよかごたる。あはは」

自嘲気味に笑った甲斐は、まるで今生の別れを告げるかのように、ゆっくりと熊本城下町を見廻してから掌を合わせた。

5

熊本城南警察署の取調室では、阿部を取り囲むようにして、大岡県警本部長と黒田刑事部長、小西署長が立っていた。

その場には、加藤監察官も半ば強制的に〝臨席〟している。

改めて、阿部の前に大岡が座ると、ミラーガラスの外に、駿作が立った。もちろん、阿部からは見えない。

「さてと、阿部さん……親友の日下部さんをきちんと成仏させてあげましょうよ」

「えっ……」

「先程、おたくの一色さんと一緒に、甲斐さんが来ましてね……ぜんぶ話しました……百舌目寿郎さんと赤星二郎さんを殺したのは、自分だとね」

大岡が静かに言うと、阿部は居心地が悪そうに腰をずらした。

「ねえ、阿部さん。あなただって、報道記者として実績のある人じゃないですか。どうして、加藤監察官の言いなりになったのです。そのことを証言することが、記者としての有終の美を飾ることになると思いますがね」

阿部は俯いたままだったが、加藤は俄に眉を吊り上げて何か言おうとした。すると、機先を制して、大岡が言った。

「捜査には口を出せませんよ。でも、私の取り調べ方が適切かどうかを、見ている権限はあります。不適切なことがあれば、どうぞ本庁にお伝え下さい」

「…………」

「よろしいですね、続けて……」

大岡が加藤に言ってから、壁に掛かっている鏡を見やって、

「向こうには、一色記者がいますよ。彼も熊本に来たばかりなのに、頑張ったんだ。あなたも伝統ある毎朝新報の先輩として、記者魂を見せつけてやりましょうよ」

と肩を叩いた。

吐き出すような溜息をついてから、阿部はぽつりと喋り始めた。

「――日下部達也……に相談されてたんだ……あいつは、医者になりたかったくらいだから、厚労省では薬事行政に随分と力を注いできた……だが、どちらかというと、私と違って、あまり自分の意見を大っぴらに言う方じゃなかった……山登りも黙々とする方だった」

「…………」

「でも、生活衛生局水道課に配置換えになってから、色々と悩むことが多くなったそうで……」

国交省は、水資源や雨水利用、河川やダム、下水道管理、厚労省では上水道、農水省は土地改良や森林法、農業用水を扱い、経産省は工業用水、環境省は水質汚濁防止法や水道水源法などを担って、監督指導を行っている。

「達也は、その関係省庁の総合調整を行う立場だったので……ご存知のとおり、下水

道は一割ほどを民間事業者が担っており、上水道の民営化もPFI法改正で、できるようになった。さらに、三千億円規模の税金を投入した、官民連携インフラファンドによって、二十兆円規模のPFIが可能になったんですよ。それはどういう意味か……」

「…………」

「他の利権構造と同じで、水道事業で儲けた企業から政権に献金され、贈収賄の温床になるということです」

阿部は自分が取材報道してきたことなども含めて、淡々と記者らしく述べた。

「日本では、水は只で使えるイメージがありますがね、世界には高い金を払ってでも得なければならない国がある。その世界を相手にする〝水ビジネス〟というのは、七十兆円とか八十兆円と言われるほどの大きな市場規模です。そのうち六割から七割は、水道事業だ……でも、日本は、このノウハウを海外戦略として活かしていない。長年、地方公共団体が営んできた実績があるにも拘わらずです」

「それを活かすために、民営化を……」

「日本企業が、原発や鉄道を海外で敷設したり運営したりしてるのと、同じ理屈です……でも、水に関しては、日本の貢献度は、世界でわずか一パーセントにも満たない……だから、〝国策〟として海外に水ビジネスを展開するためにも、国内で実績を作りたいんだ。そのリーダー格が、政府お墨付きの『マザーユニバース社』といってもいいでしょう。もちろん、日本の商社が関わってのことです」

ふうっと息をついた阿部は、陰鬱な表情になって、

「もし外国で、水ビジネスが展開できれば素晴らしいことかもしれない。でも、その前に、日本国内で民営化されれば、固定課金が引き上がることは確実だ。七割が従量課金、つまり使用料に頼っているわけですが、もし固定課金が上がれば、工場など大量に水を使う所は助かる。だが、国民は負担が重くなる。消費税を上げて、法人税を下げるようなものですよ」

「なるほど……だから、住民を大切にしている県や市町村は反対なのですかな」

「しかし、経産省は、水源から上下水道などを一括管理して海外に展開したい。初めは懐疑的だった厚労省も、今は経産省と同じ考えで、日本版〝水メジャー〟を作りたい意向が前面に出てきてる」

「つまり、コンセッション方式はやめる可能性もあると……」

「そうなれば、どうなるでしょうね……どのみち、水道料金は上がるし、水質はいい加減になりかねないし、地方自治体のコスト削減にも繋がらない……」

阿部はもう一度、溜息をついてから、天井を見上げて、

「達也は、経産省寄りになった厚労省を批判してました。政府与党が目指している新

しい利権構造に与することになると」

　と呟くように言った。

「そりゃね、日本の水道技術や浄水技術を海外に売り込むことができれば、大きなビジネスになるだけではなく、人口密集地域や発展途上国では衛生管理の役に立つ。水不足はコレラのような疫病も増やしますからね。コロナ災禍だって、水の良し悪しと無関係ではないでしょう」

「うむ。そうだろうな」

「世界の人々の三割が安全な水を飲めず、世界の六割が下水が使えない。農業用水や工業用水も不足している地域も多い。地球の温暖化によって、干魃化している国もある。そういう所には、水は救世主だ」

「そういうことも、あなたは記事にしてたな。ヴェオリアやスエズ、テムズのような水メジャーが日本にも必要だとも」

「それも誘導記事だと言いたいのですか……」

　自らを嘲笑うように、阿部は目尻を下げて口許を歪め、

「……日本は国土が狭いけれど、水源は無数にある。水を確保して水道業者に売却するために、山林を買い漁る。その規制はない。事実、東京都は水源確保のために、山梨県の民有林を買っているが、海外企業がもっと高い金で買ったとしても問題ない

……甲斐さんが買い占めたのも、理由は水メジャーと同じですよ」

「同じ……」

「新事業を展開できない土地を買うわけがないじゃないですか。達也は、『甲斐バイオテクノ』だけではなく、『マザーユニバース社』が全国各地に破格の値段で買い占めに乗り出していることに、危惧を抱いていたんだ……でも、政府は止めない。『マザーユニバース社』と政府高官に繋がりがあるからだ」

「そんなことが……」

「公共事業と民間が結びついたら、当然のように汚職が繰り返される。外国の水メジャーでも、同じようなことをしてきた。日本も国内のみならず、海外に進出するとしたら、該当政府などが怒りかねない」

「では、日下部さんは、同様のことが、日本で起こっているのを知っていた」

「そういうことです……厚労省が経産省の意向に従ったのは、『マザーユニバース社』から多額の賄賂を受け取ったからだと知った。もちろん、水ビジネスが出来るよう、法の整備をしたのは国会であり、政府一丸となってのことですから、現場の最前線にいた達也には、知りたくないことも耳に入ったのでしょう」

　阿部は俯いたまま、話を続けた。

「奴はあくまでも、担当審議官として、水資源確保と安全な水の安定供給のシステムを作りたい一心だった……だけど、政府の本当の目的は、水メジャーのように海外進出だと知った……しかも談合同然に透明性もなく『マザーユニバース社』という特定の企業を利するために……」

「…………」

「達也は、大臣や政務次官に状況を申し出て、改善を図ろうとした……けれど、水道民営化は国家百年の計だとされ、文字通り水面下で進められている事案については、特定秘密保護法による〝特定秘密〟に指定され、封印されてしまった……こんなバカな話はないと達也は怒って、俺にも相談した」

鏡の向こうからは、駿作も真摯な態度で聞いていたが、

——まるで山伏塚……だな。余計なことを言ったがために、命まで狙われた……。

と思った。

阿部は唇を噛んで申し訳なさそうに、さらに大岡に頭を下げた。

「だが、私も無視した……甲斐さんも関わっている、日本版水メジャーは悪いことではないと思ったし、運用次第では日本の宝になると本気で考えたからです。しかし、達也が問題にしたのは、汚職のことでした……それを私も、『よくあることだろう。目くじら立てるな』と言ったら、『それでもジャーナリストか』と奴は珍しく怒りましたよ」

「…………」

「私は『汚職が事実なら証拠を持ってこい。話はそれからだ。おまえの感傷に付き合うのは御免だ』と言った……すると達也は、覚悟を決めたのか、官僚を辞め真相を私にリークした……資料も送ってきた。だけど……できなかった……断ったんです」

悔いているのか、首が折れたかのように項垂(うなだ)れる阿部に、大岡は優しい声で訊いた。

「どうしてだね」

「──私にも家族がいます。達也のところと同じくらいの年頃の子が……もちろん、女房もいます……下手に、そんなことに手を出すと、誰に何をされるか分からない……そんな恐怖が先に立ちました」

「具体的にされたのかね」

「いいえ……でも、達也は役所を辞めてからも、何者かにずっと見張られていて、恐怖を感じていたと……」

「だから、自分も同じ目に遭うと思ったのだな」

大岡が問いかけると、阿部は小さく頷いて、

「そういう目に遭ってみないと、分からないものですよ……正義感なんて脆(もろ)いものだ……家族もそうだが、自分の命だって惜しい」

と震えながら言った。

「加藤監察官が現れたからだね……」

一瞬だけ加藤の顔を見上げてから、阿部はハッキリと頷いた。

「そうです……達也から預かった資料は、全部寄越せと言われました……私も警察関係者には知人も多いから、相談しようとした……でも、いつも誰かに見張られているような気がして……すべて資料は渡しました」

吐露してから、阿部は深い溜息をついた。悲痛に歪んだその顔を見て、大岡は改めて確認するように、

「百舌目寿郎さんを殺した理由は、甲斐が話しました。甲斐が『マザーユニバース社』の傘下に入るために、官邸筋の人に金を渡していたことも、百舌目さんは承知していたからだ……同じ理由で脅してきた、元従業員の遠藤光一も殺して、産廃土砂に埋めたとね」

「えっ……」

「甲斐が殺した、ということは知らなかったようだな」

必死に首を横に振る阿部に、

「どうして、あんたが関わったのか、ハッキリと言って、すっきりしたらどうかね」

と大岡は訊いた。

「――加藤監察官の命令です……」

加藤は素知らぬ顔をしているが、大岡は話を続けろと言った。

「計画は甲斐と私で相談して立てました……あの辺りには豊かな水源がある。百舌目さんは、もし何かとんでもないことが起こって、昔の水俣(みなまた)みたいになったら嫌だからと、買い占めていたんです」

「………」

「しかも、この辺りにも、北海道や尖閣諸島のように、中国企業が土地漁りに来ている節がある。先祖伝来のこの地を奪われたくない。国が守ってくれないなら、自分で買うしかない。ましてや、水源を奪われたくない」

「それを止めさせたかった」

「赤星さんも、甲斐と組んで、開発の名目で、村一帯の土地を売るように仲介していたのでね……赤星さんを唆したのは私だが、財産欲しさに……すぐに請け負いました。後ろ盾には、加藤監察官がいるから大丈夫だと、そう言って説得させて……」

「………」

「甲斐と私は、百舌目家の財産騒動に見せかけたかったんですがね……清花には悪いことをした。でも、結果として赤星が飲んだのは、彼女が仕込んだ毒ではなく、改めて甲斐が飲ませたものですから、彼女に罪はない……私が〝小ザル〟を使って動かしただけです」

「そう簡単にはいきませんよ。共犯です」

「でも、後は任せろと……その隠蔽のために、加藤監察官が動いてくれました」

紅潮してきた加藤監察官の顔を、今度はきちんと阿部は見つめてから、大岡に言った。

「――加藤監察官もまた、誰かは知りませんが、上からの命令か忖度か知らないが、動いていたんでしょう……哀れなもんですねえ」

「哀れなのは、あんたも同じだろう……」

「そうですよ……親友を死なせたのは私だ……あのとき、ちゃんと向き合ってれば……私が力になっていれば……！」

「何を言い出すかと思えば……」

加藤監察官は苛ついて阿部を睨みつけていた。その背後から来た高橋と小松刑事が、加藤の腕を摑んで、

「別室にて、改めてお話を聞かせて下さい。すでに逮捕状も取っておりますので」

と言った。加藤は腕を振り払おうとしたが、ふたりの刑事は放さなかった。

「――ふざけるな……こんな記者崩れの人殺しの話なんぞ、何の証拠になる。おまえら、みんな、覚えてろよ」

吐き捨てながら抗う加藤だが、別室に連行されていった。

「すまなかった……すまなかった、達也ッ」

阿部が震えながら泣き崩れる姿を、鏡の向こうから、駿作は目に焼き付けていた。

エピローグ

毎朝新報の報道によって、『マザーユニバース社』の〝野望〟が公にされた。だが、政府高官との関係が暴かれ、贈収賄事件に発展しそうにはなかった。

ワイドショーなどでも、厚労省が管轄する上水道に関して、『マザーユニバース社』が積極的に働きかけてきたことにより、水道の民営化について、もっと深く議論しようという程度の報道に終始した。

熊本の名家の家長である百舌目寿郎の殺人事件についても、同様だった。水源などを守ろうとした百舌目家と、『マザーユニバース社』の事業に便乗して儲けようとした甲斐の揉め事が原因だというのが、世間の見方となった。水道事業が国家的な陰謀と結びつかなかったためだ。

だが、駿作は『マザーユニバース社』による日本各所の水源森林売買に関する調査報道を続け、加藤監察官の犯罪をクローズアップすることによって、真相を究明すると心に誓った。

つまり、水メジャーによる水源買い占めは今後も起こるかもしれないということだ。しかし、そうなったとしたら、県や市町村は黙っていないだろうというのが、多くの識者の見解だった。

加藤監察官については、自分勝手な誤解に基づく、先走った行動として非難され、懲戒免職となった。つまり、警察幹部からの命令かどうかも明らかにはならなかった。しかも、自分で誰かを手にかけたわけではなく、阿部の証言も思い込みが強く、加藤監察官の教唆があったかどうかを、具体的に証明することもできなかった。

だが、阿部が赤星に教唆した事実は、二の丸清花の証言や、〝ニッカリ青江〟などの凶器を準備させたことなどから、法廷でも明らかとなった。当然、新聞記者を辞めさせられた上で、刑に服することとなった。同時に、甲斐も赤星を毒殺し、遠藤を殺したことで、死刑が求刑された。

結局、加藤監察官は容疑不充分で、不起訴となった。

捜査に当たった大岡は、これで不起訴では法治国家ではないと怒り心頭に発したが、覆ることはなかった。だが、毎朝新報を初め、各新聞社やテレビ局などの報道では、かなり検察も突き上げられた。

——三人もの死に関係しており、しかも隠蔽しようとした疑いがある。

ということで、マスコミは大きく騒いだのである。だが、肝心の『マザーユニバース社』と政府高官の関係などに触れる記事は、ほとんどなかった。

だが、福岡県警まで動かして、水源売買反対を表明している多賀教授まで、別件で逮捕して、考えや意見を封印しようとしたのだ。もし環境保護を訴える『マザーユニバース社』が、無理な太陽光発電をはじめとして、水源汚染や森林破壊などを行っていることが、大きな話題になれば、今後のビジネスに影響があるだろう。

それを封じようとした加藤監察官を締め上げることで、真相に近づけるはずだが、なぜかマスコミも及び腰だった。駿作はそのことに苛立ちを隠せなかった。

だが、水資源を外国企業が買い占めるという話題は、国民の関心を引いた。水質汚染などがあれば、国民の生命を危機に陥れる可能性があるからだ。そうした世論が高まり、不起訴の理由を検事総長自らが発表する、という異例の事態となった。不起訴の理由を述べることは、まずないからだ。

最高検察庁の記者会見場に、検事総長の与謝野哲郎が現れたとき、会場の記者たちにはなぜか緊張が走った。

いかにも堂々とした与謝野は、体も大きく、日本の検察のトップに相応しい風格があった。役人としては法務省の事務次官より階級が上だから、法務大臣と対等と言ってもよい。

――この人が嘘をつくはずがない。

という雰囲気を醸している。決して威圧的ではなく、鷹揚な人間味すら漂っていた。

まずは、集まった記者を労う言葉をかけ、自然体で用件を述べた。

「熊本県警による〝百舌目寿郎並びに赤星二郎殺害事件、それに付随する事件〟について、お話し致します……」

ひとつひとつの事件について、熊本地検が熊本地裁に起訴したことの事実関係を述べた。すべて裁判が開始されているが、唯一、加藤監察官による殺人教唆容疑については、不起訴になったことを伝えた。

「その理由……一、現時点で殺人教唆をしたという証拠と証言がない。二、警察官僚として、社会的制裁を受け、懲戒免職となっている。三、逃亡の恐れがない」

淡々とそう述べた。そして、新たな証拠が出てくれば、起訴する可能性もあることを示唆したが、記者たちは納得しなかった。阿部支局長や甲斐の証言があると追及したが、いずれも犯罪者であり、自己保身のために第三者に責任転嫁していると、検察は判断したと返答した。

さらに、『マザーユニバース社』による水源の山林買収についても、多少の質問が飛んだが、「法的に問題ない」との答えだった。

与謝野の醸し出す雰囲気のせいか、取り立てて加藤監察官を庇っていない態度のせいか、記者たちの質問が途絶えた。

会見が打ち切られると――携帯のテレビ画面はパッと消えた。

ふうっと深い溜息をついた駿作は、車の運転席から降りて、眼下に広がる阿蘇山とその周辺の平野や峰々を見渡した。

大観峰近くにある道端である。標高は九百メートル以上あるので、絶景である。阿蘇北外輪山の最高峰で、阿蘇五岳から、反対の九重(くじゅう)連山も一望することができる人気の展望スポットだ。大観峰は、熊本県出身のジャーナリスト、徳富蘇峰(とくとみそほう)が名付けたという。

「――まったくよ、親父は何事もなかったように話しやがる……阿蘇山も何事もなかったように煙を吐いてるな……おまえさんにしてみりゃ人の世のことなんぞ、一抹の泡に過ぎないのかねえ」

駿作がひとりごちたとき、すぐ側にSUVが猛スピードで来て、急停止した。その窓から顔を出したのは、晶子だった。

「なんだ、おふくろか……東京に帰ったんじゃないのかよ」

「相変わらず酷(ひど)い人だねえ、あいつ。検察の風上にも置けないよ」

「そんなことより、何してるんだよ」

「せっかく熊本まで来たんだから、事件も一段落したし、ランデブーでも楽しもうかと思っちゃってね」

助手席を覗き込むと、百舌目恭一郎が座っている。恭一郎は軽く頭を下げて、

「その節はどうも……お陰さまで、家族の絆が強まりました」

「あ、それはよかったです」

「今日は、お母さんに案内を頼まれましてね。お安い御用と」

「気をつけて下さいね。おふくろは妻子がいようと、見境なく恋に落ちる婆あですから」

「見境なく、ですか……」

「百舌目さんに迷惑がかかってはならないと思って、忠告しただけです。決して、百舌目さんが悪いわけではありません。むしろ、おふくろには勿体ないくらいです」

言い訳じみて苦笑いする駿作に、晶子は何が楽しいのか嬉しそうに、

「あなたも記者としちゃ、まだまだねえ。『マザーユニバース社』と総理や財務大臣との関係を暴かないと、今度の事件の犠牲者は浮かばれないんじゃないの。ちゃんと証拠を摑んで、あいつに叩きつけてやんなさいな。そんでもって、政府高官を追及しろってね」

「ああ、そうするよ」

「じゃあね。このところ、自粛自粛で籠もりっきりだったからさあ」

「嘘つけ」

「百舌目さんがね、熊本で一番の馬刺しとステーキの店に連れてってくれるの。あ、それより、綸子さんは？」

「え……」

「だって、プロポーズしたんじゃないの？」

「してねえよ」

「あ、そう。それは残念ね……ふたりが結婚したら、私と百舌目さんは親戚同士になれると思ったのに……ふつう、こういう出会いから恋に落ちるのに、だめねえ、あんた」

「――もういいよ。さっさと行けよ」

「はいはーい」

晶子は微笑みかけてから、今度は急発進して、坂道を下っていった。

すると、携帯が鳴った。綸子からだった。

「この度は色々と、ご迷惑をおかけしました……また東京でお目に……」

という途中で、電波状況が悪いのか途切れてしまった。

「おい……」

駿作がかけ直そうとすると、また携帯が鳴った。今度は本社の社会部長からだった。

「支局にかけたけど、いないじゃないか。おまえ、何処にいるんだ」

「あ、ええ……」

「たった今、局長らが話し合って決まったんだけどな、転勤だ。何処かは、また改めるから、明日にでも東京に帰ってこい。理由は、およそ見当がつくだろ」

「え、あの……まだ熊本に来たばかりですし、まだ熊本城のことを、その……」

「忙しいから、切るぞ」

駿作は呆れて溜息が出たものの、

「――そうだな……東京に帰れば、また綸子さんに会えるから、ま、いっか……それに、江戸城天守再建プロジェクトの会議にも出られるし……世が世なら、俺も江戸城内で働いていただろうになあ……いや、それにしても、素晴らしいなあ」

と思い直した。

雄大な阿蘇の大自然を、駿作はいつまでも飽きることなく眺めていた。暖かな陽射(ひざ)しが、大空に広がって淡い雲を燦めかせていた。

小学館文庫
好評既刊

凍原
北海道警釧路方面本部 刑事第一課・松崎比呂

桜木紫乃

ISBN978-4-09-408732-1

一九九二年七月、北海道釧路市内の小学校に通う水谷貢という少年が行方不明になった。湿原の谷地眼（やちまなこ）に落ちたと思われる少年が、帰ってくることはなかった。それから十七年、貢の姉、松崎比呂は刑事として道警釧路方面本部に着任し、湿原で発見された他殺死体の現場に臨場する。被害者の会社員は自身の青い目を隠すため、常にカラーコンタクトをしていた。事件には、樺太から流れ、激動の時代を生き抜いた女の一生が、大きく関係していた。『起終点駅（ターミナル）』で大ブレイク！　いま最注目の著者唯一の長編ミステリーを完全改稿。待望の文庫化！

氷の轍

北海道警釧路方面本部
刑事第一課・大門真由

桜木紫乃

ISBN978-4-09-406723-1

北海道釧路市の千代ノ浦海岸で男性の他殺死体が発見された。被害者は札幌市の元タクシー乗務員滝川信夫、八十歳。北海道警釧路方面本部刑事第一課の大門真由は、滝川の自宅で北原白秋の詩集『白金之獨樂』を発見する。滝川は、青森市出身。生涯独身で身寄りもなかった。「二人デ居タレドマダ淋シ、一人ニナツタラナホ淋シ、シンジツ二人ハ遣瀬ナシ、シンジツ一人ハ堪ヘガタシ」。捜査の道筋で真由は『白金之獨樂』収録の詩「他ト我」と、被害者の心境を重ね合わせるようになる。滝川が人生の最後に、恋心と悔いを加速させ縋ろうとした縁——。解説は、俳優の塩見三省さん。

教場

長岡弘樹

ISBN978-4-09-406240-3

希望に燃え、警察学校初任科第九十八期短期課程に入校した生徒たち。彼らを待ち受けていたのは、冷厳な白髪教官・風間公親だった。半年にわたり続く過酷な訓練と授業、厳格な規律、外出不可という環境のなかで、わずかなミスもすべて見抜いてしまう風間に睨まれれば最後、即日退校という結果が待っている。必要な人材を育てる前に、不要な人材をはじきだすための篩(ふるい)。それが、警察学校だ。週刊文春「二〇一三年ミステリーベスト10」国内部門第一位に輝き、本屋大賞にもノミネートされた〝既視感ゼロ〟の警察小説、待望の文庫化！　すべてが伏線。一行も読み逃すな。

教場2

長岡弘樹

ISBN978-4-09-406479-7

必要な人材を育てる前に、不要な人材をはじきだすための篩(ふるい)。それが、警察学校だ。白髪隻眼の鬼教官・風間公親のもとに、初任科第百期短期課程の生徒達が入校してきた。半年間、地獄の試練を次々と乗り越えていかなければ、卒業は覚束ない。ミスを犯せば、タイムリミット一週間の〝退校宣告〟が下される。総代を狙う元医師の桐沢、頑強な刑事志望の仁志川など、生徒たちも曲者揃いだ。その中でも「警察に恨みがある」という美浦は、異色の存在だった。成績優秀ながら武道が苦手な美浦の抱えている過去とは？　数々の栄冠に輝いた前代未聞の警察学校小説、待望の続編！

伊達政鷹

刑事特捜隊「お客さま」相談係

鳴神響一

ISBN978-4-09-406841-2

元捜査一課のエース刑事・伊達政鷹は困惑していた。異動初日、ろくに挨拶も終えていないまま、小笠原亜澄巡査長に苦情申立人を押しつけられたのだ。訳も分からず苦情を聞く羽目になった政鷹に、「うちの娘が自殺なんてするはずないんだっ」、神保長治と名乗る男は声を荒らげた。娘の眞美は八ヶ月ほど前、箱根の芦ノ湖に浮いた亡骸となって、見つかったという。自殺でない決定的な証拠があるのか？「あっちの特四」と掃き溜め扱いされ、「県警お客さま相談室」と皮肉をもって呼ばれる、神奈川県警刑事特捜隊第四班。一癖も二癖もある刑事五人が難事件に挑む！

国防特行班E510

神野オキナ

ISBN978-4-09-406866-5

三輪出雲一佐は、出頭を願い出たスパイを保護するため、現場へ向かっていた。数年前に「死んだはず」の出雲は、防衛省内の不祥事を始末する秘密部署の隊長を務めているのだ。だが現場に入ると、目標の男は殺されていた。訝しむ出雲の前に現れたのは、公安警察の「ゼロ」と呼ばれる非合法部署の班長・荻窪冴子。互いに銃を構えたまま、睨み合いが続くふたり。先に動いたのは——どちらでもなかった。突然、屋外から火炎瓶が投げ込まれ、さらに狙撃が加わる。いったい何者が？　最近、不穏な動きを見せている中国の諜報機関なのか？　ハードな防諜工作アクション！

小学館文庫
好評既刊

警視庁特殊潜工班
ファントム

天見宏生

ISBN978-4-09-406895-5

新興宗教団体を張り込んでいた、警視庁公安捜査第十一係の宮守隼人(みやもりはやと)は、リストに載っていない男を尾行しはじめた。男は賃貸マンション六階の一室を訪れると、玄関先で住人を刺殺。宮守は現場に駆けつけるが、すでに男の姿は消えていた。が、手摺り越しに道路を見下ろした宮守の目に入ってきたのは、墜落した男の死体。なぜ男は堕ちたのか？殺害直後、現場で一瞬だけ感じた、謎の鋭利な視線が関係しているのか。そして、死体安置所に収容された男の顔を間近で見た宮守は動揺する。九年前に起こったある出来事が元で、脳裡に刻まれた男らしいのだ……。書き下ろし。

警視庁殺人犯捜査第五係 少女たちの戒律

穂高和季

ISBN978-4-09-407039-2

二十歳前後と見られる女性の殺人遺体が発見された。警視庁殺人犯捜査第五係の辻岡朋泰警部補は身元調査に奔走するも、思うに任せず、焦燥に駆られる。が、ついに大学二年生の小池聡美と判明。娘と連絡が取れず、心配していた母が偶然報道を見て、捜査本部に問い合わせてきたのだ。しかし、以後も捜査は難航、辻岡は苦悩する。奮闘の末、ようやくフリージャーナリストの佐藤公章が容疑者として浮かび上がってきた。ふたりは六年前に起こった有名な冤罪事件と、発端となった女子中学生殺人事件に関係していたらしいのだ……。息詰まる、書き下ろし警察ミステリー。

―――本書のプロフィール―――

本書は、小学館文庫のために書き下ろされた作品です。